JOST BONNER
Einzigartig

Jost Bonner

Einzigartig

Erzählung

Jedes unserer Kinder muss wissen,
dass es ein Held sein muss,
wenn die Welt überleben soll.
Ohne wirkliche Opfer ist die Welt
nicht zu retten.

Peter de Rosa

Bibliografische Information der Deutschen Bibliothek*:*
Die Deutsche Nationalbibliothek verzeichnet diese
Publikation in der Deutschen Nationalbibliografie;
detaillierte bibliografische Daten sind im Internet
über dnb.dnb.de abrufbar.

© 2022 Jost Bonner

Herstellung und Verlag:
BoD - Books on Demand, Norderstedt
ISBN: 978-3-756-81559-3

60 Jahre meines Lebens sind vergangen.   23. Juli

Auch wenn man vom Leben absolut nichts mehr zu erwarten hat, hat es keinen Sinn, auf den Tod zu warten. Man ist versucht, an diese Art Ampeln zu denken, die umso rascher auf Rot schalten, je schneller man sich ihnen nähert ...

Weiß, wer diese Zeilen liest, was Ampeln sind? - Wer weiß? - Wer liest?

Ich habe lange auf den Tod gewartet, ein halbes Jahr, oder schon ein ganzes? Dabei ist Warten die törichteste Beschäftigung, wenn man vergessen will. Ich bin nicht der Typ, der verwegen genug ist, aus angemessener Höhe auf einen angemessen harten Untergrund zu springen. Aber vielleicht hält mich auch nur die Neugier, die letztlich noch immer stärker ist als die Verzweiflung. Möglicherweise ist einfach der Reiz zu groß, Zeuge einer einzigartigen Geschichte zu sein, auch wenn diese Geschichte ein noch so trauriges Ende nimmt.

Ich sitze in einem fremden Haus auf einem fremden Stuhl vor einem fremden Schreibtisch an einem fremden Rechner und schreibe. Schreiben ist vermutlich das einzige, was ich einigermaßen befriedigend vermag; befriedigend allein nach meinen Maßstäben. Ich habe ein Leben lang geschrieben, ohne mich zu scheren, ob das Geschriebene einen Leser findet oder einen Heller einbringt. Also muss ich auch jetzt nicht damit anfangen, nach dem Sinn zu fragen. Vermutlich hat es keinen Sinn. Aber noch weniger Sinn hat es, auf den Tod zu warten vor einer Ampel, die Wartende mit ihrem grellen Rot verhöhnt. Das Gleichnis ist ungenau. Wartende gibt es nicht. Bezogen auf den Tod sind wir alle wenigstens Kriechende. Aber es gibt Situationen, da ist auch dieses Schneckentempo eine Viecherei. Lassen wir es dabei bewenden.

Heut ist ein ausnehmend angenehmer, sonniger, aber nicht zu heißer Tag. Der Ausblick durch das große Fenster vorm Schreibtisch ist wundervoll. Von Wald gesäumt erstreckt sich ein See. Auf kräuselnden Wellen, in denen das Sonnenlicht flimmert, ziehen fünf Schwäne gelassen ihre Bahn, zwei Altvögel mit ihren halbwüchsigen Jungen. Vor Urzeiten habe ich ein solches Motiv fotografiert im Glauben, damit meine Lebenssituation sinnbildlich festhalten zu können …

Ich heiße Hartmut Schubert. Ich könnte mir auch jeden anderen Namen geben. Es gab wohl nie eine Zeit, in der Namen derart bedeutungslos waren; noch bedeutungsloser als Schall und Rauch. Der Ort, in dem diese Chronik wahrscheinlich gefunden wird, heißt Dresden. Das Land heißt Deutschland. Die Landfläche, also der Kontinent, wird Europa genannt.

Nein, das kann ich so nicht machen. Um alles zu beschreiben oder zu erklären, müsste ich eine Enzyklopädie schreiben. Ich hab keine Ahnung, ob die Zeit wenigstens für eine nicht allzu ausführliche Chronik reicht.

Angefangen hat es ganz unspektakulär vor vier Jahren. (Es gibt gute Gründe, von da an eine neue Zeitrechnung zu beginnen, darum verzichte ich auf Jahreszahlen herkömmlicher Art.) Die Meldung hatte es in kaum eine Zeitung oder Nachrichtensendung der Dritten, geschweige denn Ersten Welt gebracht. (Die Dritte ist die arme, die Erste die reiche, und die Zweite irgendeine Welt dazwischen.) Man erinnerte sich erst später daran, als auch andernorts Menschen auf mysteriöse Weise starben. Eigenartig war nicht der Tod an sich. Bei Untersuchungen der Todesumstände ergab sich immer der gleiche Befund: Gefäßverschluss durch Thromben, also Blutgerinnsel. Die Folge waren: Infarkt, Embolie, Thrombose, vor allem Herzinfarkt und Schlaganfall. Das wäre kaum jemandem aufgefallen in einer Welt, in der man sich längst daran gewöhnt hatte, vorwiegend an diesen Symptomen zu sterben. Merkwürdig war allein der Umstand, dass mitunter ganze Familien in zeitlicher Nähe und ganz und gar altersunabhängig starben.

Es begann in Afrika, dem Kontinent, der jahrzehntelang unter Ebola-Epidemien zu leiden hatte. Die Welt war müde all der Schreckensmeldungen und Opferzahlen. Gerade als man Dank koordinierter, weltweiter Hilfe den furchtbaren Erreger niedergekämpft hatte, traten die ersten Fälle dieses neuen Sterbens auf, für das man nicht einmal einen befriedigenden Namen hatte. Es war ein plötzlicher Tod, also nannte man ihn auch so. Sicher traf das Attribut *plötzlich* auch auf viele andere Arten zu sterben zu, aber da gab es noch spezifische Besonderheiten, die zur Benennung taugten. Hier war *plötzlich* das Alleinstellungmerkmal, weil es beinahe das einzige war, was man über diesen Tod sagen konnte. Solange nur südlich der Sahara gestorben wurde, war das öffentliche Interesse eher beschränkt, auch noch, als ganze Dörfer vom Plötzlichen Tod betroffen waren.

Die Weltgesundheitsorganisation schickte ein paar Ärzteteams, um die Todesumstände genauer zu untersuchen. Allein, es wurden keine beunruhigenden Hinweise auf eine Beteiligung unbekannter Erreger gefunden. Die Todesursache schien *natürlich* zu sein. Nur wenige Ärzte waren besorgt über die rapide Zunahme derartiger Todesfälle, die in Afrika bisher eher selten gewesen waren. Die Tatsache, dass auch Kinder starben, die gar nicht zur Risikogruppe dieser Krankheiten gehören, wurde als eine Merkwürdigkeit abgetan, die es noch aufzuklären galt. Zu emsig war man nicht damit. Die wissenschaftliche Kapazität Zentralafrikas war eher beschränkt. Labore, die sich einer eingehenderen Untersuchung hätten widmen können, gab es nicht. Im Nachhinein erinnerte man sich ähnlich mysteriöser Fälle auch in anderen Weltgegenden, in Nord- und Mittelamerika und selbst in Europa. Aber auch hier waren ausnahmslos Menschen schwarzer Hautfarbe betroffen.

Meldungen aus Saudi Arabien und Indien ließen aufhorchen und fanden einen Weg in die Medien. Sicher hätten es die Meldungen schwerer gehabt, wenn die Weltgesundheitsorganisation nicht zeitgleich vorsichtige Schätzungen der unspezifischen Todesfälle auf dem afrikanischen Kontinent veröffentlicht hätte. Sie bezifferte die Opfer mittlerweile auf einige Zehntausend.

Das Interesse der Labore mit exzellentem Ruf und noch exzellenterem Budget wurde jedoch erst geweckt, als auch in nördlicheren Gegenden der Welt immer mehr Menschen fast zeitgleich und altersunabhängig vom Tod heimgesucht wurden, namentlich in Nordamerika. Das war ein Jahr später zu Beginn des Jahres Zwei. Es kamen zudem Berichte aus dem Mittelmeerraum, dem Balkan und Georgien. In den Vereinigten Staaten nahm man sich nun sehr resolut und entschlossen der Sache an. Allerorts, wo der Verdacht einer Häufung des Plötzlichen Todes bestand, vor allem nach dem Tod von Kindern, wurden nahestehende Personen in eigens freigelenkte Kliniken eingewiesen und intensivmedizinisch betreut. Drei Erkenntnisse konnten schnell gewonnen werden: Die Gerinnsel bilden sich ungewöhnlich schnell, haben immer die gleiche Struktur und sind mit bekannten Mitteln weder zu verhindern noch aufzulösen. Trotz fieberhafter Suche konnte auch hier kein Hinweis auf eine Ansteckung gefunden werden. Fazit: Die Sache war rätselhaft und ernst. Ein Vierteljahr später, Anfang Mai, ging diese Meldung um die Welt und traf auf beunruhigende Berichte aus Japan, China und allen Teilen Europas. Nun arbeiteten die wissenschaftlichen Labore aller betroffenen Staaten, die es sich leisten konnten, an der Suche nach Ursachen und möglichen Therapien dieser Krankheit.

Auch wenn die Opferzahlen außerhalb Afrikas kaum ins Gewicht fielen, wurden nun auch Politiker nervös. Einige riefen laut nach einer Aktivierung nationaler Notfallpläne. Immer mehr Staaten schlossen erst Flughäfen und Häfen, dann die Grenzübergänge und dann so hermetisch wie möglich die Grenze überhaupt, um auch alle illegalen Übertritte zu verhindern. Deutschland hielt sich weise zurück. Diese Maßnahmen hatten in der Vergangenheit kaum Erfolg. Hier waren sie ganz und gar nutzlos, was freilich manche Politiker erst einsahen, nachdem auch gut geschützte Territorien, die bisher vom Plötzlichen Tod verschont geblieben waren, heimgesucht wurden.

Ein Dreivierteljahr später, Mitte Dezember, beruhigte sich die Hysterie ein wenig. Die Weltgesundheitsorganisation der Vereinten Nationen begnügte sich damit, Zahlen zu sammeln und für die Nachrichten möglichst unaufgeregt aufzubereiten. Nachdem sie - vermeintlich der geringen Zunahme der Opfer wegen - eine Weile keine neuen Zahlen mehr veröffentlicht hatte, platzte sie mit einer Meldung, die mancherorts schon auf inoffiziellen Wegen das Ohr der misstrauischen Masse gefunden hatte, in die weihnachtliche Stimmung. Afrika wurde schon seit Wochen von einer regelrechten Sterbewelle heimgesucht. Gesprochen wurde nun von Millionen Opfern. Scheinbar wusste gar keiner mehr zu sagen, wie viele es sind. Waren sie nicht mehr zählbar? Fehlten selbst die, die noch zählen können? Warum hatte die Weltgesundheitsorganisation so lange geschwiegen?

Verschwörungstheorien schossen aus einem lauen Sumpf aus Angst, Misstrauen und Ohnmacht. Politiker, Wissenschaftler, Ärzte und Ökonomen vieler Nationen kamen in unterschiedlichen Konstellationen zusammen, um über die Zukunft der Menschheit zu beraten, freilich meist unter Ausschluss der Öffentlichkeit.

Farbige wurden erst gemieden, dann beschuldigt, dann gemobbt. Später kam es zu schweren Übergriffen. Einige beschuldigten sie, durch ihr unzüchtiges, kulturloses wie unzivilisiertes Verhalten das Sterben ausgelöst zu haben, andere hielten sie für Opfer einer imperialistischen Verschwörung, die darauf zielt, die schwarze und nachher möglicherweise auch alle anderen nicht-weißen Rassen auszurotten. War es mit dem HI-Virus noch nicht gelungen, so hatten die Geheimlabore des Pentagon vielleicht doch noch ein teuflisches Instrumentarium ausgeheckt, das am Ende ausversehen die ganze Menschheit vernichtet …

Religionen bekamen unverhofften Zulauf. Obwohl alle großen Religionsgemeinschaften gleichermaßen betroffen waren - die Christen südlich der Sahara, die Muslime in Nordafrika und die Hindus - brachen bald alte Ressentiments auf, und sie fanden Futter. Noch hielt man sich zurück und den ausgestreckten Zeigefinger in der Tasche. Unterdrückte Häme auf allen Seiten war dennoch spürbar. Selbst in säkularen Gesellschaften gewann religiöse Zugehörigkeit wieder an Bedeutung. Atheisten, Agnostiker und Gläubige gingen sich aus dem Weg.

Auch Familien separierten sich, erst recht, wenn sie ein erstes Opfer zu beklagen hatten. Das Bewusstsein für Abstammung wurde geschärft und zunehmend für überlebenswichtig befunden. Starb ein Elternteil, trennte sich oft das andere von den Vor- und Nachfahren des Verstorbenen, also nicht selten auch von den eigenen Kindern. Misstrauen durchzog bald alle Bereiche des privaten wie öffentlichen Lebens. Noch waren es wenige, die in mehr oder minder verlassene Gegenden flohen und daselbst unter recht unterschiedlichen Bedingungen und bisweilen in bedenklichster Lebensqualität hausten. Hamsterkäufe nahmen zu. Geld wurde gehortet. Die Börsen reagierten nervös.

Von Schwarzafrika, das offensichtlich apokalyptisch verheert wurde, zog sich der Gürtel des Todes vom Mittelmeer über Saudi Arabien, Iran, Pakistan, Indien, Indonesien bis Australien. Aus China wurden kaum verlässliche Zahlen gemeldet. Berichte aus Japan und Korea waren besorgniserregend. Bis hin zu den kleinsten Stadtstaaten gab es kein einziges Land mehr, das von der seltsamen Krankheit verschont blieb.

In Deutschland war - so man sich fern aller Medien hielt - von all dem kaum etwas zu spüren. Die merkwürdigen Todesfälle wurden eher wie Kuriositäten behandelt. Man brüstete sich, von wenigstens einem Fall authentisch erzählen zu können. Trotz dieser verhaltenen Ruhe brannte innerlich ein unangenehmes Feuer. Das Gefühl war vergleichbar mit der Hilflosigkeit beim Anflug einer Granate: Man hört das Surren und weiß, dass etwas im nächsten Augenblick geschehen wird, etwas Lebensentscheidendes. In diesem Moment überlässt man sich tatenlos dem Schicksal, wissend, dass man in der nächsten Sekunde tot oder lebendig sein wird. Nur dass die Sekunde halt viel länger dauerte.

Längst war nicht nur in Deutschland eine Zensur über alle Berichte aus Afrika verhängt worden, die sich sogar auf das Internet erstreckte. Nötig war das nicht. Wer unvorsichtig genug war, einen dieser Berichte auf illegalem Weg zu beschaffen, tat dies kein zweites Mal. Die

Bilder waren grauenvoll. Leichenberge waren zu sehen, brennend oder von Insektenwolken umschwärmt und von Aasfressern umschlichen und umkämpft. Besonders verstörend waren Bilder aus Städten, insbesondere aus den dichtbesiedelten Slums der Vorstädte, die ich hier nicht näher beschreiben will. Opferzahlen schwankten inzwischen je nach Schätzung zwischen fünfhundert und achthundert Millionen, also vierzig und siebzig Prozent der afrikanischen Gesamtbevölkerung.

Prozent sollte bald eines der gebräuchlichsten Wörter werden. In den Vereinigten Staaten starben dreiundsiebzig Komma acht Prozent der afroamerikanischen Bevölkerung. Wenigstens hatte man hier eine verlässliche Zahl, die wohl für das weltweite Sterben der afrikanischstämmigen Bevölkerung herangezogen werden konnte. Diese Zahl war kräftiges Futter für die hartnäckigste Verschwörungstheorie, der allerdings der Umstand widersprach, dass der Plötzliche Tod scheinbar einen Bogen um die amerikanischen Indianer machte, wohingegen die Sterberate bei den indigenen Völkern Afrikas, Europas, Asiens und Australiens auffällig hoch war. Ich hatte vordem keine Ahnung, wer alles zu diesen gehört: fünfunddreißig Millionen Berber in Nordafrika, vierzig Millionen Kurden in und südlich der Türkei, siebzig Millionen Adivasi in Indien, fünfzehn Millionen Miao in und südlich von China.

Natürlich wurde bald auch interessierten Laien klar, dass der Tod einen zumindest ähnlichen Weg nimmt, wie ihn die Menschheit bei der Ausbreitung über die Erde in den letzten zweihunderttausend Jahren gegangen ist. Aber erst als dieser Umstand von wissenschaftlichen Koryphäen bestätigt wurde, verstärkten sich Angst und Unruhe vor allem in bisher weniger betroffenen Gebieten. Der wissenschaftlichen Theorie zufolge wären Australien und Europa als nächstes an der Reihe, gefolgt von den indigenen Völkern und Gruppen Finnlands und dem Osten Russlands, Nord- und Südamerikas und schließlich von den Eingeborenen im nördlichen Polargebiet, in Neuseeland und Madagaskar.

Die sich daraus ergebende trübe Aussicht ließ schnell all die verstummen, die die Dezimierung der afrikanischen Bevölkerung noch als eine Art globale Katharsis begrüßt hatten.

Beinahe jeden Tag wurden neue Theorien laut, wobei nur schwer auszumachen war, ob es sich dabei um bloße Vermutungen oder gar Spinnereien handelte, oder ob dahinter eine wissenschaftlich profunde Analyse stand. Merkwürdig wenig war aus den Laboratorien zu hören.

Vermutet wurde eine Beteiligung von Prionen. Das sind Eiweiße, die im tierischen Organismus in normalen, aber auch gesundheitsschädigenden Anordnungen vorkommen können. Diese Eiweiße haben die Fähigkeit, ihre Struktur auf andere Prionen zu übertragen. Da sie - anders als Viren, Bakterien oder Pilze - keine Erbinformationen enthalten, sind es keine Lebewesen, sondern organische Gifte mit virusähnlichen Eigenschaften. Schädliche Prionen können von außen in den Körper gelangen, sie können aber auch - und das war besonders besorgniserregend - durch spontane Umfaltung körpereigener Prionen entstehen. Letztere kommen vermehrt im Hirngewebe vor. Krankhafte Veränderungen haben dort rasch schwerwiegende Folgen für den Organismus. Von außen eindringende, schädigende Prionen waren bisher vor allem bei der Creutzfeldt-Jakob-Krankheit und bei BSE oder Rinderwahn ins Blickfeld geraten. Bis jetzt war man davon ausgegangen, dass sie am wahrscheinlichsten durch kontaminierte Nahrung in den Körper gelangen. Andere Infektionswege, wie etwa über Körperkontakt oder die Luft, konnten jedoch nie ganz ausgeschlossen werden.

Oft war von Amyloidose die Rede. Auch dieser Erkrankung liegt eine Störung der Faltung von Eiweißen zugrunde, die normalerweise im Blutplasma gelöst sind. Werden diese Eiweiße übermäßig auf- oder vermindert abgebaut oder nicht hinreichend ausgeschieden, steigt ihre Konzentration. Dadurch gelangen sie auch in angrenzendes Gewebe, wo Enzyme sie angreifen. In Folge dieser Abwehrreaktion entstehen Aminosäureketten, die sich zusammenballen und unlösliche, mikroskopisch kleine Fasern bilden, die nicht mehr entfernt werden können, da sie gegenüber den Abwehrmechanismen des Körpers resistent sind. Die Fasern zerstören die Architektur der Organe und führen dadurch zu Funktionsstörungen. Es gab Hinweise darauf, dass sie auch einen direkten toxischen Effekt auf Zellen ausüben. Bei Befall der Herzkranzgefäße kann schnell die Durchblutung gestört werden.

Andere vermuteten eine Beteiligung von Viren, speziell von Lentiviren. *Lenti* heißt *langsam*. Die Viren haben den Namenszusatz, weil sie oft langsam fortschreitende, chronisch degenerative Krankheiten auslösen. Diese Erreger sind sehr artspezifisch und wurden bisher nur in wenigen Säugetierarten gefunden. Sie verbleiben lebenslang im Wirt, da sie die Abwehr des Immunsystems umgehen können. Bekanntester Vertreter der Lentiviren ist das Humane Immundefizienz-Virus, das ursächlich ist für AIDS.

Ich habe keinerlei Vorkenntnis auf medizinischem Gebiet. Was ich schreibe, entstammt einem weltumspannenden, enzyklopädischen Netzwerk, das im Verlauf des Großen Sterbens noch zu enormer Bedeutung gelangen sollte.

Natürlich haben alle halbwegs interessierten und gebildeten Leute versucht, die Nachrichten zu sondieren, zu diskutieren und nach bestem Vermögen zu verifizieren, also auf ihren Wahrheitsgehalt hin zu überprüfen. Man wollte weder leichtgläubig sein noch eine Überlebenschance verspielen, nur weil man nicht auf dem Laufenden war. Also wurde in allen Schlagzeilen nach verwertbarem Potential gesucht. Es war eh nicht mehr als der Griff nach einem Strohhalm.

Ich hatte es mir zur Regel gemacht, alle wichtigen und aus meiner Sicht brauchbaren Meldungen in ein kleines Notizbuch zu schreiben. Hier zitiere ich es so ausführlich, um zu zeigen, mit welcher Art Nachrichten man es im besten Fall zu tun hatte. Viel anfangen konnte man damit freilich nicht. Je tiefer man in ein Wissensgebiet der Medizin eintauchte, umso faszinierter war man von der filigranen Struktur des Wissens, das schon lange kein Mensch allein mehr überschauen konnte; kein Mediziner; auch kein Mikrobiologe. All das Wissen reichte aber offensichtlich nicht, dem Plötzlichen Tod etwas Wirksames entgegenzusetzen. Ironie ist hier das falsche Wort. Wer möchte von Ironie der Phylogenese oder Stammesgeschichte sprechen?

Die Menschheit hatte sicher auf schändlichste Weise eine Menge Zeit vergeigt, und das nicht so sehr in früherer, sondern vielmehr in moderner Zeit. Um das zu verdeutlichen, genügt ein beschämendes Beispiel. Der Hersteller eines Computerspiels warb mit den Zeilen: *Pro Tag verbringen die Leute weltweit zusammengerechnet eine halbe Milliarde Spielstunden damit, liebenswerte Vögel auf fiese Schweine zu schießen.* Das war nur ein Spiel von vielen. Allein von den zehn bedeutendsten Spielserien sollen über Zweimilliarden verkauft worden sein. Der Jahresumsatz der Branche schwankte zuletzt um einhundert Milliarden Dollar.

Gerade in jener historischen Situation, als die Menschheit glaubte, mit den biologischen Bedrohungen gleichauf zu sein und quasi jede Herausforderung annehmen zu können, wurde sie mit einer Krankheit konfrontiert, die in allem rätselhaft war. Aber was hätte es genützt, das Sterben in allen Facetten erklären zu können? Nicht jede Gefahr, die sich erklären, ja voraussagen lässt, ist abwendbar. Man denke an einen gewaltigen Asteroiden oder auch nur an einen erneuten Ausbruch der Phlegräischen Felder. Auch wenn unzählige Filme und Bücher die Hoffnung weckten, ja Gewissheit suggerierten über die Abwendbarkeit jeglicher Bedrohung, Wissenschaftler mochten mitunter ziemlich erschrocken gewesen sein über das Potential einer entdeckten Gefahr, auch wenn die Wahrscheinlichkeit als verschwindend gering eingeschätzt wurde, dass die Befürchtung eintritt.

Es war daher mehr als eine Sensation, als sich eine in Forscherkreisen altbekannte Dame zu Wort meldete. Selma Lundquist hatte sich schon in der Prionforschung einen Namen gemacht. Die Schwedin, die in einem der exzellentesten Labore der Vereinigten Staaten arbeitete, ließ die Welt schon im Vorfeld einer mit viel Spannung und großen Hoffnungen erwarteten Konferenz in New York wissen, dass sie glaubt, die Zusammenhänge um den Plötzlichen Tod erklären zu können. Das mediale Interesse konnte nicht größer sein zu Beginn des Frühlings im Jahr Drei. Die Konferenz wurde mit Bild und Ton in alle Gegenden der Welt übertragen. Der Saal konnte die Schar hochkarätiger Wissenschaftler vieler Fachgebiete kaum fassen.

Es war ein großer Auftritt, der in der Wissenschaftsgeschichte wohl beispiellos bleiben wird. Die große Dame trat ans Mikrofon, legte das umfangreiche Dossier ihrer Rede aufs Pult, schaute in den Saal und - schwieg. Im Raum herrschte bedrückende, wenn nicht gar unheimliche Stille. Da das Kamerateam allein das

Gesicht der schweigenden Wissenschaftlerin einfing, sahen unzählige Menschen eine dramatische Veränderung in den sympathischen Zügen. Nachdem sich Frau Lundquist ohne Hast den Schweiß aus dem Gesicht getupft hatte, gab sie den Anwesenden kund, dass sie es für vernünftiger hält, ihr Wissen für sich zu behalten, sie der Menschengemeinschaft nur raten kann, sich auf den schlimmsten aller Fälle vorzubereiten.

Allgemeiner Tumult war die Folge. Laute, ja hysterische Rufe flogen ihr aus dem Saal entgegen. Nachdem die Empörung in immer gewaltigeren Wellen gestenreich herausgeschrien war, trat beinahe Ruhe ein. Über den verhaltenen Lärm tönte die Frage, welcher denn ihrer Meinung nach der schlimmste Fall sei? - Eine globale Mortalität von fünfzig, sechzig, siebzig Prozent?

Die bedrängte Rednerin hatte es aufgegeben, das überschwemmte Gesicht zu trocknen. Mit leiser Stimme erwiderte sie, dass man sich auf die Zahl der Überlebenden konzentrieren mag, und wenn man partout eine Prozentzahl haben muss, dann solle man sich auf eine Null vorm Komma einstellen. Da es nun ganz ruhig geworden war, setzte sie noch hinzu, dass sie über die Zahl der Nullen hinterm Komma nicht spekulieren mag, zwei hätte ihr Team statistisch für den günstigsten Fall ermittelt.

Ohne auf den erneuten Tumult zu reagieren, hatte sie den Saal, die Stadt und das Land verlassen. Zwei Wochen später war sie im Haus ihrer Eltern in der Nähe Stockholms gestorben.

Natürlich war man versucht, diesen Auftritt zu werten wie alle Ankündigungen bisher, die vorgaben, die Todesumstände aufklären zu können und sich wenig später als heiße Luft erwiesen. Die apokalyptischen Ausmaße des Sterbens in Afrika waren allgegenwärtig. Hier hatte die kühle Statistik bereits eine Zahl jenseits der Milliarde geschätzt. Noch beeindruckender aber war die Tatsache, dass eine gestandene Wissenschaftlerin geschwiegen hatte, obgleich ihr die Erhellung der Krankheitsursachen ohne Zweifel den Nobelpreis und damit einen Platz in der Gedächtnisliste der verdienstvollsten Wissenschaftlerinnen und Wissenschaftler aller Zeiten eingebracht hätte. Dieser Umstand wog schwer und sprach für sich. Eingeweihte waren sich zudem einig in der Einschätzung, dass Selma Lundquist nicht die Frau ist, die so kurz vor Veröffentlichung von Forschungsergebnissen Zweifel über den Wert ihrer Arbeit zum Schweigen bringen.

Selbstverständlich drangen Details der beabsichtigten Rede in die Öffentlichkeit. Anders, als bei allen bisherigen Einlassungen über die Krankheit, wurden die nun bekannt werdenden Fakten zwar kritisch reflektiert, aber nicht wirklich widerlegt. Demnach hatte das Team um Frau Lundquist das Zusammenwirken von Darmbakterien und körpereigenen Prionen nachgewiesen, das mit einer sehr alten, circa zweihunderttausend Jahre zurückliegenden Mutation im menschlichen Genom korrelieren muss. Das genaue Zusammenspiel habe ich weder verstanden noch bin ich in der Lage, es verständlich zu machen.

Alle mit dem Großen Sterben befassten Labore gingen nun daran, die durchsickernden Details zu überprüfen. Auf den Umstand, dass dem Tod eine dramatische Veränderung der Darmflora, namentlich die Reduktion auf einen einzigen Bakterienstamm vorausgeht, hatten russische Kliniken schon vor geraumer Zeit aufmerksam gemacht, ohne besonderen Widerhall zu wecken. Eine genetische Disposition lag nahe. Alle Faktoren waren mehr oder weniger bekannt und konnten für sich allein oder im Zusammenspiel mit einem weiteren Symptom erklärt werden, nicht aber die plötzliche und massenhafte Anfälligkeit so vieler Individuen einer Spezies für eine stets zum Tode führende Erkrankung.

Lange wurde darüber gestritten oder spekuliert, ob Frau Lundquist die an der Erkrankung beteiligten Gensequenzen wirklich gefunden hatte. Wenn, dann war das Wissen darum wohl mit ihr begraben worden. Wenigstens gab es in ihrem Team niemanden, der diese Erkenntnis mit ihr teilte und bereit war, sie zu veröffentlichen. Also gingen die meisten Labore daran, ihre Datenbanken auszutauschen und später gar zusammenzuschließen. Die Untersuchung beziehungsweise der Vergleich von Abermillionen Datensätzen brachte kein Ergebnis. Die Lokalisation der beteiligten Gene war deshalb so schwer, weil die entsprechenden Sequenzen nicht bei einer Minderheit, sondern bei fast allen Menschen vorhanden waren. Aber selbst wenn es gelungen wäre, die an der Erkrankung beteiligten Allele ausfindig zu machen, es hätte nur den einen Nutzen gehabt, nämlich eine Aussage darüber treffen zu können, wer eine Chance hat, dem Plötzlichen Tod zu entgehen, und wer nicht. Möglicherweise hatte Selma Lundquist die genetische Stigmatisierung mit ihrem Schweigen verhindern wollen. Schwer zu sagen, ob sie der Menschheit damit einen Dienst erwiesen hat. Eine schwierigere Entscheidung lässt sich kaum konstruieren.

Immerhin hatte der kurze Auftritt der schwedischen Wissenschaftlerin zur Folge, dass sich Regierungen und untergeordnete administrative Ebenen erneut mit sinnvollen Notfallplänen beschäftigten. Dabei stand eine Frage über allen anderen: Worauf sollten sich die Anstrengungen konzentrieren? Hier war nicht nur Verstand gefragt, sondern Einfühlungsvermögen und noch mehr Phantasie; Tugenden also, die bei Politikern nicht eben häufig anzutreffen sind. Nachdem die Beteiligung von Bakterien zur Sprache gekommen war, wurden alte

Muster aktiviert, also Grenzen so hermetisch wie möglich geschlossen. Und natürlich manifestierten sich erneut - unkontrolliert und ohne verordnet werden zu müssen - jene diffus verlaufenden Grenzen zwischen Rassen, Ethnien und Familien. Über eine schnelle Abschaltung von Kernkraftwerken wurde debattiert und über Notfalldossiers zur Stilllegung von Chemieanlagen mit erheblichem Gefahrenpotential. Auch über die möglichst nachhaltige Endlagerung von Nuklearsprengköpfen mochte hinter sehr dicken Türen nachgedacht worden sein.

Ansonsten war man schnell wieder zur Tagesordnung übergegangen. Die Toten wurden in altvertrauter Weise bestattet; die entstandenen Lücken geschlossen; das Produktionsvolumen jenem der möglichen Konsumtion angepasst. Weltweit starben nach Angaben der Weltgesundheitsorganisation am Plötzlichen Tod etwa eine Million Menschen pro Tag. Betroffen waren vor allem Nordafrika, der Balkan, Indien und China. Auch an diese mehr als besorgniserregende Zahl gewöhnte man sich.

Im folgenden Sommer kam aus beständig heiterem Himmel der Schock. Beinahe weltweit geschah nun das, was Afrika bereits hinter sich hatte. Aus Rücksicht auf diese Tatsache wurde der Schock späterhin *der zweite* genannt. In nur wenigen Tagen stieg die weltweite Sterberate auf fünfzig Millionen täglich. Das waren - um die Zahl fasslicher zu machen - nahezu ein Prozent der noch lebenden Menschen. Demnach hätte die Menschheit keine hundert Tage mehr. In Deutschland starben täglich über siebenhunderttausend, in Dresden über viereinhalbtausend.

Es fällt mir noch immer schwer, diese Phase des Sterbens zu schildern, obgleich ich die Geschehnisse gedanklich wieder und wieder versachlichend durchgegangen bin. Der Schock wirkte recht unterschiedlich auf die Menschen. Im großen Ganzen kann man von zwei Strategien, also zwei Gruppen sprechen. Die eine versuchte, die nackte Haut zu retten, die andere mühte sich, die öffentliche Ordnung aufrechtzuerhalten, oder - einfacher gesagt - das Nötige zu tun. Ich gehörte damals noch der zweiten Gruppe an. Die anderen flohen entweder körperlich in abgeschlossene Räume, Häuser oder festungsähnliche Komplexe oder einfach ins freie Feld. Das Klima im Schwarzen September war beständig mild. Oder sie flohen in bisweilen hanebüchene Hoffnungen und traktierten Körper und Seele mit allen nur möglichen Drogen oder peinigten sie mit Hitze und Kälte, Hunger und Durst oder maßloser Nahrungsaufnahme oder Schlafentzug oder endlosem Gebet oder Geißelung, um nur einige zu nennen. Jene, die der Tatsache ins Auge sahen, nun eh zeitnah sterben zu müssen, ergingen sich in Orgien und Exzessen aller Art, wie sie aus Zeiten der Pest überliefert sind. Der enge und tiefe körperliche Kontakt wurde zum bevorzugten Narkotikum gegen die beständige, stetig wachsende Angst. Auch ich nutzte schon bald dieses Mittel.

Gesellschaftlich herrschte während des Sterbens eine Art Agonie. Die einen flohen oder flippten aus, die anderen funktionierten rein pragmatisch. Immer wieder kam es zu furchtbaren Unfällen, weil Zugführer, Piloten oder Schiffsmannschaften die Kontrolle über das ihnen anvertraute Fahrzeug verloren. Auf den Autobahnen ereigneten sich Massenkarambolagen. Auch dort, wo es bisher noch nicht geschehen war, sahen sich die Regierungen veranlasst, den Notstand auszurufen und unpopuläre Regelungen einzuführen. Fahrverbote wurden verhängt; Tempolimits erlassen. Nur noch lebenswichtige Güter durften bewegt werden. Vielerorts musste die motorisierte Mobilität ganz eingestellt werden.

In Zeiten allgemeiner Flucht vor dem Tod sind Verbote nicht allzu wirksam, erst recht, wenn man nicht mehr über das nötige Personal verfügt, diese Verbote durchzusetzen. Auf den nun kaum weniger befahrenen Autobahnen kam es zu regelrechten Wettfahrten auf Leben und Tod. Zum Glück wird man nie erfahren, wie viele Menschen bei all den sinnlosen Unfällen ums Leben gekommen sind, die das Große Sterben möglicherweise überlebt hätten.

Nach einem Monat gingen die Opferzahlen auf das alte weltweite Niveau von einer Million täglich zurück. Keiner traute sich, von einem überstandenen Höhepunkt der Pandemie zu reden. Die Weltgesundheitsorganisation tröstete die Überlebenden mit der Nachricht, dass die gemeldeten Zahlen eine proportionale Mortalität ausweisen, also alle Gegenden gleichermaßen betroffen waren und sind. Das erschütternde Fazit des Schwarzen Septembers lautete: Weit über die Hälfte der Weltbevölkerung war dem Plötzlichen Tod zum Opfer gefallen. Manche sprachen gar schon vom Ende der Spezies Mensch …

Meine Familie hatte wunderbarerweise ganz und gar überlebt. Es gab gute Gründe, mit dieser Freude zurückhaltend zu sein.

Alle Grenzkontrollen oder -schließungen hatten sich als sinnlos oder offensichtlich unwirksam erwiesen. Die Börsen hatten längst jegliche Art Handel eingestellt. Die Nachfrage fast aller Waren und Dienstleistungen war drastisch zurückgegangen, bei manchen Gütern gar auf null gesunken. Viele Immobilien samt Einrichtung und unzählige Fahrzeuge aller Couleur waren ohne Besitzer. Oft gab es noch nicht einmal Leute, die Besitzansprüche erhoben. Es war keine Fledderei, wenn man sich derartige Leerstände zunutze machte.

9 Tage sind vergangen.   1. August

Wenn ich das bisher Geschriebene lese, vermittelt sich mir nicht ansatzweise, was wirklich passiert ist. Das liegt möglicherweise daran, dass das Geschehen weit weniger horribel war, als man es bei Betrachtung der Opferzahl vermuten wird. Es starben viele, unglaublich viele im Schwarzen September. Aber selbst da war es täglich nur einer von hundertzwanzig. Wie viele Leute kennt man? Und wie viele so gut, dass man sich um deren Gesundheit sorgt oder von deren Ableben schmerzlich betroffen ist? Selbst in der schlimmsten Phase des Großen Sterbens ging das Leben ohne dramatische Veränderungen des Alltags weiter. Man verhielt sich ruhig und war froh, auch an diesem Tag am Leben geblieben zu sein. Und wenn es nahe Angehörige traf, dann … Was soll's, dann war es schon eine Viecherei. Aber auch hier ertappte man sich beim Gedanken, dass die eigenen Lebenschancen mit jedem familiären Abgang möglicherweise steigen. Keiner hatte vergessen, dass Selma Lundquist genetische Ursachen für die Erkrankung ausfindig gemacht hatte.

Von Genetik war ja seit dem Auftritt der Schwedin unentwegt die Rede gewesen. Großlabore hatten unablässig und eindringlich dazu aufgefordert, das eigene Genom analysieren zu lassen. Niemand sollte bestattet werden, solange nicht genetisch auswertbares Material sichergestellt wurde. Daraus entwickelte sich vielenorts ein Automatismus.

Ich hatte mein Genom schon vor Jahren auslesen lassen und erfahren, dass meine Vorfahren bis auf einen winzigen nordostafrikanischen Anteil Europäer waren,

Osteuropäer zumeist neben Deutschen und Franzosen. Auch Vorfahren aus Griechenland und dem Balkan waren darunter und ein geringer skandinavischer, britischer und italienischer Anteil. Selbst ein Vorfahre aschkenasisch jüdischer Herkunft konnte im Genom ausgemacht werden. Zudem erfuhr ich, dass meine Mutter und all meine weiblichen Vorfahren auf einen mit hohen Ehren in voller Kampfausrüstung bestatteten Wickingerkrieger zurückgehen, der sich erst nach genauerer Analyse als Kriegerin erwiesen hatte. Mein Vater stammt wie alle meine männlichen Vorfahren von einem bedeutsamen Volk ab, das Pferde domestiziert und möglicherweise auch das Rad erfunden hat. Zudem war es Urheber vieler europäischer Sprachen. Das Labor bescheinigte mir, dass ich mit nahezu vier Prozent über einen vergleichsweise hohen Anteil von Neandertaler-Genen verfüge. Viel hatte ich, zugegeben, nicht erfahren. Mein Motiv, das Genom bestimmen zu lassen, war aber auch weniger die Neugier gewesen, als vielmehr die Absicht, der Wissenschaft auf diesem faszinierenden Feld dienstbar zu sein.

Welche Erkenntnisse die Labore endlich aus den gigantischen Datensätzen gewonnen haben, ist mir nie zu Ohren gekommen, wahrscheinlich nur eine Bestätigung der Lundquistschen Behauptung, dass der Tod den gleichen Weg nimmt wie die Menschheit bei ihrer letzten weltumspannenden Wanderung.

Wanderung? - Wer hat diesen Unsinn von einer Wanderung in die Welt gesetzt, die nach neugierigem Ausflug oder forscher Entdeckung neuer Siedlungsräume klingt? Was da so harmlos Wanderung genannt wird, ist meiner Überzeugung nach eine Mischung aus Flucht und Raubzug vor und gegen seinesgleichen gewesen. Welches Tier, erst recht, wenn es einigermaßen vernunftbegabt ist, verlässt seinen angestammten Lebensraum ohne Not und zieht in Regionen, in denen der Überlebenskampf zunehmend härter wird?

Ich schweife ab.

Nachdem der große Schock überwunden war, geschah etwas äußerst Bemerkenswertes. Das Bewusstsein jener, die das zweifelhafte Glück hatten, den Schwarzen September überlebt zu haben, wandelte sich in unglaublich kurzer Zeit. Der lebensspezifische wie -notwendige Egoismus und all seine für den Menschen arttypischen Ableger, die sich in nationalistischen, patriotischen und religiösen Gesinnungen manifestieren, wandelte sich aus allein egoistischen Beweggründen zu einem allumfassenden Altruismus oder, besser, zu einer *Homosophie*, die weit über philanthropische Neigungen oder Gesinnungen hinausging. Der Selbsterhaltungstrieb, der bisher alles Handeln bestimmt hatte, brachte den Einzelnen dahin, sich selbst, ja sein Leben in den Dienst der Arterhaltung zu stellen. Das klingt nur pathetisch, wenn man überlesen oder schon vergessen hat, dass dies allein aus egoistischen Gründen geschah, genauer, aus einer bedrückenden Angst heraus: Wenn die menschliche Art zugrundegeht, wird auch das Gedächtnis der Menschheit ausgelöscht. Es wird sein, als hätte es den Menschen nicht gegeben.

Ist schon der Tod an sich für jedes vernunftbegabte Wesen eine Zumutung, so erst recht die Aussicht, dass vom eigenen Wirken nicht einmal eine Spur im Sand zurückbleiben wird. Als ich in Kindertagen von der atomaren Bedrohung erfuhr, hatte das vor allem dramatische Auswirkungen auf meinen Schlaf. Beim Klang eines Flugzeuges befiel mich schweißtreibende Panik, aber nicht so sehr darum, weil die möglicherweise schon ausgeklinkte Bombe m i c h in einem Feuerball verdampfen wird, sondern vielmehr deshalb, weil sie auch all jene auslöschen wird, die mich kennen. Der zweite Teil dieses Gedankens war der unerträglichere. Das mag töricht sein, und möglicherweise ist es die letzte aller Kardinaltorheiten der Menschheit. Wir wissen um das Ende unserer Sonne, dem das Stadium eines roten Riesen vorausgehen wird, in dem unsere Erde verbrennt. Nichts bleibt. Am Ende bleibt nichts. Kein Artefakt, kein Dokument einer noch so bedeutenden historischen Begebenheit, kein Buch, kein Film, kein noch so ehrenvoller Name, ja nicht einmal eine unstoffliche Erinnerung.

In meiner glücklicherweise friedlichen Militärzeit begegnete mir ein herzensguter, baumstarker Kerl von schlichtem Gemüt und ebensolcher Bildung, der sich für seine Familie, erst recht seine Freunde geopfert hätte. Ich habe kaum einen aufrichtigeren, zuverlässigeren Menschen kennengelernt. Er war nicht nur todesmutig, er hatte offensichtlich und ohne sich ein religiöses Hintertürchen offenzuhalten, seinen Frieden mit dem Tod gemacht. In einer ruhigen Stunde bat er mich, ihm die Welt zu erklären, aber ohne kluges Gelaber, sondern so, dass er es auch versteht. Ich holte weit aus und kam schließlich auf den makrokosmischen Zyklus eines sich in gewaltigen Zeitabständen ausdehnenden und zusammenziehenden Weltalls zu sprechen, auf jene Zeitspanne also, die sich vom Urknall bis zur Verschmelzung aller existierenden Materie in einem superdichten Gebilde vollzieht. Er hatte mir, nur ab und an mit dem Kopf nickend, geduldig zugehört. Als ich ihm die Eigenschaften Schwarzer Löcher zu erklären versuchte und davon sprach, dass in diesen Gebilden selbst die Atome ihre Struktur verlieren, also noch nicht einmal die kleinsten Bausteine des alten Universums unverändert in die neue Welt übergehen, packte er mich unvermittelt mit seinen starken Händen. „Das war alles sehr interessant", meinte er gefasst ruhig. „Und jetzt sagst du mir, dass das alles Unsinn ist, den sich ein paar Spinner ausgedacht haben."

Ich kam seiner Bitte nach, aber nicht aus Angst, sondern aus Mitleid. Dieses Gespräch war eine der wichtigsten Lehren meines Lebens. Ich erinnere mich mühelos an das verzweifelte Gesicht mit den tieftraurigen, tränenfeuchten Augen. Was bleibt einem interessierten, aufrichtigen Kerl, der Gott und allen religiösen Kram als zu leicht und dusslig befunden hat, anderes übrig, als die Wahrheit in ihre Schranken zu weisen?

Muss ein vernunftbegabtes Wesen, um vernünftig zu werden, die Scheu vor jeder Art Erkenntnis überwinden? vor allem vor der Einsicht, dass sowohl unser Dasein als auch die Existenz der Welt von begrenzter Dauer ist? War mir hier die schmerzlichste, am schwersten verdauliche Erkenntnis über den Weg gelaufen?

Religionen, die aus der Verzweiflung über unsere Endlichkeit geboren werden, haben längst das erforderliche Zaumzeug und Halluzinogen zur Hand. Aber selbst unter den eifrigsten Kirchgängern habe ich kaum jemanden im Zusammenhang mit dem Plötzlichen Tod vom Jüngsten Gericht oder dergleichen schwätzen hören, obwohl es doch eine brauchbare Variante war, dem drohenden Wahnsinn zu entgehen. Nein, die Realität hatte kaum Ähnlichkeit mit der biblischen* Schilderung der letzten Dinge. *Sende deine Sichel aus und halte Ernte, denn die Stunde zum Ernten ist da, weil die Ernte der Erde überreif geworden ist. Da warf der Engel seine scharfe Sichel auf die Erde und erntete den Weinstock der Erde ab und warf die Trauben in die große Zornkelter Gottes. Und die Kelter wurde getreten außerhalb der Stadt, und Blut quoll aus der Kelter bis an die Zügel der Pferde, sechzehnhundert Stadien weit.* - Nimmt man die Zahl wörtlich, ergibt sich ein Volumen von fünfzig Milliarden Litern. Das wäre - gut gepresst, was bei göttlichen Gerichten vorausgesetzt werden kann - das Blut von zehn Milliarden Menschen gewesen und entspräche dem Fünfzigfachen der vermuteten Weltbevölkerung jener Zeit. Da das Gericht in mehr oder weniger ferner Zeit erwartet wurde, ließe sich der früheste Zeitpunkt statistisch bestimmen. Wir rechneten noch vor 2050 mit der Überschreitung der Zehnmilliarden-Grenze. Für eine zweitausend Jahre alte Prophezeiung wäre das nicht weniger als eine Punktlandung. Leider hieße das aber, dass sich der Prophet in einem nicht ganz unwichtigen Detail geirrt haben muss. Er vergaß zu schreiben, dass dem Gericht, also dem Todesurteil, keiner entkommen wird.

Oder hab ich da etwas falsch verstanden? Der Erleuchtete schreibt weiter: *Und ich sah einen Engel in der Sonne stehen. Der schrie mit mächtiger Stimme und rief allen Vögeln zu, die hoch am Himmel fliegen: „Kommt her, versammelt euch zum großen Mahle Gottes, um Fleisch von Königen zu fressen und Fleisch von Heerführern und Fleisch von Starken, Fleisch von Leuten aller Art, von Freien und von Knechten, von Kleinen und von Großen."* Solche Bilder hat man aus Afrika gesehen ...

Es ist schwer, nicht abzuschweifen. Wo war ich? Beim Erwachen der Verantwortung für die Erhaltung unserer Art.

China erklärte gegenüber den Atommächten, sofort und bedingungslos alle Nuklearsprengköpfe zu entsorgen. Nur wenige Tage später folgten Indien, Russland, Frankreich und Pakistan dieser Selbstverpflichtung. Die Vereinigten Staaten bestanden auf ein internationales Abkommen aller Atommächte. Israel und Großbritannien schlossen sich dieser Forderung an. Merkwürdig, dass ich es beinahe kleinlich finde, dieser Sache so viel Raum zu geben. Aber die nukleare Rüstung war über

Jahrzehnte die schlimmste Bedrohung der Menschheit gewesen. Angesichts der aktuellen Situation mochte manchem Politiker oder Militärstrategen die Schamröte ins Gesicht gestiegen sein in Erinnerung einstiger Pläne, die bei einem dem Gegner zuvorkommenden Erstschlag den Tod vieler Millionen Menschen in Kauf genommen haben.

Da der Tod in den zurückliegenden Wochen auch die Zahl der Politiker, Staatsbeamten und anderen Bediensteten halbiert hatte, war es nicht leicht, in gebotener Eile, aber nicht übereilt, eine Konferenz einzuberufen. Täglich sah man neue Gesichter in wichtigen Ämtern. Auch die Wahl eines Ortes fiel nicht leicht. Europa sollte es sein, um möglichst vielen die Fahrt per Bahn zu ermöglichen, die noch das sicherste Fortbewegungsmittel war.

In Wien trafen sich dann aber nicht nur Militär- und Rüstungsexperten. Unübersichtlich viel musste bedacht werden. Wichtigste Frage aber war nach wie vor, in welche Richtung gedacht und also geplant werden soll. Es gab ja nicht einmal einen vertrauten Ist-Zustand. Noch immer wurde auf allen Feldern gegen die Folgen der nahezu explosiven Halbierung der Bevölkerung gekämpft und um Stabilität gerungen. Auch nach deutlichem Rückgang der Sterbezahlen war die demografische Dynamik hoch. Bliebe die Todesrate stabil, dann schrumpfte die Erdbevölkerung alle drei Jahre um eine Milliarde. In diesem Fall blieben den Laboren und Forschungskliniken immerhin noch zehn bis allerhöchstens fünfzehn Jahre Zeit, um der Krankheit wirkungsvoll entgegenzutreten. Es wäre aber töricht gewesen, die Möglichkeit außer Acht zu lassen, dass den beiden überstandenen Schocks noch weitere folgen.

Wie man es auch betrachtete, Eile war geboten und mehr noch der vorausschauende, vernünftige Einsatz der noch Lebenden. Über allem stand der von Selma Lundquist beschriebene wahrscheinlichste Ausgang; stand nüchtern dieser Prozentsatz mit einer Null vor und zwei Nullen hinterm Komma, der einen Prozentwert von weltweit weniger als einer Million Überlebenden ergäbe. Wem das viel erscheint, der hat möglicherweise eine Millionenstadt vor Augen. Aber so komfortabel wird die Situation nicht sein, denn die Überlebenden sind fast gleichmäßig über den gesamten Planeten verteilt.

Im lexikalischen Netzwerk hatte ich gelesen, dass etwa achtzig Millionen Quadratkilometer der Landmasse urban genutzt werden. Demzufolge kamen einmal einhundert Menschen auf einen Quadratkilometer. Sollte Frau Lundquist Recht behalten, wird es am Ende ein Überlebender auf hundert Quadratkilometern sein. Da wird es schwer werden, sich zu finden. Rutscht noch eine Null hinters Komma, hat jeder eine urbane Fläche von tausend Quadratkilometern für sich - allein. In einer Halbmillionenstadt wie Dresden wäre mit einem halben bis fünfeinhalb Überlebenden zu rechnen. Ich glaube nicht, dass es viele Politiker gegeben hat, die sich die Situation solchermaßen klar vor Augen geführt haben.

Der Wiener Kongress im November des Jahres Drei kann wohl als eine Sternstunde der Vernunft bezeichnet werden. Höhepunkt war zweifellos die Rede des Vertreters der zentralafrikanischen Community, die in Mombasa, einer Hafenstadt im ehemaligen Kenia lebt. Lange war darüber gestritten worden, ob es sinnvoll ist, den afrikanischen Vertreter sprechen zu lassen, da die Situation auf diesem Kontinent eine ganz andere war als in den übrigen Teilen der Welt.

Ali Kabundu, ein ergrauter Herr, der sicher ein Vielfaches dessen erlebt hatte, was normale Menschen zu ertragen im Stande sind, und trotz allem einen weisen, warmherzigen und nicht ganz hoffnungslosen Ausdruck im Gesicht bewahrt hatte, sprach ruhig, gefasst und zum Erstaunen der Zuhörer pragmatisch. Je länger er sprach, je klarer wurde den Abgesandten der restlichen Welt, was für ein Glück es war, diesen Mann auf der Konferenz zu haben. Hatten viele Leute vorm Auftritt Kabundus geglaubt, dass Afrika ein verwüsteter mit Leichenbergen übersäter Kontinent ist, über dem ein satter Verwesungsgeruch hängt und in dem Anarchie herrscht, so erfuhren sie nun, dass Dank frühzeitiger Verständigung auf sehr einfache Regeln die Überlebenden nicht nur in immer kleineren Räumen zusammengezogen wurden, sondern auch, wie es gelungen war, die schlimmsten Gefahrenquellen systematisch zu erfassen und zu beseitigen. Kabundus Ausführungen zufolge gab es in Afrika noch drei von Menschen bewohnte Gebiete. In Südafrika, dem einzigen Land des Kontinents, das eine staatliche Struktur bewahren konnte, lebten über Zweimillionen Europastämmige zumeist weißer Hautfarbe, im Kairoer Raum hielten sich über zweihunderttausend Überlebende aus der nordafrikanischen Region auf, hier in der Hauptsache Araber und Berber, im Raum Mombasa versuchten 13.583 Überlebende aus dem riesigen Gebiet südlich der Sahara sich neu und möglichst nachhaltig zu organisieren.

Bei Nennung der letzten Zahl ging ein verzweifeltes Raunen durch den Saal. 13.583 von 1,4 Milliarden? Hatte wenigstens die schwarze Bevölkerung Afrikas das Schlimmste überstanden? Mancher Anwesende griff nach dem Tablet, um die Nullen hinterm Komma zu ermitteln. Noch waren es zwei.

Kabundu beschrieb den Kraftakt sachlich und wie ein Mann, der den Wert der Zeit in bitterster Weise zu schätzen gelernt hat. Nicht alle Gefahrenpotentiale hätten beseitigt werden können, wenigstens aber sei es gelungen, alle offenen Gefahrenherde zu erfassen. Abschließend bat er die Anwesenden um Mithilfe bei der Abarbeitung dieser nicht sehr umfänglichen Liste. „Afrika", so sagte er beinahe schamhaft, „ist ja nicht nur das Land des schwarzen Mannes. Alle sollten ein Interesse haben, den Überlebenden eine Welt zu hinterlassen, die zum Leben einlädt." Er schaute ins weite Rund des Saales und sprach bedacht: „In Kürze wird es sehr wahrscheinlich keine Staaten mehr geben, sondern nur noch kleine Gemeinschaften verschreckter Wesen, die alle Kraft daran setzen müssen, dem entsetzlich um sich greifenden Vergessen zu trotzen, damit die menschliche Art in ihrer Entwicklung nicht weiter als tausend Jahre zurückgeworfen wird. In Afrika geschah vieles übereilt. Möglicherweise hat die restliche Welt ein bisschen mehr Zeit. Verpassen Sie nicht den Zeitpunkt, um das Nötige zu tun. Nutzen Sie die Gnadenfrist und seien Sie auf das Schlimmste gefasst." - Noch lange, nachdem Kabundu das Pult verlassen hatte, herrschte Schweigen. Möglicherweise sind es gerade jene in dieser Stille geborenen Gedanken, denen am Ende unsere Art ihre Rettung zu danken hat.

Am schnellsten hatte sich eine junge Frau aus der irischen Delegation gefasst. „Wie geht es den Menschen in Mombasa?", fragte sie schüchtern.

Kabundu nickte, verlegen lächelnd. „Wir kommen gut zurecht", antwortete er mit sonorer Stimme, die auch ohne Mikrophon ihren Weg zu den Hörern fand.

In Wien einigten sich die Anwesenden schnell auf einen globalen Notfallplan, der in erster Linie die Dokumentation und Beseitigung aller Gefahrenpotentiale regelte. Am problematischsten war nach wie vor die sichere Endlagerung radioaktiver Stoffe. Sollte man sie an wenigen Orten zusammenführen oder möglichst

großflächig verteilen? Klar war, dass sowohl die Lager-
stätten selbst als auch die Art und Weise der Kontrolle
überall mehrsprachig und allgemeinverständlich in lang-
lebiger Form beschrieben werden müssen, um auch
später Geborenen und Mindergebildeten die Gefahr
begreiflich zu machen.

Alle noch arbeitenden Betriebe wurden aufgefordert,
in gebotener Eile Dossiers zu erstellen, in denen die
wichtigsten Vorgänge samt praktischen Handgriffen zur
Wiederaufnahme der Produktion beschrieben werden.
Werke, die unnützen Kram oder Luxusgüter produzieren, sollten augenblicklich von der Strom-, Wasser- und
Gaszufuhr getrennt und stillgelegt werden. Ebenso alle
Betriebe, die aus Personalmangel nicht mehr in der Lage
waren, die Produktion aufrecht zu erhalten. Großanla-
gen, wie Chemiebetriebe, Hütten und Kraftwerke, wurden heruntergefahren, Bohrinseln an Land gebracht und
gesichert, Tanker und später alle Transportschiffe außer
Dienst gestellt, Bohrlöcher verschlossen, Inhalte der
Großtanks auf kleinere Behälter verteilt.

Wissenschaftler und Ökonomen, Ärzte und Pädago-
gen wurden aufgefordert, die weltweit am besten ver-
netzte und am häufigsten aufgerufene Internet-Enzyklo-
pädie zu unterstützten. Alle ähnlichen lexikalischen
Werke sollten ihre Artikel auf dieser Plattform verlinken
oder gänzlich zur Verfügung stellen. Experten der Branche berieten unterschiedliche Szenarien zur Sicherung
des weltweiten Netzes. Noch nie hatte die Aufzeich-
nung und die Speicherung von Wissen eine solche Bedeutung. Und sie stieg weiter proportional mit der Ab-
nahme der Weltbevölkerung. Nicht weniger bedeutsam
aber war die Aufrechterhaltung des allgemeinen Zugan-
ges auf die Datenbänke. Die möglichst lange und stö-
rungsfreie Stromversorgung der Server, Sendeanlagen
und Endgeräte bereitete größte Probleme und rutschte

auf der Prioritätenliste immer weiter nach oben. Mit der Telekommunikation verhielt es sich kaum anders.

Nicht nur aus diesem Grund sollten die Überlebenden auf möglichst kleine, mit nachhaltiger Infrastruktur verbundene Städte und Stadtbereiche zusammengeführt und die aufgegebenen Siedlungsbereiche von allen Versorgungsnetzen getrennt und kenntlich gemacht werden.

Vieles war aus der Not heraus auch schon vor der Konferenz geschehen. Jetzt stand über allem die Warnung Kabundus, die Gnadenfrist nicht unnütz verstreichen zu lassen. Das meiste passierte nun sehr schnell und ohne viel Palaver. Da immer mehr Menschen ihre Arbeit verloren, wurde das Heer der Hilfswilligen trotz der enormen Sterberate täglich größer. Produziert oder gebaut musste kaum noch werden.

Mehr und mehr Wohnungen und Häuser blieben leer oder hatten nur noch einen Nutzer. Viele Autos standen verwaist auf den Straßen. Immer wieder wurden die Leute aufgefordert, weder Wohnungen noch Autos zu sichern, um die Bergung Verstorbener und die Nachnutzung der Wohnungen oder die Entsorgung der Fahrzeuge nicht sinnlos zu erschweren. Parkuhrenähnliche Besitzanzeiger wurden verteilt. Man war gut beraten, sie regelmäßig auf das aktuelle Datum zu stellen, wollte man nicht alle Nase lang fremde Leute in der vertrauten Wohnung finden oder das Auto auf einem der schnell wachsenden Abstellplätze am Stadtrand suchen. Alle leerstehenden Wohnungen ohne oder mit abgelaufenen Besitzanzeigern konnten ohne langes Federlesen bezogen werden. Fahrzeuge, die drei Tage nach Ablauf der eingestellten Besitzanzeige gefunden wurden, konnten genutzt oder von den Räumtruppen auf die Stellplätze gefahren werden. Wer mochte, konnte sich hier bedienen oder das eigene Fahrzeug gegen ein genehmeres tauschen.

Die Zentralbanken mühten sich, die Geldmenge zu reduzieren, um einer Inflation vorzubauen. Zahlungs- und Geldverkehr wurden leidlich aufrechterhalten, obwohl die meisten Dinge regelrecht auf der Straße lagen. Nur Dienstleistungen und frische Lebensmittel stiegen rapide im Wert. Naturalienhandel wurde bald Normalität. Es hatte schon lange keinen Sinn mehr, verwaiste Wohnungen auszuräumen. Auch Raubzüge nach Geld und Schmuck waren selten. Natürlich gab es Leute, die glaubten, die Gunst der Stunde nutzen zu müssen, um vom beschwerlichen Leben eines einfachen Mannes in den Luxus eines Millionärs zu geraten. Allein, Besitz oder Stellung spielten kaum noch eine Rolle. Bald gab es ein Übermaß an nahezu allem.

Um einer Stadtflucht, also der drohenden Auflösung entgegenzuwirken, wurde die Trennung unattraktiver oder schwer zu versorgender Städte und Stadtbereiche von der Infrastruktur forciert. Hiergegen formierte sich nur selten Widerstand. Die Leute mussten nicht gezwungen werden, ihre Wohnungen und Häuser zu verlassen. Wollten sie sauberes Wasser und elektrischen Strom und damit auch Zugang zu den lebenswichtigen Nachrichten, blieb ihnen nichts anderes übrig, als in die noch angeschlossenen Städte und Stadtbereiche zu ziehen.

Man mag im Nachhinein die Behörden für ihr bisweilen zu träges und oft nicht eben weitsichtiges Agieren tadeln, aber gerade jetzt, da ich diese Zeilen schreibe, wird mir klar, wie schwer es ist, die Zukunft zu bedenken und auf einen Zustand hinzuarbeiten, der vom Tod nahezu aller Menschen geprägt ist. Alles, was wir Geist und Phantasie nennen, sträubt sich gegen eine solche Vorstellung und ist noch eher bereit, der Illusion zu folgen. Ja, jeder hoffte, dass das Sterben ebenso aufhört, wie es angefangen hat: plötzlich.

Ein reichliches Jahr währte die Gnadenfrist, die wer auch immer unserer Spezies gewährte. Ende September im Jahr Vier traf die Menschheit der dritte Schock. Wieder schnellten die Opferzahlen in die Höhe. Labore und Kliniken schauten machtlos dem Sterben zu. Alle Forschungsansätze, alle Mutmaßungen, alle Therapiehoffnungen waren für die Katz. Bis Mitte Oktober sank die Zahl der Überlebenden auf weniger als eine Milliarde weltweit, wenn man den Zahlen der Weltgesundheitsbehörde - die ihrem Namen schon lange nicht mehr gerecht wurde - Glauben schenkt. In Deutschland waren es noch knapp zehn Millionen, in Dresden weniger als siebzigtausend.

In nur drei Wochen wurde meine ganze Familie ausgelöscht; ausgelöscht bis in die fernen Verästelungen eines sehr alten Stammbaums ...

Selbst das Wetter dieser Tage geriet aus den Fugen. Ganz anders als im Schwarzen September bildeten Schnee, Eisregen, Schneematsch, eisiger Sturm und dichter Nebel die schauerliche Silhouette eines noch schauerlicheren Sterbens. Die Leute starben so schnell und gleichmäßig verteilt, dass es oft unmöglich war, wenigstens die wichtigsten Dinge zu besorgen. Da sich nur wenig allein erledigen ließ, mussten für alle wichtigen Arbeiten Gruppen zusammengestellt werden. Und war man heute noch einer Gruppe zugeteilt, der man die Bergung und Bestattung der Opfer aufgetragen hatte, so konnte man schon morgen zu jenen gehören, deren Leichnam geborgen und bestattet werden musste.

Bald konnte ich den Anblick der vielen Toten nicht mehr ertragen, vor allem der jungen und der Kinder. Oft gingen wir der Nase nach. Je mehr wir uns verspäteten, je ärger hatten wir zu büßen. Noch verstörender als Anblick und Geruch der Opfer aber waren Fassungslosigkeit und Hoffnungslosigkeit der Hinterbliebenen, so es noch welche gab. Sie mischte sich zunehmend mit zwei unerträglichen Ängsten, die ich nur allzu gut nachfühlen konnte, nachdem auch ich einen Teil meiner Familie zu Grabe getragen hatte. Die eine Angst vergällt den Tod, die andere das Leben; hier die animalische, uns seit Urzeiten begleitende Angst vorm Sterben, dort die einzigartige, nur uns Menschen eigene Furcht zu überleben und der Einsamkeit machtlos ausgeliefert zu sein; einer Einsamkeit, die sich keiner vorzustellen vermag. Vor dieser Angst half nicht einmal mehr der Trost körperlicher Nähe und sinnlicher Ekstase, nicht einmal der kurze Augenblick orgastischer Eruption in einem noch so schönen wie leidenschaftlichen Leib.

Als ich den letzten der Meinen zu Grab getragen hatte, es muss Ende Oktober gewesen sein, floh ich vor dem Tod, also den Menschen. Vielleicht hat es doch einen Sinn, sich vor Sterbenden wie vor Lebenden fern zu halten, suggerierte mir unaufhörlich der Lebenswille, während mir nichts willkommener schien als der Tod. Ich stieg aufs Rad und fuhr ohne jede Vorbereitung ins ländliche Umland der einstigen Landeshauptstadt. Bald fand ich mich in einer mir gänzlich unbekannten Gegend und entdeckte daselbst per Zufall ein stimmungsvolles Anwesen an geradezu idyllischem Ort. Da das Haus leer stand und sich auch kein Besitzanzeiger fand, blieb ich, um mich ein wenig aufzuwärmen. Hier fand sich alles, was ich zum Leben nötig hatte, einschließlich eines mit viel Vorbedacht und Umsicht angelegten Vorratskellers.

Seither habe ich meine alte Wohnung nicht mehr aufgesucht und mich auch vom Haus kaum weiter entfernt als ein paarhundert Meter. Aus meinem alten Leben besitze ich nur noch das Fahrrad, die Brille, das ledergebundene Notizbuch, in dem ich einige Denkwürdigkeiten bewahre, und ein Paar Schuhe. Alles, was ich sonst noch am Leib trug, habe ich verbrannt. In mancher Lebenssituation ist es gut, wenn das Gedächtnis kein Futter findet. Im Haus und in der Umgebung gibt es nichts, was die Erinnerung anspringen oder gar beflügeln könnte, außer ein paar Schwänen vielleicht …

2 Tage sind vergangen.   3. August

Dieses Haus ist kein Ort zum Sterben. Hier müssen vor mir sehr glückliche Menschen gelebt haben. Wenigstens habe ich Fotos gesehen von hübschen, heiteren Leuten.

Es hat keinen Sinn, Schicksale einzelner in den Blick zu nehmen angesichts der Tatsache, dass in den letzten vier Jahren fast ein Zehntel aller Menschen gestorben sind, die jemals die Erde bevölkert haben.

Die Schwäne treiben noch immer friedlich auf dem See.

Letzte Nacht habe ich geträumt. Das ist mir schon lange nicht mehr passiert. Es war kein Albtraum, aber bedrückend war er schon. Ich bin vorm Sterben geflohen. Im Traum erschienen mir Kinder, die noch am Leben waren und hilflos durch die Straßen irrten. Was, wenn das Große Sterben längst vorbei ist und Kinder zurückgeblieben sind, die nicht ein noch aus wissen?

Der Wagen in der Garage war vollgetankt. Der Schlüssel steckte. Ganz unerwartet sprang der Motor beim ersten Versuch an. Ich lenkte den Wagen Richtung Stadt, fuhr ganz langsam in der Hoffnung, auf Menschen zu stoßen. Mich umfingen die Ruhe und der Frieden eines Sonntags. Nur das ferne Läuten von Kirchenglocken fehlte. Ich hatte alle Fenster geöffnet, um kein

Lebenszeichen zu überhören. Eine vorbeistürzende Hundemeute zwang mich, die Fenster bis auf einen kleinen Spalt zu schließen.

Verwilderte Hunde waren schon zum Problem geworden, als ich noch bei den Aktiven gewesen war. Schon damals war es nicht mehr möglich gewesen, sie in Heimen unterzubringen oder an neue Halter zu vermitteln. Schnell hatten sie sich zu Rudeln zusammengeschlossen und in einer umkämpften Rangordnung formiert. Auch bei der Frage, wer die letzten Leichen von den Straßen geräumt hat, musste ich an die Hunde denken. Wenn sie es waren, dann hatten sie - ähnlich wie Löwen und Tiger in Kriegsregionen - Geschmack an Menschenfleisch gefunden. Ich hatte also allen Grund, vorsichtig zu sein. Immerhin lebten in Dresden vorm Großen Sterben über fünfzehntausend Hunde. Selbst wenn jeder dritte bei den Rangkämpfen gestorben ist, sind immer noch zehntausend übriggeblieben, die in wenigstens tausend Rudeln ihr Unwesen treiben. Bestenfalls sind sie inzwischen aus Nahrungsmangel in die umliegenden Wälder ausgewichen. Wenn die aggressivsten Hunde mit kräftigstem Biss und fehlenden Hemmungen die Rudel übernehmen und sich dominant fortpflanzen, werden selbst Wölfe nichts zu lachen haben. Sollte ich meinen ersten Ausflug aus einer Art Leichenstarre zurück ins Leben nutzen, um mich hinreichend zu bewaffnen?

Das Stadtzentrum war leer und sauber und friedlich. Es wollte mir nicht in den Sinn, dass hier keiner mehr leben soll. I c h hatte überlebt, also war es für mich oder aus meiner Warte betrachtet die normalste Sache der Welt, überlebt zu haben. Ich erinnerte mich der Worte Selma Lundquists. Sie hatte von zwei, möglicherweise drei Nullen hinterm Komma gesprochen. Das wären für ganz Deutschland achthundertvierundvierzig oder vierundachtzig Überlebende; für Dresden fünf Komma fünf oder null Komma fünf. Mir stockte einen Augenblick der Atem. War ich einer von fünfeinhalb oder gar nur der Halbe? Woher wusste Frau Lundquist, dass ich nur ein halber bin?

Ich fuhr quasi ziellos durch die sanft schlummernde Stadt. Dem großen Conrad-Geschäft am Hauptbahnhof entnahm ich den teuersten Geiger-Zähler mit mehreren Sätzen zugehöriger Batterien. Das Gerät zeigte einen Wert von null Komma null drei Mikrosievert. Zum Glück wurde der Wert auch noch als *normal* beschrieben. Ich hätte sonst nichts mit ihm anzufangen gewusst. Hatte die Menschheit Dank der Warnung Kabundus wenigstens einen einigermaßen sauberen Abgang zuwege gebracht? Selbst wenn ich davon ausgehe, dass es in Kürze keinen Überlebenden unserer Art geben wird, hätte die positive Antwort etwas sehr Tröstliches. Andernfalls, was waren alle noch bestehenden Belastungen gegen die zunehmende Schädigung des Planeten in den letzten zweihundert Jahren?

In einem Waffenladen fand ich mehrere Pistolen und Gewehre nebst einem Haufen Munition. Lange suchte ich nach passenden Halftern. Als ich sie gefunden und an den Oberschenkeln platziert und die beiden Pistolen sicher darin verstaut hatte, besah ich mich - die beiden fernrohrbestückten Jagdgewehre lässig über die Schultern gelegt - im Schaufenster. War ich der halbe Überlebende von Dresden? Die Waffen lagen und hingen schwer an mir. Noch auf dem Gehsteig probierte ich sie aus. Viel war hier nicht falsch zu machen. Von jeher waren Pistole und Gewehr die wirksamsten Instrumente zur Befriedigung unseres Geltungsdranges oder Wirkungsbewusstseins. Sicher, das Ausklinken einer Wasserstoffbombe bewirkt mehr, aber daran ist eine riesige Maschinerie beteiligt. Bei einer Handfeuerwaffe bewegt der gekrümmte Finger einen kleinen Hebel, und die Geschicklichkeit des Körpers sorgt dafür, dass etwas getroffen wird. Ich schoss auf ausgewählte, unbelebte Ziele. Nach einigen Fehlschüssen traf ich sogar. Allein der Lärm würde mir das Jagen verleiden.

Einer Laune folgend fuhr ich zu jener Wohnung, in der ich mit meiner letzten Familie über zwanzig Jahre gelebt hatte. Die Haustür war nur zugeklinkt. Zögerlich stieg ich die Stufen des Treppenhauses bis zur zweiten Etage. Auch die Wohnungstür ließ sich mit der Klinke öffnen. Ich fand alles, wie ich es verlassen hatte. Was hatte ich erwartet? Dass mich ein Lachen, ein freudiger Ausruf empfängt? Schon beim Anblick der ersten Fotos stiegen Verzweiflung und Trauer in einer so zerreißenden Intensität in mir auf, wie ich sie nicht einmal zum Todeszeitpunkt hatte ertragen müssen. Ich warf mich auf das staubige Sofa und heulte haltlos, wie ich seit Kindertagen nicht mehr geheult habe. Es war eine Illusion, zu glauben, dass sich dieser Verlust mit Verstand überwinden lässt. Ich fühlte mich wie eine ausgerissene Pflanze, der man die letzten Erdkrumen von der Wurzel gepuhlt und sie dann auf einen ausgedörrten, rissigen Boden geworfen hat.

Keine Ahnung, wie lange ich dagelegen und versucht habe, an rein gar nichts zu denken. Als ich so etwas wie einen Entschluss in mir spürte, aufzustehen, hatte ich das Gefühl, den Ort so finsterer Gedanken und Erinnerungen stärker zu verlassen, als ich ihn aufgesucht habe.

Ohne Wehmut verließ ich die Wohnung. Unerklärbar unternehmenslustig stieg ich die Treppen hinab. Was hatte ich zu verlieren? Ich bin der halbe Überlebende von Dresden, jedenfalls so lange, wie ich nicht noch wenigstens einen weiteren Überlebenden gefunden habe. Ich werde die Stadt bis in den letzten Winkel abgrasen, und wenn ich dabei tausende Kilometer zurücklegen muss.

Keine hundert Meter von meiner einstigen Wohnung entfernt fand ich ihn; den zweiten Überlebenden oder, besser, den zweiten halben. Er saß auf den Treppenstufen des altehrwürdigen, erst kurz vor Beginn des Großen Sterbens liebevoll sanierten Hallenbades. Er sah aus wie einer der unauffälligen Weisen, die stets die Freude am Leben über jede Art Kummer gestellt haben.

Ich grüßte ihn zurückhaltend, unsicher, wirklich meinen ersten Überlebenden gefunden zu haben.

„Sie hab ich schon mal gesehen. Sind Sie nicht Doktor oder sowas ähnliches?"

Augenblicklich wurde mir klar, dass der Mann nicht ganz bei Sinnen ist. „Was machen Sie hier?", fragte ich, ohne auf seine Bemerkung einzugehen.

„Ich warte", gab er zurück.

„Worauf?"

„Na, dass sie wiederkommen."

„Wer soll wiederkommen?"

„Na die Leute. Die sind doch verrückt."

„Warum?"

Er musterte mich misstrauisch. „Sie machen sich wohl nichts aus Fußball. - Ich auch nicht."

Ich verstand so ungefähr, worauf er hinauswollte. „Wie viele Tage sind sie denn schon weg?", forschte ich, ohne sachlich auf das Gerede einzugehen.

„Wollen Sie mich verarschen?", platzte er lachend heraus. „Ein Fußballspiel geht doch nicht über mehrere Tage, auch wenn es ein ganz wichtiges ist." Er hielt inne. „Jetzt weiß ich, woher ich dich kenne. Du bist der Klaus Zikowski aus der Werkzeugschmiede. Warst früher schon der Faxenclown. Bist alt geworden, aber nicht so alt, dass man dich nicht mehr erkennt." Er nickte versöhnlich.

„Und wer bist du?" Hinter dem erstarrten Gesicht sah ich, wie er nach einer Antwort suchte.

Irgendwann erwachte er wie aus einem Traum. „Das weißt du ganz genau. Und wenn nicht, dann nenne mich - Rudi." Er lächelte ein gar sonniges Lächeln.

„Rudi", sagte ich leise, „hätte ich gleich drauf kommen können. Rudi. Wie lange sitzt du schon hier?"

Wieder überlegte er lange. „Ach, ich komm gern hierher. Die Treppe ist noch lange warm. Von hier sieht man viele Leute. Die meisten hetzen vorbei."

„Nur heute nicht."

„Heut ist Fußball."

„Wo wohnst du, Rudi?"

„Da drüben." Unwillig streckte er den Arm aus, um mit läppischer Geste auf den gegenüberliegenden Häuserblock zu weisen.

„Hast du nicht Lust, mit zu mir zu kommen?"

Er lachte heraus. „Bist du verrückt? - Meine Alte kommt doch nicht allein zurecht. Die würde vielleicht zetern."

„Deine Frau lebt noch?", entfuhr es mir unvorsichtigerweise.

Der Alte schaute lange zwischen seine Beine, bevor er den Kopf wieder hob und nickte. „Ja."

„Und wo ist sie jetzt? - Zu Hause?"

„Beim Fußball, verdammt. Dabei hat sie sich noch nie für Fußball interessiert. Eistanzen und sowas, ja, aber Fußball?"

„Ihr kommt zurecht, deine Frau und du?"

„Ja klar, warum nicht?", brummelte er.

Bei allem, was ich sehen konnte, erkannte ich an dem Alten keine Anzeichen von Verwahrlosung. Er war sauber und korrekt gekleidet, die spärlichen Haare nur wenig vom Wind zerzaust, Hände und Fingernägel tadellos. Selbst das Kissen, auf dem er saß, war weder schmuddelig noch zerschlissen.

Ich nickte ihm noch einmal lächelnd zu und stieg in den Wagen. War es richtig, ihn sitzen zu lassen? Er wäre mir auch nicht gefolgt, wenn ich nachdrücklicher geworden wäre. Aber warum habe ich ihn nicht einfach auf seinen Irrtum aufmerksam gemacht? He, Rudi, die spielen schon lange nicht mehr Fußball. Dafür gibt's nicht mehr genug Leute; alle weggestorben; nur wir zwei sind noch übrig; wir sollten zusammenhalten. - Das hätte er nicht kapiert. Am Ende hätte ihn die Wahrheit umgebracht. Das kann doch passieren. So recht tröstlich waren all diese Argumente nicht. Wenn zwei Halbe aufeinandertreffen, wird nicht immer ein Ganzes draus. Ich nahm mir vor, ab und an nach Rudi zu schauen.

Der Begegnung mit Rudi nachhängend, lenkte ich den Wagen zurück ins Stadtzentrum. Wo würde ich mich bemerkbar machen oder suchen, wenn ich Menschen finden will? Am Zwinger? an der Frauenkirche? dem Rathaus? In genau dieser Reihenfolge fuhr ich die Gebäude ab. Ich besah mir die Türen und Wände, las die Zettel, die - wer weiß, wann - da angeheftet worden waren. Über eine Stunde pendelte ich mit dem Wagen zwischen diesen drei nicht sehr weit voneinander entfernt liegenden Wahrzeichen der Stadt, um auf mich aufmerksam zu machen, oder jenen, die sich verborgen hielten, Gelegenheit zu geben, aus ihren Verstecken zu kriechen.

Warum, verdammt, hatte ich so lange gewartet? Warum war ich nicht eher auf die Idee gekommen, zu schauen, was draußen vor sich geht? Dann hätte ich vielleicht schon vor Monaten gemerkt, dass nichts mehr vor sich geht.

Wieder war ich versucht, von mir auf andere zu schließen. Damit hatte ich fast immer richtig gelegen und war ich meistens gut gefahren. Die Menschen sind sich ähnlicher, als man gemeinhin denkt, auch noch in der Dünkelhaftigkeit, die diese Erkenntnis verstellt. Warum sollten jene, die sich wie ich feige zurückgezogen haben, aus ihren Höhlen kommen, nur weil ich mit dem Wagen an ihren Häusern vorbeischleiche? Wenn man es richtig bedenkt, gibt es überaus gewichtige Gründe, vorsichtig zu sein und nicht dem Erstbesten in die Arme zu laufen oder gar zu fallen. Es existiert kein Gemeinwesen mehr, keine Instanz, die auf Recht und Ordnung schaut, ja nicht einmal jemand, der sagt, was Recht und Ordnung ist oder sein sollte. Also herrscht Faustrecht, das uralte Recht des Stärkeren, Rabiateren, Skrupelloseren. Glücklicherweise gibt es kaum etwas, was man mit Gewalt erzwingen muss. Die Läden sind voll, und die Waren werden womöglich noch hunderte Jahre alle Bedürfnisse der wenigen Lebenden befriedigen, ausgenommen die verderblichen. Wie lange wird es dauern, bis man wieder um Ziegen, Schafe, Rinder und Pferde kämpft? Aber da, wo Menschen rar sind, gibt es noch etwas weit Wertvolleres, das nicht zu kaufen ist und sich auch nicht aus Minen graben lässt. In alten Schriften ist zu lesen, dass es üblich war, nach dem Sieg über einen Feind alles niederzumachen, was an die Wand pisst. Mädchen und noch gebärfähige Frauen ließ man am Leben. In diesem blutigen Spiel gab es zwei Möglichkeiten. Man metzelt die umliegenden Stämme und Sippen, bis alle Männer tot und alle mannbaren Weiber errungen sind, oder man begnügt sich mit einer bescheidenen Schar der begehrenswerten Beute und weicht mit ihr allen Kämpfen aus, zieht fort in die Fremde, in unbekanntes Land, auch wenn es kälter und unwirtlicher ist, je weiter, je sicherer, bis es auf dem Globus keinen Flecken mehr gibt, auf den man ausweichen kann …

Ich kann verstehen, dass sich Frauen eher verborgen halten, als sich einem alten Kerl zu zeigen, der - schwer bewaffnet - mit einem Wagen stundenlang um die Häuser kurvt.

29 Tage sind vergangen.   1. September

Vier Wochen fahre ich nun durch die Straßen einer Stadt, die daliegt wie im Dornröschenschlaf, schön und sauber und still und friedlich - und tot. Es fehlen die vielen im Schlaf Erstarrten, die darauf warten, wachgeküsst zu werden. In den umliegenden Gemeinden und Dörfern sieht es nicht anders aus. Nur selten zeigt sich ein rauchender Schornstein. Aber auch unter denen verbirgt sich kein Leben, sondern nur eine vollautomatische Heizungsanlage.

Eine Zeitlang fuhr ich auch nachts, in der Hoffnung, hinter einem der beleuchteten Fenster ein Gesicht zu entdecken. Wie oft bin ich ausgestiegen und in beleuchtete Häuser und Wohnungen gestiegen? Wie oft habe ich gesucht und gerufen, gelockt, versprochen und gedroht und dann doch nur die laufenden Geräte und das Licht ausgeschaltet und mich - immer gleichermaßen enttäuscht - zurückgezogen? Es ist eine Quälerei, an einem Tag tausende Treppenstufen zu steigen mit diesem gemischten Gefühl aus Erwartung und Bangigkeit, Vorfreude und Befürchtung, Hoffnung und Hoffnung und Hoffnung, um am Ende immer wieder enttäuscht zu werden.

Nach den ersten Tagen hatte ich brennenden Muskelkater in den Beinen, und kaum weniger im Arsch, Bauch und Rücken. Immer wieder musste ich pausieren, um den unerträglichen Schmerz abklingen zu lassen. Heute lasse ich den Wagen stehen und laufe weite Strecken.

Schaufenster haben es mir angetan, genauer gesagt, die Puppen. Manchmal stehe ich lange vor einem Fenster, und wenn ich geduldig genug auf die Puppen starre, kann ich sie reden hören, und dann bewegen sie sich, nicht sehr, aber ein bisschen, und wenn ich mit ihnen rede, dann antworten sie auch, manchmal jedenfalls. Das passiert aber nur bei bestimmten Fenstern, die ich dann auch öfter besuche. Manchmal gebe ich den verschiedenen Figuren auch Namen, um sie besser auseinanderhalten zu können. Sie sind ja nicht nur unterschiedlich angezogen, es sind oft auch ganz eigene Typen; lustige, ernste, temperamentvolle und phlegmatische, sportliche und behäbige, kluge und schlichte Gemüter. Leider fehlen bei viel zu vielen die Gesichter, oder sie haben dümmlich feixende Masken. Die kann ich nicht ausstehen.

Ich kenne mittlerweile auch alle Erotikläden, in denen nicht nur Hochglanzheftchen, sondern auch Filme meiner Phantasie aufhelfen können. Eine ganze Kiste dieser Filme liegt inzwischen auf der Rückbank des Wagens. Ich kann mich ohne alle Vorsicht und Scham erleichtern. Merkwürdigerweise ist es in den Läden aufregender als am Abend im Haus am See. Wie auch immer, diese Art Erleichterung geht nicht tief genug. Das meine ich nicht so sehr körperlich. Die Filme - zumindest jene, die meinem Naturell entsprechen - sind erregend, gewiss, aber sie zeigen zu wenig Gesichter, und sie erzählen auch nur selten Geschichten, wie sie das Leben schreibt oder noch besser meine Phantasie.

Auch andere Filme sammeln sich auf der Rückbank. Am Abend schaue ich mir immer nur einen Film an, nicht mehr, weil es doch verschwendete Zeit ist. Seltsamerweise werde ich immer mäkliger. Alle Filme, in denen sich Menschen Gewalt antun, sind mir zuwider, erst recht alle Actionfilme, in denen es um nicht weniger als die Rettung der Menschheit geht. Warum empfinden wir so viel Befriedigung oder Erleichterung oder gar Freude, wenn ganze Heerscharen von Monstern oder Menschen abgeschlachtet werden, um dem Guten zum Sieg zu verhelfen? Entspricht es einer tief in uns angelegten strategischen Handlungsweise, einem instinktiv schablonenhaften Verhalten? Hat sich die Großhirnrinde und mit ihr das logische Denken entwickelt, weil wir gezwungen waren, perfide, hinterhältige Pläne zu entwickeln, um unsere Nebenbuhler oder die benachbarte Sippe oder die fremde Horde zu überwinden? War es am Ende für die Auslese und also auch für die Herausbildung unseres Gehirns unerlässlich, alle Überwundenen, also weniger intelligenten Artgenossen, umzubringen …? Alle Menschen, die zuletzt die Erde bevölkert haben, stammten von einer Frau und einem Mann ab, die irgendwann vor zweihunderttausend Jahren, wenn auch nicht zur gleichen Zeit in Afrika gelebt haben. Damals lebten schon tausende Menschen mit unterschiedlichem Genom. Warum haben nur diese beiden Linien überlebt? War der Überlebenskampf in einer feindlichen Umgebung so hart, dass unsere Art über Jahrtausende, wenn nicht Jahrhunderttausende an der Klippe des Unterganges entlangbalanciert oder -geschrammt ist? Oder waren wir uns selbst der schlimmste, erbarmungsloseste, gründlichste Feind …?

Ich mag auch keine Filme, in denen sich Männer und Frauen das Leben schwermachen, nur weil sie dem Partner nicht gönnen, auch mal mit anderen lustig und glücklich oder auch nur befriedigt zu sein. Dieser Egoismus war mir auch früher schon schwer erträglich, aber da war noch Hoffnung, dass die Menschheit eines nicht mehr fernen Tages klüger wird und sich eines Besseren besinnt. Sie ist nicht klüger oder wenigstens vernünftiger geworden. Möglicherweise wird sie mit dieser Kardinaltorheit zugrundegehen.

Leider gibt es nur wenige wirklich gute Filme, und auch die schaue ich mir am liebsten tonlos an. Stumm sind Menschen noch am erträglichsten. Wenn ich mir etwas besonders Gutes tun will oder muss, dann schau ich mir Straßenszenen an, oder Marktszenen, friedliche Tumulte, das Gewusel ganz vieler, die sich treffen, begegnen und auseinandergehen oder miteinander tanzen. Tanzen ist vielleicht das Wundervollste, was Menschen zuwege bringen; die stumme, harmonische, innige Vereinigung in einem Rhythmus; die unmittelbare Nähe ohne naheliegendes Ziel; ohne schnöde Absicht, die Zügelung oder vielmehr der Genuss fleischlicher Begierde in einem unerträglich eng gezogenen Dunstkreis …

Eine weitere Leidenschaft, die mir die Einsamkeit erträglich macht, ist die Wohnungsschau. Ich fand es auch schon früher spannend, Wohnungen auf mich wirken zu lassen. Leider kommt es unter normalen Umständen nur allzu selten vor, dass man originelle Wohnungen ohne Hast und strenge Beobachtung in sich aufnehmen kann. Es gibt Wohnungen, in denen mit dem Betrachter geschieht, was sonst nur in ganz wenigen Städten oder Stadtvierteln passiert. Wir werden anders. Es klingt etwas in uns, was wir bisher nicht gekannt oder gefühlt haben. Für diese Marotte konnten die Umstände nicht günstiger sein als nach dem Großen Sterben. Auch wenn ich zu lange am Haus am See auf den Tod gewartet habe, in manchen Wohnungen hing noch der alte Stallgeruch. Und wenn er verblasst war, konnte man ihn oft noch im Korb der Schmutzwäsche finden. Meist reicht ein einziger Blick in den Korridor oder ein Zimmer, um die Nester der Allzuvielen von denen der Besonderen zu unterscheiden. Nur selten kann ich dem Griff nach einem Nippes oder Accessoires oder Bild nicht widerstehen. Und selbst dann mache ich fast immer spätestens an der Wohnungstür kehrt, um den Gegenstand an Ort und Stelle zurückzubringen. Einzige Beute sind Filme. Die privaten Filmsammlungen erzählen viel über ihre Besitzer, und natürlich gibt es einen Zusammenhang: Je origineller die Wohnung, je größer die Wahrscheinlichkeit, auf gute Filme zu stoßen, auch oder gerade weil die Sammlungen in der Regel kleiner sind.

Das Haus am See ist ohne Zweifel eines der bemerkenswertesten Nester, in die ich je geraten bin. Es ist mir in allem so nah und vertraut, dass ich bisweilen eine Sehnsucht, ja rasende Gier empfinde, die ursprünglichen Bewohner kennenzulernen. Manchmal träume ich, dass sie von einer Reise heimkehren, die Tür öffnen, die Schuhe ins Regal stellen, die Mäntel an die Garderobe hängen und lachend ins Zimmer treten. Sie sind kein bisschen verwundert, mich auf dem Stuhl am Schreibtisch zu sehen. Ich begrüße sie herzlich mit der Versicherung, alles in bester Ordnung vorzufinden. Wir verbringen einen Abend bei gutem Essen und noch besserem Wein, und hernach verlasse ich das Haus ebenso umstandslos, wie ich es betreten habe.

Was würde ich tun, wenn ich nicht die Möglichkeit hätte, zu schreiben? Vermutlich verrückt werden.

Der Kalender eines längst verflossenen Jahres zeigt das Porträt einer uralten Frau mit bis in jeden Winkel gefaltetem und dennoch lächelndem Gesicht. *Weisheit* - steht darunter - *ist die beschönigende Umschreibung für die Fähigkeit, zu altern, ohne gemütskrank, wahnsinnig oder alkoholsüchtig zu werden.*

Mitten im letzten Satz klingelte das Telefon.

„Please stay on the phone and dial the following number." Es folgten Zahlen, alles in Endlosschleife. Irgendwann kam ich zu mir. Nie wäre mir in den Sinn gekommen, dass das Telefon noch benutzbar ist. Endlich gelang es mir, eine vollständige Zahlenreihe zu notieren. Mein Englisch ist miserabel, die Zahlen kenne ich immerhin. Nachdem meine Überraschung ganz abgeklungen war, wählte ich die Nummer.

„Hello, are you still there?"

Das war dann schon zu viel. „Wer sind Sie? Was wollen Sie?"

Am anderen Ende wurde es lebhaft. Aufgeregte Stimmen quirlten durcheinander. Offensichtlich wurde wer gerufen. „Hallo, wer ist dort?", fragte jemand aufgeregt.

„Mein Name ist Schubert. Hartmut Schubert."

„Wo sind Sie?", fragte er hektisch, als sei das die wichtigste Sache der Welt.

„In Dresden."

„Fantastisch. Wie viele seid ihr?"

„Zwei. Das heißt …"

„Nur zwei? Wieso nur zwei?"

„Wie soll ich das wissen?"

„Haben Sie die Nummer aufgeschrieben?"

„Ja. - Können Sie mir vielleicht meine Nummer verraten?"

Er stutzte. Dann nannte er Zahlen. „Wieso sind Sie nicht in Berlin?"

„Was soll ich in Berlin, verdammt?"

„Die letzte Order war, dass sich alle in den Hauptstädten sammeln und - wenn dort keine stabile Population zusammenkommt - in die kontinentalen Hauptstädte aufmachen."

Ich erkannte das einfache Prinzip Kabundus.

„Haben Sie die letzten Monate geschlafen?"

Das Gespräch überforderte mich einigermaßen. „Wer sind Sie?", fragte ich nüchtern.

„Verzeihen Sie. Mein Name ist Berthold Pfau. Ich rufe aus Alaska an. Seit vier Jahren arbeite ich hier in einem Forscherteam. Unsere Gruppe ist die größte in der nördlichen Hemisphäre, die wir bisher ausmachen konnten."

„Wie groß ist Ihre - Gruppe?"

„Wir sind vierundachtzig, davon achtundsechzig Inuit, also Angestammte."

„Vierundachtzig", wiederholte ich kleinlaut.

„Na besser als zwei. Haben Sie sich in Dresden mal umgesehen?"

„Ja. - Viel Hoffnung, noch mehr Überlebende zu finden, ist nicht. Ich suche schon einen Monat."

„Fahren Sie nach Berlin. Am Brandenburger Tor sollten sich Hinweise finden. Wenn nicht, resignieren Sie nicht. Vielleicht sind die Berliner in einer hoffentlich großen Gruppe schon nach Paris aufgebrochen. Aber auch dahin haben wir noch keine Verbindung."

Das klang mir alles ein bisschen zu sehr nach diesen Filmen, in denen mit ein paar markigen Sprüchen der Planet gerettet wird. „Woher haben Sie meine Nummer?"

„Von der Prioritätsplattform." Er wartete auf eine Antwort. „Von der haben Sie wohl auch noch nichts gehört. Da sollen sich alle eintragen, die noch am Leben sind. Leider waren das, als die Plattform ins Leben gerufen wurde, noch ziemlich viele. Die meisten sind inzwischen tot. Wir rufen die Nummern von hinten nach vorn durch. Wahrscheinlich befinden Sie sich in einer fremden Wohnung, deren Inhaber sich vor geraumer Zeit in die Plattform eingetragen hat."

Ich kam mir vor wie ein Idiot. Warum hatte ich meine Suche nicht im Netz begonnen? Eine Plattform im Internet, auf der sich die Überlebenden melden. Was ist simpler? Nie hätte ich für möglich gehalten, dass das Internet noch funktioniert. „Ich bin nicht davon ausgegangen, dass das Internet noch funktioniert", sagte ich etwas unwirsch.

„Herr Schubert, kann es sein, dass Sie nicht nur Monate, sondern schon über Jahre schlafen? Wo waren Sie, verdammt? Am Ende wurden nahezu alle verfügbaren Kräfte in die Aufrechterhaltung des Internet und der Telekommunikation gesteckt. Das kann Ihnen doch nicht entgangen sein."

Das war mir nicht entgangen. Nur hatte ich es nicht für möglich gehalten, dass das aberwitzige Vorhaben am Ende auch gelingt. „Viel scheint es nicht zu nützen", sollte eine Art Entschuldigung werden.

„Weil den Leuten offensichtlich der Ernst der Lage nicht klar ist. Wir müssen so schnell wie möglich stabile und nachhaltige, also überlebensfähige Populationen bilden. Das heißt, dass die Leute, die noch leben, erst mal zusammenkommen müssen."

„Alle?"

„So lange wir nicht wissen, wie viele es sind, möglichst alle. Und dann müssen sie sofort mit der Reproduktion beginnen. Also …"

„Ich weiß, was Sie meinen."

„Ich glaube nicht." Pfau atmete schwer, als hätte er nicht mehr die Kraft, das so oft Gesagte noch einmal herzubeten.

„Wir müssen dafür sorgen, dass Kinder geboren werden", sagte ich trotzig.

„Ja", gab er müde zurück. „Aber nicht so, wie wir es bis zuletzt gewöhnt waren. Jede Frau sollte acht bis zehn Kinder kriegen, wenn wir uns eine Überlebenschance bewahren wollen."

Ich musste lachen. „Welche Frau ist heutzutage noch bereit, zehn Kinder zu kriegen?"

„Wir müssen sie davon überzeugen, dass ..."

„Warum so viele?"

„Weil die meisten davon sterben werden. Haben Sie eine Vorstellung, wie lange es dauert, ehe sich die Anzahl einer überlebensfähigen Gruppe verdoppelt?"

Ich überschlug es, ohne zu wissen, was alles in die Rechnung einbezogen werden muss. „Bei fünf Kindern sollten eine oder zwei Generationen genügen, wenn alles so bleibt, wie es ist."

Pfau lachte bitter. „Wenn alles so bleibt, wie es ist. Aber es wird nichts bleiben, wie es ist. Das meiste Wissen wird in zwei bis drei Generationen verlorengegangen sein. Wenn wir Glück haben, benötigen wir zwei- bis dreitausend Jahre für die erste Verdopplung, für die zweite möglicherweise schon das Zehnfache."

„Warum, verdammt?"

„Kennen Sie einen Arzt? Wissen Sie, wie man einen Reinraum herstellt? Wissen Sie, was Penizillin ist? Wie man Bier braut oder Käse zubereitet? Letzeres werden sich die Leute schnell wieder in Erinnerung rufen. Mit den medizinischen Erkenntnissen wird das so einfach nicht sein. Wissen geht verloren, wenn es nicht angewendet wird. Wir wollen zufrieden sein, wenn die Leute nicht vergessen, dass es zweckmäßig ist, sich regelmäßig die Hände zu waschen. Wollen wir hoffen, dass sie nicht vergessen, wie Seife herzustellen ist. - Und dass sie nicht allzu bald auf die törichte Idee verfallen, den Nächsten zu erschlagen, um ihm die Butter von Brot zu stehlen", setzte er müde hinzu.

Ich hing den Worten nach. Die Aussicht, dass sich eine Gruppe Menschen erst in Jahrtausenden verdoppeln wird, war deprimierend und wollte mir nicht in den

Sinn. „Wie groß ist eine überlebensfähige Gruppe?",
fragte ich zurückhaltend.

„Schön, wenn man das sagen könnte. Für Hunde und
Katzen und Ratten und Labormäuse hat man das er-
rechnet. Bei Menschen ist das komplizierter. Es hängt
einfach von viel zu vielen Unwägbarkeiten ab: Seuchen-
anfälligkeit und -abwehr; Wetter; Ernährungssituation;
aggressivem Verhalten; ja, von Einfallsreichtum, Phantasie und Vernunft.

„Vernunft?", entfuhr es mir mit zynischem Zungen-
schlag.

„Wie alt sind Sie?", kam er meinem - zugegeben -
billigen Einspruch zuvor.

„Sechzig."

„Da sind Sie ja wohl noch potent."

„Ja, aber …"

„Was aber?"

Irgendwie hatte ich das Gefühl, bei diesem Kerl einer
Instanz gegenüberzustehen. „Ich habe vor Jahren eine
Vasektomie …"

„Nein!", rief er ungehalten. „Warum das denn?"

Pfaus Verzweiflung verunsicherte mich. „Ich habe …
hatte fünf Kinder. Ich wollte sie wenigstens bis zur
Mündigkeit begleiten. Außerdem wollte ich meiner Frau
die hormonelle Verhütung …"

Er atmete schwer. „Herr Schubert, ich will nicht
drumrum reden …"

„Sie brauchen gar nicht zu reden. Ich hab Sie verstanden. Meine Person ist für Sie oder die Menschheit nur
noch von sehr eingeschränktem Wert. Richtig?"

„Sie sprachen noch von einem zweiten."

Der Trotz in mir empfand es als ein köstliches Vergnügen, die niederschmetternde Beschreibung an den
Mann zu bringen mit dem unüberhörbaren Unterton *Es*

gibt noch weit schlimmeres. „Er ist über Achtzig und vollkommen senil."

Nachdem Pfau die Kröte geschluckt hatte, sagte er nüchtern: „Sein Sperma ist möglicherweise noch zu gebrauchen."

Ich legte auf. Was geht mich dieses Arschloch an? Er hockt in Alaska in irgendeinem Iglu und vögelt vermutlich munter drauflos. Hoffentlich reiben sich die Eskimoweiber noch immer ihre Leiber mit Fischtran ein.

Ich mochte noch so bissige Sätze erfinden, der Fakt meiner eingeschränkten Verwendbarkeit ließ sich nicht aus der Welt schaffen. Augenblicklich sann ich auf Möglichkeiten, mich anderweitig nützlich zu machen. Ich sollte im Internet recherchieren, wie Bier gebraut oder Käse bereitet wird. Oder sollte ich Rinderherden zusammentreiben?

Wieder klingelte das Telefon. Ich ließ es ein Dutzend Mal schnarren, ehe ich zum Hörer griff.

„Herr Schubert, entschuldigen Sie bitte meine direkte Art, aber manchmal ist es schwer, die Enttäuschung zurückzuhalten."

Was sollte ich sagen?

„Sie können auch s o sehr viel für uns tun."

„Ach was."

„Doch, doch, sie können uns helfen, den Bestand zu erfassen. Das ist sehr wichtig für alle weiteren Überlegungen."

„Wie viele haben Sie denn schon?"

„Die größte mit Sicherheit überlebensfähige Community lebt in Mombasa. Sie sind uns wahrscheinlich mehr als einen Schritt voraus. Beim letzten Gespräch waren es 5.348, in Geschlecht und Altersstruktur ausgeglichen."

Ich fingerte nach meinem Notizbuch und notierte die Zahl. „Lebt Ali Kabundu noch?"

„Ja, er leitet nach wie vor die ethnisch sehr bunte und daher nicht eben leicht zu befriedende Community."

Ich fand die Eintragung. In Wien hatte Kabundu noch von 13.583 Überlebenden gesprochen. Fünftausend von über einer Milliarde, das waren … „Hochgerechnet ergäbe das fünfzig- bis sechzigtausend Überlebende weltweit. - Wenn es dabei bleibt", fügte ich hinzu.

Pfau schwieg lange.

„Wie sieht es sonst aus?"

„Wir haben noch Kontakt zu knapp dreitausend Einzelgängern und ein paar Kleingruppen. Aber die sind zum Teil sehr sporadisch, also alles andere als stabil. Nur wenige Leute lassen sich bewegen, ihren Wohnort aufzugeben und in die Hauptstädte, geschweige denn ins Ausland zu ziehen. - Wie sieht es in Dresden aus?"

„Ruhig und friedlich wie an einem Sonntag. Es sind nur weniger Leute unterwegs. Das hat auch sein Gutes."

„Ach ja?" Pfau wirkte nervös.

„Je weniger da sind, je weniger können sterben."

„Ich wünschte, es wären noch viele da."

„Wie viele haben Sie sterben sehen oder begraben?"

Die Antwort ließ auf sich warten. „Warum fragen Sie?"

„Ich habe ein paartausend Leute aus den Wohnungen geschleppt und unter die Erde gebracht, ehe ich vor einem knappen Jahr meiner Wege gegangen bin."

Pfau brauchte ein Weilchen, um zu verstehen. „Sie müssen weitersuchen. Und fahren Sie nach Berlin. Und lernen Sie Englisch. Und rufen Sie an, wenn sie erfolgreich gewesen sind."

„Mach ich. Legen Sie sich ganz vorsichtig wieder hin."

„Sehr witzig. Wohl dem, der gut schlafen kann."

„Reiben sich die Eskimofrauen eigentlich immer noch ihre Leiber mit Fischtran ein?"

„Ich glaube nicht", sagte Pfau unernst.

„Sie glauben nicht? Heißt das, dass ihr da oben noch nicht mit der Reproduktion begonnen habt?"

„Sie Witzbold, wir haben - hier oben - einen geradezu teuflischen Männerüberschuss."

„Das kann ich nachfühlen. Machen Sie's gut, und sterben Sie mir nicht."

„Ebenso."

5 Tage sind vergangen.   6. September

Die Ereignisse nehmen einen denkwürdigen Verlauf. Noch am Tag des Anrufs lud ich den Wagen mit Proviant mehrerer Tage, um in Richtung Berlin aufzubrechen. Da die Autobahn einer der am wenigsten geeigneten Orte ist, um Menschen zu begegnen oder zu entdecken, fuhr ich vornehmlich Landstraße, immer Richtung Norden. Es war eine Art Treibenlassen. Nirgends zeigten sich Hinweise, die stark genug waren, um mich anhalten und nachschauen zu lassen. Wer so oft enttäuscht wurde, entwickelt ein Gefühl für Täuschungen. Es waren ja immer ähnliche Muster, denen ich folgte, will sagen, es mussten immer ein paar Dinge zusammenkommen, ehe ich stutzig oder gar aufmerksam wurde.

In Elsterwerda hatte ich ein fast sicheres Gefühl. Ich sah ein offenes Fenster, hörte eine vertraute Musik und zeitgleich Stimmen, die mit der Musik nichts zu tun hatten. Aufgeregt sprang ich die Treppe hinauf. Im Wohnzimmer lief ein Fernsehapparat mit der Grundschleife eines Poirot-Films, und in der Soundanlage drehte sich eine Hörspielscheibe in Endloswiederholung. Das passiert nicht oft, ist aber nicht weniger enttäuschend. Auf der Straße blieb ich lange stehen, um die Gebäude ringsum eingehend zu untersuchen. Das hatte ich mir zur Regel gemacht, in der Hoffnung, vom Schicksal für die eben erlittene Verarschung belohnt zu werden. Zumindest wollte ich dem Schicksal die Chance geben, fair zu sein.

Ich fühlte etwas Feuchtes an der Hand. Panisch drehte ich mich um. Noch heftiger zog ich die Smith & Wesson aus dem Holster. Mir kam es vor wie in Zeitlupe.

Er sah mich unverwandt an, ohne Furcht und keine Spur unterwürfig. Wenn er mich hätte töten wollen, wäre ihm das vor einer Sekunde ohne Mühe gelungen. Mir zitterten die Knie, obwohl ich mit gezogener Pistole in der eindeutig komfortableren Position war. Ich kenne mich nicht sonderlich mit Hunden aus. Ich mag sie nicht, oder, besser, ich mag Hundehalter nicht. Wie kann man ein Tier mögen, dem man mit viel Mühe über hunderte Generationen hinweg die wichtigsten Instinkte weggezüchtet hat. Beim Rind fällt das kaum auf, beim Pferd ist es schon peinlich, bei einem Wesen, das den Wolf zum Urahn hat, wird es unerträglich, für mich jedenfalls. Bei dem, der vor mir stand, hatte man Form und Kraft über die des Wolfes gezüchtet. Ich kannte sogar den Namen der Rasse. Der Zeichnung des Rückenfells entsprechend wird er *Ridgeback* genannt, seiner Abstammung nach als *Rhodesian Ridgeback*. Wenn man den Geschichten glaubt, wurde er zur Jagd, speziell zur Löwenjagd gezüchtet. Er stellt das Wild und bindet es so lange am Ort, bis die Jäger eintreffen. Ursprünglich hatte man ihnen das Bellen abgewöhnt. Ich hab sie aber schon bellen gehört, ein sehr imposanter, ja furchteinflößender, tiefer, kehliger Laut. Der da vor mir saß, den Kopf leicht geneigt, mochte ähnliche Überlegungen über mich anstellen. Ich ließ den Blick schweifen, ohne den Hund aus den Augen zu lassen. Lauerte da irgendwo noch ein kampfentschlossenes Rudel?

„Du hast möglicherweise einen schweren Fehler gemacht", sagte ich, um eine feste Stimme bemüht.

Er legte den Kopf auf die andere Seite. Zugegeben, er sah majestätisch aus in seinem rehbraunen, kurzen Fell, mit der dunklen Schnauze und den hängenden schwarzen Ohren. Die dunklen Augen schauten unablässig in mein Gesicht, obwohl vom eisernen Gerät in meiner Hand eine wesentlich größere Gefahr ausging.

„Was soll ich jetzt mit dir machen?" Soweit ich sehen konnte, zeigte sich nicht die Spur eines weiteren Hundes.

Der Kerl vor mir stand auf und stupste mit der Schnauze an meine freie, schweißnasse Hand. Als ich sie ihm flach darbot, nahm er sie ins Maul. Er drückte zu, aber keinen Deut zu fest. Ich musste an Bilder von Krokodilen denken, die ihre frischgeschlüpfte, winzige Brut mit den gewaltigen Zähnen fassen, um sie an einen anderen Ort zu bringen. Er hielt meine Hand, ohne mir weh zu tun, aber so, dass es mir nicht möglich war, sie zu befreien. Woher weiß er, wann es wehtut?

„Lass los, verdammt!"

Er hörte prompt. Er ließ los und trat ein Stück zurück.

„Verschwinde. - Verschwinde!"

Ohne zu zögern trottete er davon.

Ich war fasziniert und augenblicklich ganz für ihn eingenommen. Mich beschlich sogar etwas wie Angst, ihn mit meinem unwirschen Getue verloren zu haben. „Warte! Komm zurück!"

Er blieb stehen und drehte sich um.

„Komm schon!" Offensichtlich hatte ich unsere erste Begegnung verkackt. Also war es an mir, den ersten Schritt zu tun.

Er wartete geduldig.

„Okay." Als ich vor ihm stand, steckte ich die Pistole ins Holster. „Möglicherweise habe i c h eben einen schweren Fehler gemacht. - Ich heiße Hartmut, und du?" Mir kam eine Idee, die keinen Anspruch erhebt, besonders gut zu sein. Ich strich ihm sanft über den Kopf, erst vorsichtig, dann beherzter. „Warte hier, Alter, bleib sitzen. Ich komm zurück. Und dreh dich nicht um."

Bis auf das Letzte, machte er, was ich verlangte.

Ich entfernte mich langsam und verschwand endlich hinter der nächsten Hausecke. Von hieraus rief ich alle mir einfallenden möglichen und unmöglichen Hundenamen. Alles vergeblich. Ich musste lachen. Bildete ich mir wirklich ein, ich könnte unter unzähligen Namen den richtigen treffen? Was wusste ich, welchen Sinn der Hund in mein unsinniges Manöver legt. Am Ende meines Lateins und eigentlich nur aus Blödelei rief ich *Alf*.

Keine drei Sekunden später kam er ums Eck geschossen, so dass er Mühe hatte, rechtzeitig stehenzubleiben.

„Alf?" Ich besah ihn mir genauer. Bis auf die Farbe des Fells und die Grundform der Schnauze hatte er nicht die geringste Ähnlichkeit. „Wie kann man einen Hund *Alf* nennen?" Das sollte ich bald erfahren. „Na komm, vielleicht können wir ja ein Team werden. Aber ich sag dir gleich, dass ich kein Hundehalter bin. Ich halte dich nicht. Wenn du den Kanal voll hast, kannst du gehen. Jederzeit."

Ich lief los. Nach ein paar Schritten drehte ich mich um. Er saß noch immer am alten Fleck. „Was ist? Wir können hier nicht den ganzen Tag vertrödeln. Wir müssen die Menschheit retten, verstehst du?"

Er trottete langsam auf mich zu, fasste meine Hand wie vorhin und zog mich zu sich in die andere Richtung.

„Der Wagen steht da. Da!"

Er ließ nicht nach.

Mir kam eine Ahnung, die ich sofort als absurd verwarf. „Also gut. - Aber das kann nicht zur Regel werden, Alter."

Wir liefen nebeneinanderher, das heißt, nachdem Alf meine Hand freigegeben hatte, lief ich - quasi in Tuchfühlung - neben ihm, bemüht, die Orientierung nicht zu verlieren. Das ist so eine Schwachstelle bei mir. Nach ein paarhundert Metern standen wir vor einem eisernen Zaun mit eisernem Tor. Alf öffnete es mit der Schnauze. Ich legte die Hand an die Pistole. Am Tor hatte ich etwas wie *Internat* gelesen. Der Häuserblock wirkte wie ein normales Wohnhaus. Um nicht schon in den ersten Minuten die Autorität ganz zu verspielen, drückte ich alle weiteren Klinken. Alf strebte unbeirrt einem Ziel entgegen. Mir wurde bang. Im Gebäude hallten unsere, vielmehr meine Schritte, ansonsten war es totenstill.

Nachdem wir Treppen und lange Korridore passiert hatten, verharrte Alf vor einer Zimmer- oder Wohnungstür. Ich war auf alles gefasst, nicht aber auf das, was sich mir darbot, nachdem ich die Tür mit dem Fuß aufgestoßen hatte.

Die Mädchen oder jungen Frauen standen - wie erstarrt - aufgereiht an der gegenüberliegenden Wand und schauten abwechselnd auf den Hund und mich. Ich zählte neun. Neun! Das kann nicht sein. Zwei Halbe für eine Halbmillionenstadt und neun für dieses Nest? Die Mädchen waren durch die Bank mannbar, wenn auch von recht unterschiedlicher Attraktivität. Aber das sollte in der aktuellen Situation nicht überbewertet werden. Ich dachte an Rudi. Würde er sich bewegen lassen, die Mädchen zu begatten? Würden sie sich zu einem senilen Greis legen? Sie würden sich freiwillig wohl nicht einmal zu mir legen, und ich bin ein junger Heißsporn gegen Rudi. In der Luft lag ein Gemisch aus Angst und pubertärem Mädchenschweiß.

„Hallo. Ich heiße Hartmut Schubert und komme aus Dresden. Der Hund hat mich hierhergeführt. Kennt ihr ihn?"

Die Mädchen tauschten Blicke. So recht wollte keine aus der Reihe treten.

Ich wählte die mit dem aufmüpfigsten Gesicht. „Wir kommen nicht drumrum, miteinander zu reden." Ich belehrte sie in ähnlicher Weise, wie Pfau mich belehrt hatte. Den Fortpflanzungsaspekt streifte ich nur beiläufig.

Sie hörten geduldig zu. Bisweilen flog sogar ein verlegenes Lächeln über eines der Gesichter.

„Es wäre schön, wenn ihr mir sagen würdet, wie ihr heißt, wie alt ihr seid und wo ihr herkommt."

Sie waren zwischen siebzehn und zwanzig und kamen aus unterschiedlichen, weitverstreuten Ortschaften. Das Mädchen, das ich angesprochen hatte, redete zuletzt und gab sich als Wenke Schmidt zu erkennen.

„Sind noch mehr hier?"

Alle schüttelten den Kopf.

„Wieso seid ihr nur Mädchen?"

„Wir waren mal mehr. Ich bin die einzige von denen, die mal hier gewohnt haben. Die andern hab ich über die Plattform gefunden. Wir konnten uns nicht entscheiden, ob wir nach Dresden oder gleich nach Berlin aufbrechen sollen. Und dann … Das Sterben hat uns aufgehalten."

„Ihr solltet erst mal mit nach Dresden kommen. Ich bin auf dem Weg nach Berlin, um zu sehen, wie es da ausschaut."

„Wie viele gibt es in Dresden?"

Ich sah in neun gespannte Gesichter. Die Versuchung war groß, aber … „Zwei."

„Dann können wir ebenso gut auch hier bleiben", sagte Wenke mit zitternder Stimme.

„Wie ihr wollt", erwiderte ich gefasst. „Hier ist eine Nummer. Die würden sich freuen, von euch zu hören.

Sie sitzen in Alaska, um die Schäfchen zu zählen." Ich zog das Notizbuch aus dem Jackett.

„Ich komme mit", kam es trotzig aus einer Ecke.

„Ich auch", klang es aus der anderen.

„Ich mag auch mitkommen."

Drei. Es waren nicht die Unattraktivsten. Ich steckte das Notizbuch wieder ein. „Für vier hätte ich Platz im Wagen, aber wir können auch mit zwei Autos fahren." Ich war in Hochstimmung. Nach nur drei Tagen würde ich dem Hohen Rat in Alaska einen ersten Erfolg vermelden können. Ich rechnete schon neun Mal zehn. Dann nahmen die Ereignisse einen skurrilen Verlauf.

Als die drei reisewilligen Mädchen aus der Reihe traten und sich zwei weitere anschickten, zu folgen, trat Alf auf den Plan. Er trat vor mich hin, spannte alle Muskeln und bellte. Es war nur ein Laut, aber ein schreckeinflößender. Die Mädchen wichen zurück.

„Alf, was soll das, zum Teufel?! - Ihr müsst keine Angst haben. Er tut nichts. Vielleicht hat er sich erschrocken, weil gleich so viele ... Kommt einzeln und ganz ruhig."

Die Beherzteste kam langsam aus der Ecke. Alf knurrte unmissverständlich. Sie ging zurück. Ich winkte den Mädchen einzeln zu. Bei allen wiederholte sich das distanzierte Knurren.

„Alf, das sind Mädchen. Die tun nichts. Die sind ganz harmlos. Sieh doch." Ich trat auf die Beherzteste zu.

Alf schnappte schmerzhaft nach meiner Hand, um mich ruckweise Richtung Flur zu zerren. Ich blieb in der Tür stehen und überlegte, ob ich ihn erschießen soll. Aber vor den Mädchen? Es war nicht schwer, mir vorzustellen, was die Mädchen in den letzten Monaten und Jahren erlebt haben. Wenn ich ihnen den ungleichen Kampf mit einem Hund darbiete, brauchte ich nicht zu hoffen, dass mir auch nur eine folgen wird.

Während mir allerlei durch den Kopf geisterte, trottete Alf zu Wenke. Er schnappte nach ihrer Hand, dann nach ihrem Rock und zog sie zu mir. Sie folgte mit nur leichtem Widerstand und klammerte sich schreckensbleich an mich.

Trotz der konfusen Situation war es ein sehr schönes Gefühl. Meine Gedanken stoben in alle Richtungen. Hatte Alf dieses Mädchen für mich ausgesucht, das, zugegeben, zu den anschaulichsten gehörte? Wollte er verhindern, dass ich einen ganzen Harem nach Dresden verfrachte? Das war doch absurd. Er agierte in höchster Spannung. Warum hatte er mich hierhergebracht? Wegen dieses Mädchens? „Kennst du den Hund?"

Sie schüttelte den Kopf.

„Magst du mitkommen?"

„Nein."

„Dann geh zurück."

Alf begleitete ihren Rückzug mit leisem, weinerlichem Ton.

Was hatte das zu bedeuten? „Ich warte vorm Tor. Kommt in den Garten. Dort probieren wir es noch mal. - Alf, komm!"

Alle Mädchen folgten uns in gehörigem Abstand. Vier blieben in der Eingangstür stehen, während fünf in den Garten traten.

Ich hatte keine Ahnung, warum sie sich entschlossen hatten, mir zu folgen, so wenig, wie ich begriff, warum vier es vorzogen, hier zu bleiben. Noch bevor die fünf die halbe Distanz zum Tor überwunden hatten, stemmte Alf alle Füße gleichzeitig auf den Boden. Er schien zum Äußersten entschlossen. Natürlich hätte ich die Reisewilligen auffordern können, die Sachen zu packen und mir in einem anderen Wagen zu folgen. Aber mich beschlich ein merkwürdiges Gefühl. Alf verhielt sich seltsam, aber eindrücklich geradlinig und logisch. Das machte mich stutzig und weckte schließlich eine wenn auch nebulose Vermutung. Ich zog abermals mein Notizbuch aus dem Jackett, schrieb Anschrift und Telefonnummer - auch die aus dem fernen Alaska - auf einen Zettel, riss ihn aus und legte ihn auf den Torpfosten.

„Ihr seht, ich müsste ihm was antun, um euch mitzunehmen. Ich komm später wieder. Solltet ihr von hier weggehen, lasst mich wissen, wohin."

Auf dem Weg zum Wagen drehte sich Alf immer wieder um. Winselnd beklagte er das Zurückbleiben eines Mädchens. Mir war nicht weniger zum Heulen zumute. Pfau hatte recht. Ich war nicht einmal fähig, neun Mädchen heimzuführen. Warum musste mir ausgerechnet jetzt ein Hund zulaufen, und dann auch noch einer, dem man nicht so leicht widersprechen kann?

Ich fuhr weiter nach Berlin, immer neun verängstigte Mädchen vor Augen, von denen fünf bereit gewesen waren, mir zu folgen. Alf saß ohne Anzeichen eines schlechten Gewissens auf dem Beifahrersitz. Ich schwätzte mit ihm, ohne dass er nur einmal Anstalten gemacht hätte, zu reagieren. Wahrscheinlich war er mit den Gedanken noch bei diesem einen Mädchen. Ich hoffte, dass sie auch gut ohne mich zurechtkommen. Immerhin hatten sie es Monate, wenn nicht Jahre allein geschafft.

Wie oft ich auch Ortschaften querte, nie war da die geringste Spur von Leben. Nicht einmal Tiere waren zu sehen. Mitunter hielt ich an, um zu lauschen. Vögel mussten doch wohl zu hören sein. Ich hörte keinen Piep. Waren sie auch sonst kaum im September zu hören? Ich habe keine Ahnung. Man ist einfach dumm in den einfachsten Dingen. Bier wird aus Hopfen, Malz und Wasser gemacht. Und wie? Malz gewinnt man aus Getreide, Gerste zumeist. Aber wie? Und was macht man mit dem Hopfen? Und welches Wasser ist geeignet, damit man das Gebräu auch trinken kann? Käse wird aus Milch gewonnen mit Hilfe des Labenzyms aus dem Kälbermagen. Und wie gewinnt man das? Und wann gibt man es der wie auch immer vorbereiteten Milch zu? Nichts, nichts weiß man, gar nichts! Hoffentlich bleibt uns das Internet noch ein Weilchen erhalten.

Anders als ich, hatte Wenke alles richtig gemacht. Sie hatte die Mädchen über die Prioritätenplattform gesucht. Möglicherweise hatte sie viel mehr Überlebende gefunden und um sich versammelt. Waren auch Männer darunter? oder hatte sie gezielt nach Mädchen gesucht?

Die Plattform mochte anfänglich ihren Zweck erfüllt haben. Aus heutiger Sicht hatte sie einen großen Mangel. Man hätte sie so programmieren müssen, dass sich die Meldungen nach einer angemessenen Zeit von selbst löschen, sich Überlebende also in entsprechenden Zeiträumen immer wieder hätten melden müssen. Aber hätten Überlebende bis zuletzt von dieser Möglichkeit Gebrauch gemacht? Vielleicht hatte man die Plattform doch nicht falsch programmiert. Wie dem auch sei, jetzt barg sie zu viele Leichen, um wirklich brauchbar zu sein. Der Truppe um Pfau in Alaska war es noch nicht einmal gelungen, Kontakt zur deutschen Community in Berlin, geschweige denn zur europäischen in Paris aufzunehmen.

Warum war Pfau so beunruhigt? Warum konzentrierte er sich nicht darauf, sich mit der Gemeinschaft in Mombasa zu verständigen? Warum setzte er seine Hoffnung nicht auf die von Kabundu geführte Community? - Ich wälzte diese Fragen lange hin und her. Geht es ihm am Ende um nichts anderes als den Fortbestand der weißen Rasse? Hat er bei seinem teuflischen Männerüberschuss die einheimischen Frauen vielleicht gar nicht mitgezählt?

Diese Gedanken lösten andere aus. Angenommen, es würde gelingen, alle Überlebenden auf einem überschaubaren Raum zu versammeln, wo wäre das? Würde es gelingen, sich auf eine Gebiet, ein Land, einen Kontinent zu einigen? Ich hatte schon Mühe, mir vorzustellen, nach Berlin zu gehen, geschweige denn nach Peking oder Neu Delhi oder Mombasa. Und wie würde die Führung dieses Gemeinwesens ermittelt werden? - Demokratisch? Auf welche Sprache würde man sich einigen? auf welche Religion? welche Verfassung? welche Gesetzgebung? welches Steuersystem? Pfau hatte mich gedrängt, Englisch zu lernen. War es unter den gegebenen Umständen nicht viel wahrscheinlicher, dass sich Swahili eher bewahrt als Deutsch? Wie viele werden in einer Community von sechzigtausend Leuten chinesisch sprechen? oder Hindi? Wo oder unter welchen Umständen kann Englisch noch mithalten? Würde sich in einer so kleinen Gruppe auf so überschaubarem Raum eine einheitliche Umgangssprache nicht von ganz allein ergeben, möglicherweise aus Splittern vieler Sprachen? Werden sich die Überlebenden den Sprachen gemäß separieren?

Die meiste Zeit höre ich einen Englischkurs. Immer wieder ertappe ich mich dabei, nicht bei der Sache zu sein. Ja, ich grüble mehr über den Verlust der eigenen Sprache, als ich mich bemühe, die wenigstens nahverwandte Fremdsprache zu lernen. Ich will mich ja gern vom geliebten Deutsch verabschieden, wenn ich nicht auf meine alten Tage noch Chinesisch lernen muss.

Fremdsprache. Das Wort hatte noch nie einen so bitteren Klang. Oder empfinden nur wir das so, die wir über zig Generationen in einer behüteten Sprachregion gelebt haben? Was sollen die Afrikaner sagen? In nahezu allen Ländern südlich der Sahara herrschen Fremdsprachen in den Amtsstuben, Schulen, Universitäten und öffentlichen Einrichtungen. Zweitausend einheimische Sprachen gab es vorm Großen Sterben in Afrika. Wird man sich nun wenigstens auf eine dieser Sprachen einigen? Oder wird man sich des Englischen bedienen, um sich möglichst unkompliziert mit anderen Regionen der Welt verständigen zu können? Sinnvoll wäre es schon, sich auf eine Sprache zu einigen. Es fiele mir leichter, dem zuzustimmen, wenn es die deutsche wäre. Es braucht nicht viel Phantasie, sich vorzustellen, dass sich Menschen um die Vorherrschaft einer Sprache totschlagen. Mir fallen noch andere Streitfelder ein. Wird man sich auf einen Gott verständigen? oder auf eines der heiligen Werke? Wenn es Kabundu für Afrika schafft, kann es vielleicht auch in anderen Weltgegenden gelingen. Werden sich die Rassen argwöhnisch belauern? Wenn man nur nicht wieder anfängt, den Wert der Menschen nach Äußerlichkeiten zu bestimmen. Diesmal werden die Afrikaner hoffentlich wehrhafter sein.

Es wird schon kompliziert genug werden, in Berlin einen Konsens zu finden, möglicherweise in Paris, ganz zu schweigen von Peking oder Mombasa … Hatte man sich in Wien auf ein globales Rückzugsgebiet verständigt?

Alf hat zu alldem keine Meinung. Bei Hunderassen gibt es im Augenblick wohl nur die Frage, ob klein oder groß; schwach oder stark; zahm oder wild; zurückhaltend oder unbarmherzig. Zu welcher Gruppe gehört Alf? Er hat sich keinem Rudel angeschlossen. Ist er sich zu fein für die Rangeleien? Er hätte gute Voraussetzungen, Sieger zu bleiben. Es ist nicht jedermanns Sache, sich ein paar lächerlicher Vorteile wegen zu hauen. In diesem Punkt sind wir zwei uns wahrscheinlich ähnlich. Ein kluger Mann* hat geschrieben: *Und mancher, der sich vom Leben abkehrte, kehrte sich nur vom Gesindel ab. Und mancher, der in die Wüste ging und mit Raubtieren Durst litt,*

---

* Friedrich Nietzsche in *Also sprach Zarathustra*

wollte nur nicht mit schmutzigen Kameltreibern um die Zisterne sitzen.

Sitzen mag noch angehen. Etwas anderes ist es, mit ihnen um eine möglichst komfortable Menge frischen Wassers zu streiten. Andererseits, wer nicht mit den Kameltreibern kämpfen mag, der ist gezwungen, nachher umso härter gegen die noch unbarmherzigere Natur der Wüste zu kämpfen.

Leben ist Kampf. Die einen verwerfen diese Aussage als antizivilisatorisch, die anderen bewerten Zweifel an der Richtigkeit dieser Aussage als dekadent. Der Mensch hat viele Waffen: die Kraft, Beweglichkeit, Schönheit und Grazie des Körpers in vielen Varianten; die Kraft, Schönheit, Beweglichkeit und Grazie des Geistes in noch mehr Varianten; am erfolgreichsten aber sind diejenigen, die aus Mangel an den genannten mit hinterhältiger Schläue, rhetorischen Ellbogen oder brachialer wie brutaler Gewalt zu Werke gehen. Nur letztere wird zivilisatorisch unterdrückt und gezügelt. Das heißt aber nicht, dass man den Kampf an sich aufgehoben oder für unsinnig und dumm befunden hat.

In Läden und Lagern liegen mehr Schuhe, als wir in tausend Jahren abtragen können. Museen, Juweliergeschäfte und private Safes bergen Schätze, die für alle ausreichen, sich von Kopf bis Fuß mit Gold und Silber, Glitzerzeug und Klunkern, ja mit unermesslichem Reichtum zu behängen. Jeder könnte in einem Schloss wohnen, umgeben von einem prachtvollen Park. Von nahezu allem gibt es einen unvorstellbaren Überfluss. Trotzdem werden wir Sachen finden, um deren Besitz es lohnt, sich die Köpfe einzuschlagen, und wenn es nur ein so schnödes Ziel ist wie die Macht.

Vielleicht gelingt es ja am Ende doch, dass sich alle Überlebenden an einem Ort zusammenfinden. Mombasa wäre passend. Die Stadt liegt nicht weit entfernt vom vermuteten Ursprung unserer Spezies. Und dann? Dann werden sie, wie vor zweihunderttausend Jahren zum letzten Mal, voreinander fliehen und fliehen und fliehen, bis sie über den ganzen Erdball verteilt sind und in tausenden Sprachen sprechen, ohne sich zu verstehen.

Ich habe nie Gefallen daran gefunden, Waffen zu tragen, erst recht zu gebrauchen. Ich weiß es zu schätzen, dass ich nie habe auf Menschen schießen müssen. Das war nicht vielen Generationen vergönnt. Jetzt ist mir die Pistole schon nach kurzer Zeit zur beruhigenden Begleiterin geworden. Ich habe sie nach dem Preis gewählt, aber auch nach der Marke. Es war die einzige, die ich kenne. *Smith & Wesson* hat schon die besten Revolver hergestellt, als sich nordamerikanische Siedler noch mit Indianern und Ihresgleichen um Claims und Territorien gestritten haben. Revolver kosten das Doppelte wie Pistolen und sind auch doppelt so schwer. Ersteres hätte mich nicht gestört. Man muss sie nicht mehr kaufen. Aber sie haben nur fünf oder sechs Schuss in der Trommel. Meine Pistole hat achtzehn. Das kann in bestimmten Situationen sehr bedeutsam sein.

Endlich sehe ich Rinderherden und Herden verwilderter Pferde. Jetzt würde ich mich nicht wundern, auch Zebras oder Löwen zu begegnen oder Giraffen, Pinguinen oder Affen. Was haben sie mit all den Viechern in den Zoos gemacht?

Bären und Wölfe werden schon bald wieder hier sein, wenn sie merken, dass die Zweibeinigen verschwunden sind. Ich gäbe was drum, zu erfahren, was sie sich dabei denken, falls sie sich etwas dabei denken. Vielleicht kommen auch Tiger hierher und andere. Werden sich all die bedrohten Arten erholen, jetzt, wo wir quasi nicht mehr da sind? Das Tragische oder auch die Ironie an der Sache ist, dass es jetzt keinen mehr gibt, der sich dafür interessiert …

Die meisten Felder liegen brach und haben dichte Grasnaben gebildet, in denen sich allesmögliche Kraut ausgesät hat. Wie lange wird es dauern, bis auf allen Äckern Heide entsteht und später Wald, dichter Wald, undurchdringlicher Urwald, der nur mit viel Mühe wieder in Acker verwandelt werden kann? Noch blühen die ehemaligen Felder in vielen Farben. Wird man in fünfzig Jahren noch wissen, wie welche Pflanze genannt wird und wofür sie nützlich ist? Wird man wenigstens die giftigen von den essbaren unterscheiden können?

Wir Alten müssen unser Wissen weitergeben, auch wenn es beunruhigend wenig ist. Aber wir können nicht gleichzeitig Äcker bestellen, Lehren und Medizin studieren. Und nebenbei auch noch die wichtigsten Dinge bewahren oder erhalten, Hochspannungsmasten und Leitungen zum Beispiel. Noch stehen sie majestätisch. Noch ziehen sich die Trassen kreuz und quer durchs Land. Wie lange halten sie? Was wird, wenn sie brechen? Es gibt so grausam viele Dinge, die wichtig sind. Wer kann all das erhalten? Pfau hat recht. Wir müssen zusammenkommen und uns vermehren, und zwar schnell.

Ist das nicht verrückt? Gerade noch hat beinahe jedes Problem mit dem allzu raschen Zuwachs der Weltbevölkerung zu tun gehabt, schon gibt es keine wichtigere Maxime, als möglichst viele Kinder in die Welt zu setzen. Vorm Großen Sterben war die Weltbevölkerung in nur zwölf Jahren um eine Milliarde gewachsen. Aus zehn wurden elf. Wenn Rudi was mit den neun Mädchen anzufangen weiß, würden sie aus zehn in nur zwei Jahren wenigstens zwanzig machen. Aber so kann man nicht rechnen, abgesehen davon, ob Rudi noch zwei Jahre macht.

Wie läge der typische Fall? Rechnet man eine gesunde Bevölkerungsstruktur auf zehn Leute runter, hätte man zwei noch nicht geschlechtsreife Kinder und vier bis fünf Alte, die entweder nicht mehr können oder nicht mehr rangelassen werden. Ersteres träfe auf die Frauen jenseits der fünfzig zu, das andere für Männer gleichen Alters. Blieben drei bis vier. Davon wären zwei Frauen. Das gäbe pro Jahr einen Zuwachs von zwei. Wenn die beiden Frauen permanent schwanger werden, sind das in zehn Jahren zwanzig. Bei gleichmäßiger Altersstruktur würde alle zwanzig Jahre eine Frau sterben. Dann hätten wir aber schon vierzig Kinder. Das ist eine Verfünffachung in nur einer Generation. Wieso erzählt Pfau was von zwei- oder zwanzigtausend Jahren? Gut, Frauen werden nicht jedes Jahr ein Kind kriegen wollen oder können und auch nicht zwanzig am Stück, aber es ging ja auch nur um eine Verdopplung.

Wie mag das früher gewesen sein, ich meine, ganz früher, als unser aller genetische Urahnen gelebt haben, also vor zweihunderttausend Jahren? Wie muss sich eine Population entwickeln, wenn Pfau Recht behalten soll? Wenn Frauen ab dem Zeitpunkt der Geschlechtsreife quasi ununterbrochen schwanger sind, bekommen sie in zehn Jahren zehn Kinder. Wenn Pfau recht hat, muss die Lebenserwartung bei Mitte Zwanzig gelegen haben, und von zehn Kindern müssen acht gestorben sein. Da ist die Müttersterblichkeit noch nicht einbezogen. Denkt Pfau, dass wir nahezu alles vergessen? Nein, verdammt! Das Rad werden wir nicht neu erfinden müssen, auch nicht Elektrizität, das Röntgenverfahren, Motoren, Kunststoffe, Kunstfasern, Glas, Stahl, Hygiene, Dynamit, die Kanalisation, wie man Haustiere und ertragreiche Nutzpflanzen züchtet oder die Qualität der Äcker verbessert …

Ich hoffe, es leben noch ein paar, die das eine oder andere erklären können oder wenigstens wissen, wo es allgemeinverständlich geschrieben steht. Ich weiß noch nicht einmal, welches Datum wir haben. Ich verlasse mich darauf, dass mein Computer auf dem Laufenden bleibt.

Immer wieder musste ich an die Mädchen denken; neun Mädchen, gesund und munter. Was hatte Alf getrieben, bevor er mich getroffen hat, oder ich ihn? Wie hatte er allein überleben können? Er saß neben mir und schaute ins Weite. Oder roch er vielmehr ins Weite? Die Nase war das einzige an ihm, was sich unablässig bewegte. Hatte sich seine Auserwählte aufmerksamer oder nachlässiger gewaschen? Warum hatte er sie in so kränkender Weise allen anderen vorgezogen? *Vorgezogen* trifft es genau.

Berlin ist ein Moloch. Städte dieser Größe hätten verboten werden müssen. Warum war man nicht dabei geblieben, Mauern um Siedlungen zu bauen? Keiner wäre auf die Idee gekommen, solche monströsen Ausmaße zuzulassen, schon weil sie mit der Mauer nie fertiggeworden wären. Gut, dafür ist Berlin vielleicht ein blödes Beispiel. In gemäßigtem Tempo brauchte ich über eine Stunde vom Stadtrand bis ins Zentrum. Die Straßen sahen hier nicht so sauber aus wie in Dresden. Überall lagen aufgerissene Müllsäcke und ein Haufen Papier. Vielerorts waren Schaufenster eingeschlagen oder Türen aufgebrochen. In den Läden selbst lagerten kaum nennenswerte Bestände. Hier war etwas auf merkwürdige Weise anders, ohne dass ich hätte sagen können, was es ist.

Am Brandenburger Tor, dem Roten Rathaus und den umliegenden Gebäuden fanden sich unzählige Anschläge, kaum noch leserlich, alle mit dem Ziel, auf sich aufmerksam zu machen oder jemanden zu finden. Offensichtlich hatten auch alle diese Leute die Internetseite nicht gekannt. Oder sie hatten reale Annoncen den elektronischen vorgezogen. Viel genützt hatte es offensichtlich nicht.

Ein Plakat war mir schon bei der Einfahrt ins Stadtgebiet aufgefallen. Je weiter ich mich dem Zentrum näherte, je häufiger sah ich es. Auf gelbem Grund stand in roter Schrift: KURFÜRSTENDAMM

ଓଃ 10 05 12 ଥଠ

SONST OHNE DICH !

Ich löste ein Plakat, das schon mächtig die Ohren hängen ließ, und steckte es gefaltet ins Jackett. Es klang wie die um Originalität bemühte, lakonische Einladung zur Love-Parade. Aber so alt konnten die Plakate nicht sein. Die Zahlenfolge sah aus wie eine Telefonnummer, möglicherweise die, über die sich Karten bestellen ließen.

Lange fuhr ich mit dem Wagen den Kurfürstendamm auf und ab. Auch hier war etwas anders. Erst, als ich ihn auf der ganzen Länge mehrmals abgefahren war, wurde mir klar, was es ist. Die Straße war sauberer, auffällig sauberer. Aber das war es nicht allein. Ich stieg aus dem Wagen und lief ein paar Schritte. Alf folgte mir auf dem Fuß.

„Was sagst du? Bilde ich mir das nur ein, oder ist hier wirklich etwas anders?"

Alf ging zum Wagen zurück und stupste mit der Schnauze gegen die Fahrertür.

„Ja, es geht gleich weiter." Ich sah noch einmal die Straße auf und ab. Auf dem ganzen Kurfürstendamm war nicht ein Fahrzeug zu sehen; zwei Kilometer Straße im Herzen Berlins ohne ein Auto. Das war noch merkwürdiger als die Sauberkeit. Auf jeder Straße standen Fahrzeuge, bis auf wenige Nebenstraßen vielleicht. Warum nicht hier?

Mir lief ein Schauer über den Rücken. Hatte mich Alf genau darauf aufmerksam machen wollen? „Alter, das ist doch nicht möglich. Hast du gemeint, dass hier weit und breit kein Auto steht?" Bei den letzten Worten schlug ich theatralisch mit der Hand aufs Dach unseres Wagens.

Alf sah mich an wie ein Therapeut seinen begriffsstutzigen Klienten.

Nein, ich muss aufpassen, dass ich mir nichts einrede und die Beziehung mit Alf zu einer fixen Idee führt. Der Kerl guckt mich schon immer an, als hätte ich nicht alle Tassen im Schrank. „Genauso könnte ich sagen, du hast nicht alle Tassen im Schrank. Verziehst keine Miene, sagst nicht Muh oder Mäff und hinderst mich daran, fünf Mädchen nach Dresden zu bringen."

Ich stieg ins Auto, öffnete ein Würstchenglas und die Tupperdose mit dem Nudelsalat. Nudeln sind eine der genialsten Erfindungen. Sie lassen sich - luftdicht verpackt - eine Ewigkeit lagern. Zwieback ist auch nicht schlecht oder Knäckebrot. Die sind aber entweder ganz trocken oder matschig.

„Magst du auch eins? - Okay, ich hätte Hundefutter auftreiben müssen. - Machen wir gleich."

Anstatt nach dem dargebotenen Würstchen zu schnappen, stob er in einem Tempo davon, das ich ihm nie zugetraut hätte.

„Alf! - Alf, verdammt, so sei doch nicht so zimperlich!" Ich werde ihm nicht nachlaufen. Soweit kommt es noch. Mein Herz raste beunruhigend. Egal. Ich werde ihm nicht nachlaufen! Die Wurst schmeckte irgendwie fad.

Nur wenige Minuten später stand Alf wieder vor der offenen Autotür. Er hatte sich verändert. Quer übers Gesicht zog sich ein tiefer, blutender Kratzer. Auch die Schnauze selbst war blutverschmiert.

„Wo, zum Teufel, warst du? Was hast du gemacht?"

Als ich mich vorbeugte, sah ich die Antwort. Es war eine ziemlich große Katze mit wunderschönem Fell, wahrscheinlich ein Kater. Der Kopf war nicht mehr genau zu erkennen.

„Der war wohl einen Tuck zu groß für dich. Hätte dich auch ein Auge kosten können, oder beide. - Ich bleibe bei den Würstchen."

Alf legte sich hin und fing an, die Beute zu verschlingen. Zum Glück war ich eh fertig, ich meine mit dem Essen. Nur um Alf Gesellschaft zu leisten, stocherte ich noch ein Weilchen im Nudelsalat. Auch wenn ich es tunlichst vermied, hinzuschauen, allein die Geräusche, die mit Alfs Mahl verbunden waren, schlugen mir auf den Magen. Wenigstens hatte sich das mit dem Hundefutter erledigt.

Irgendwann machte der rabiate Katzenmörder Anstalten, in den Wagen zu steigen.

„Moment!" Mit einer Hand hielt ich die blutige Schnauze fest, mit der anderen goss ich Mineralwasser darüber.

Alf versuchte so viel wie möglich mit der Zunge zu erhaschen. Mitten in unserer Nachtischtoilette sprang Alf zurück, um mich mit einem dieser beeindruckenden Laute auf etwas Wichtiges aufmerksam zu machen.

Ein Mann, der offensichtlich gerade aus dem Haus getreten war, näherte sich uns mit beherzten Schritten.

Alf stemmte alle Viere aufs Pflaster.

Das kannte ich schon. „Setz dich hin und benimm dich", zischte ich noch.

„Guten Tag."

Der Mann war recht jung, Mitte Dreißig vielleicht, hatte ein freundliches Gesicht, trug einen dunklen Jogginganzug und Sportschuhe, gerade so, als wäre er mal eben zu einem Verdauungsläufchen aufgebrochen.

„Guten Tag", antwortete ich, als hätte ich ihn erwartet. Es war mir wichtig, ihm den Anblick der Reste von Alfs Mahlzeit zu ersparen.

„Sind Sie gekommen, um die andern abzuholen?"

Die Frage war verfänglich und mahnte zur Vorsicht, also nicht einfach so draufloszuplaudern. „Sind denn so viele bereit, abgeholt zu werden?"

Er lachte trocken wie bitter. „Viele sowieso nicht. Ein paar schon. Die meisten haben sich verkrochen."

„Wovor?"

„Keine Ahnung. Vorm Unvorhersehbaren, vor der Ansteckungsgefahr, den Hunden; Frauen wohl vor allem vor Männern."

„Warum sind Sie nicht bewaffnet?"

„Ich hab keine Angst vor Hunden. Mir tun sie nichts."

„Und sonst?"

Er musterte mich aufmerksamer. „Sonst wüsste ich nicht, wovor ich Angst haben sollte."

„Ich heiße Hartmut Schubert, komme aus …" Weiter kam ich nicht. Als ich mich anschickte, auf den Fremden zuzugehen und ihm die Hand zu reichen, fühlte ich Alfs festen Griff. „Hast du sie noch alle? Was ist denn an dem Mann verkehrt?"

Er sah mich nüchtern an, als wollte er sagen, ich würde es dir gern erklären, aber ich hab gerade den Mund voll. Auf jeden Fall sah er nicht so aus, als wenn er leicht von einer anderen Variante zu überzeugen wäre.

Der Fremde beobachtete nicht ohne Vergnügen die Szene. „Ein willensstarker Typ. Hat wohl eine Nase dafür, welcher Umgang gut für Sie ist." Er lachte und setzte an, mir mit ausgestreckter Hand entgegenzukommen.

Noch schneller hatte Alf seinen Körper zwischen uns geschoben. Sein Knurren war unmissverständlich.

Wieder beschlich mich diese abwegige Ahnung.

Der Fremde zog seine Hand zurück. „Ich heiße Ben Lübke und wohne da drüben. Wenn Sie mal Lust auf ein Bier haben." Er schlurfte ein Stück rückwärts, drehte sich langsam um und trat den Heimweg an.

Ich schaute ihm nach, bis er in der Haustür verschwunden war. „Hör mal, ich weiß nicht, worauf du es anlegst, aber so können wir die Menschheit nicht retten. Der Kerl ist ideal für unsere Mädchen."

Wir stiegen in den Wagen und fuhren kreuz und quer durch Berlin. Lübke hatte von Leuten gesprochen, die sich verkriechen, Männlein wie Weiblein. In dieser Stadt musste es Überlebende geben. Zuversichtlich wie schon lange nicht mehr durchkämmte ich mit dem Wagen das Stadtzentrum. Die Erfahrung von Dresden wiederholte sich. So schnell ich den Ersten gefunden hatte, so vergeblich suchte ich nach einem Zweiten.

In den Außenbezirken war die Natur bereits kräftig dabei, ein sichtbares Areal des urbanen Raumes zurückzugewinnen. Im Schnittgerinne der Straßen wuchsen bisweilen hüfthohe Stauden, Goldrute, Staudenknöterich, Steinklee, Berufkraut, Kratzdistel. Mit jeder Schicht Laub würden Straßen und Wege dichter zuwachsen. Das Wasser wird immer schlechter abfließen und sich auf dem Asphalt stauen. Feuchtbiotope werden entstehen. Nicht lange, und Bäume werden wachsen und die Asphaltdecke sprengen. Wie viele Jahre wird es dauern, bis Straßen und Wege unbefahrbar, unpassierbar, undurchdringlich sind? Wie viele Jahre müssen vergehen, bis Ziegeldächer undicht werden? Dann dauert es nicht lange, bis Fäulnis und Vegetation bis in die Keller vorgedrungen sind. Länger werden die Mauern standhalten, ehe sie - von Wetter und Vegetation zermürbt - zusammenbrechen. Die Infrastruktur, alles, was in der Erde liegt, Kabel und Kanäle, werden vielleicht noch in tausend Jahren zu finden sein …

Wieder im Zentrum angekommen, sah ich die Gebäude mit anderen Augen und wehem Blick. Erst jetzt wurde mir so recht bewusst, welch atemberaubender Reichtum schon bald im Nichts versinken wird und mit ihm unzählige Ideen und über Jahrhunderte gewachsenes handwerkliches Geschick, von den Künsten nicht zu reden. Alles wird in einer dichten grünen Welt versinken, mit nicht weniger, eher sogar vielfältigerem Leben. Aber es wird vielleicht keinen mehr geben, der sich an all dem erfreuen und es mit staunenden Augen betrachten und wertschätzen kann …

In fortgeschrittener Dämmerung stiegen wir im Adlon ab. Unter fünf Sternen machen wir es nicht mehr. An der Rezeption fanden sich alle wichtigen Hinweise nebst Generalschlüssel. Am wichtigsten waren die Lichtschalter. Die Inbetriebnahme der Warmwasser- und Heizungsanlage war unkompliziert, wenn man sich durch den entsprechenden Text gekämpft hatte. Sie ließ sich sogar auf einzelne Bereiche beschränken.

Imperial- und Royal-Suite waren leider noch nicht wieder hergerichtet. Wir nahmen mit der unbenutzten Präsidenten-Suite vorlieb. Hundertfünfundachtzig Quadratmeter in wahrhaft fürstlicher Möblierung. Gern hätte ich den Butler kennengelernt, der mir laut Begrüßungsschreiben hätte rund um die Uhr zur Verfügung stehen sollen. Warum müssen Butler immer männlich sein? Wegen der Verschwiegenheit?

In den Bars und Restaurants fanden sich Getränke aller Couleur und massenhaft Zutaten für Mixgetränke. Zu meinem Erstaunen waren sogar noch Kühlräume und Kühltruhen in Betrieb und mit vielerlei kulinarischen Grundzutaten gefüllt. Die Küchen hatte man offensichtlich für neugierige Archäologen kommender Jahrtausende geputzt. Hoffentlich wird dann auch noch der Sekt genießbar sein. Die Kühlschränke waren offen und leer, ließen sich aber leicht wieder in Betrieb nehmen. Ich nippte an vielem, bis ich mich an mein Leibgetränk erinnerte. Nachdem ich alle Zutaten gefunden hatte, gab es kein Halten mehr. Ich füllte einen kapitalen Kühlschrank mit Rum, Kokosnusscreme und Ananassaft und machte mich an die Zubereitung des Abendessens. Es war ein Fest.

Als ich Stunden später nach ausgiebigem Wannenbad im königlichen Bett versank, drehte sich alles, und in allem drehte sich der Gedanke, wie es jetzt wohl mit einem der Mädchen wäre, oder gar mit dreien oder fünfen. Und während ich mein aufmüpfiges Fleisch zur Ruhe brachte, wies ich alle Frauen und Mädchen, die ich mit Alfs Hilfe finden würde, in eines der dreihundertsieben Zimmer und achtundsiebzig Suiten ein oder, besser, erst alle in die Zimmer und die Schwangeren dann in die Suiten; je mehr Kinder, je nobler die Suiten. Das sollte Anreiz genug sein. Die Kinder werden in den beiden Ballsälen und fünfzehn Tagungs- und Gesellschaftsräumen versorgt und geschult. Ich leite mit viel Umsicht meine Community und sorge für rasche Vermehrung. Man wird ja wohl noch träumen dürfen. Was brauchten wir mehr als dieses Haus, in dem es alles gibt, was wir zum Leben nötig haben, und dies auf fürstlichstem Niveau. Und Pfaus Unkerei zum Trotz haben wir hier alles vor Augen, was erhaltens- und erstrebenswert ist. Und wenn die erste Verdopplung doch schneller gelingen sollte als gedacht, Zimmer genug sind da. Wenn wir mit zehn Frauen beginnen, brauchen wir erst nach der fünften Verdopplung neue Räume …

Der Morgen war ernüchternd. Das fürstlichste Bett taugt nichts, wenn im Kopf ein ganzer Steinbruch hämmert. Im Whirlpool, der sich tatsächlich mit warmem Wasser füllen und in Betrieb nehmen ließ, kam ich langsam wieder zu mir. Sorge bereitete mir nur der Gedanke, dass ich Alf möglicherweise letzte Nacht erschossen habe, als mir klar geworden war, was er mir durch sein herrisches Gehabe vermasselt hat.

Noch fünf Tage blieben wir. Fünf Tage suchten wir in Zentrumsnähe, wobei wir nur die schönsten Behausungen abklapperten. Kein normaler Mensch zieht in irgendeine Bude, wenn er in schönster Lage und komfortabelstem Domizil wohnen kann. Mich interessierten nur noch normale Leute. Genaugenommen hatte es wenig Sinn, in einer Stadt zu suchen, deren erstes Hotel am Platz vollkommen leer steht. Hätte ich nicht gewusst, dass nicht weit von hier ein Mann im besten Alter wohnt, der auch noch behauptet hat, Leute zu kennen, die sich versteckt halten, ich wäre sicher schon früher abgereist.

Am letzten Abend wollte ich mir einen besonderen Luxus gönnen. Ich hatte das Unternehmen in den zurückliegenden Tagen vorbereitet. Alf hatte die Gewohnheit, mich durch keine Tür allein treten zu lassen. Wann immer ich mich anschickte, drängte er sich zwischen Blatt und Rahmen. Mir war klar, welchen Sinn das hat, erst recht, als ich mit dem Gedanken spielte, ihn im Hotel für ein paar Stunden allein zu lassen. Wir tranken in der Suite, gemixt hab ich in der Bar. Bald war es Alf leid, mich alle Nase lang in die Bar und zurück zu begleiten. Das war meine Chance. Und ich nutzte sie an diesem frühen Abend, als ich das Zimmer schwankend verließ und die Tür nicht nur zuklinkte, sondern auch verriegelte.

Schnellfüßig lief ich zum Wagen. Etwas flotter als sonst fuhr ich zum Kurfürstendamm. Aufgeregt betrat ich das Haus, in das sich Lübke nach unserer Begegnung zurückgezogen hatte. Natürlich würde ich Berlin nicht verlassen, ohne mit ihm gesprochen und ihn gegebenenfalls zu mir und den fünf Mädchen nach Dresden eingeladen zu haben, Alfs Befindlichkeiten hin oder her.

Der Abendhimmel brannte in feurigem Rot. Das Haus war alles andere als besonders einladend. Auf jeder Etage gingen zwei Wohnungen ab. Die linke im Erdgeschoss war leer. In der rechten fand ich Lübke im Bett. Er war tot, anscheinend im Schlaf gestorben. Nach eingehender Untersuchung und Begutachtung der Räume war ich mir ziemlich sicher, dass auch er dem Plötzlichen Tod erlegen war.

War es also doch noch nicht vorbei mit dem Sterben.

Wie ein begossener Pudel wankte ich - diesmal ohne den Betrunkenen zu spielen - ins Hotel zurück. Das Abendrot hatte sich in der kurzen Zeit meines Aufenthaltes bei Lübke in finsteres Violett gewandelt.

Alf erhob sich nicht mal, als ich das Zimmer betrat.

Ich ließ mich in den Sessel fallen, schloss die Augen und legte beide Hände vors Gesicht. Ich fühlte mich ähnlich niedergeschlagen wie vor einem Jahr, als ich beschlossen hatte zu sterben. Hört es nie auf? oder wirklich erst, wenn der Letzte gestorben ist? Welchen Sinn hat all mein Gestrampel, wenn ich mich noch nicht einmal darauf verlassen kann, auf tatsächlich Überlebende der Krankheit zu stoßen und nicht nur auf Todeskandidaten? Ich spürte, dass ich nicht weiter in diese Richtung denken durfte, wollte ich nicht den letzten Funken Lebenswillen in mir zertreten. Ich dachte an die Zutaten im Kühlschrank. Auch das durfte ich nicht.

Alf legte den Kopf auf meine Knie. Es war gut, ihn dabei zu haben. Man muss jemanden haben, der aufpasst, dass man keinen allzu großen Blödsinn macht. Wahrscheinlich passiert der größte Blödsinn, weil da keiner ist, der aufpasst; keiner, dem wir wichtig genug sind.

Ich kraulte Alfs Kopf. In mir war alles dumpf und leer. Dann formte sich ganz plötzlich ein Gedanke mit so heißer, eruptiver Gewalt und so körperlich, dass ich glaubte, augenblicklich dem Plötzlichen Tod anheimzufallen. Das Herz raste, und ich hatte das Gefühl, nicht genug Sauerstoff zu atmen, um es hinreichend versorgen zu können. Verzweifelt rang ich nach Luft, während sich der Gedanke immer monströser aufblähte. Hatte ich mit meiner abwegigen Ahnung richtig gelegen? Hatte Alf sich schützend vor mich gestellt, weil er ein Gespür dafür hat, wann jemand stirbt? Weil er die dauerhaft Überlebenden von den Todeskandidaten unterscheiden kann? Der Schweiß tropfte mir von Nase, Kinn und Händen. Das Hemd klebte am Sessel. Es schüttelte mich kalt. Ich kann nicht sagen, was bedrückender war, die Todesangst oder der unheimliche Gedanke. Logisch betrachtet muss es letzterer gewesen sein. Wenn die Todesfurcht stärker gewesen wäre, hätte sie ja den Gedanken Lügen gestraft. Alf hätte mich nie zum Partner gemacht oder es so lange bei mir ausgehalten, wenn ich kaum später als Lübke sterbe. - Geschenkt, in meinem Alter kann man auch schon mal an gewöhnlichen Krankheiten sterben, die Alf vielleicht nicht riechen kann.

Als ich wieder im Leben angekommen war und klar denken konnte, bedrückte mich eine andere Angst. Was ist mit den Mädchen? Ich wünschte nun nichts sehnlicher, als dass sich die Ahnung doch als falsch erweisen mag. Im Whirlpool kam ich leidlich wieder zu Kräften. Nur noch von der Sorge um die Mädchen beherrscht, richtete ich die benutzten Räume so her, wie ich sie vorgefunden hatte. Den Kühlschrank mit den köstlichen Zutaten ließ ich am Netz.

1 Tag ist vergangen.   7. September

Nach einer zerwühlten Nacht erwachte ich missmutig und kaum unternehmungslustig. Die Sonne schien ermutigend, also schälte ich mich aus dem bequemen Bett. Alf war die Verkörperung des Lebendigen.

Draußen war es wärmer als im Hotel, ein herrlicher Tag, wenn die Angst nicht gewesen wäre. Wir fuhren rascher als sonst, obwohl ich den Augenblick der Gewissheit gern verzögert hätte. Die Welt hatte sich nicht verändert während der Tage in Berlin. In meinen Augen aber war sie trostloser geworden.

Wir näherten uns zu Fuß dem einstigen Internat. Alf sprang unruhig neben mir her, wie von der Vorfreude auf ein tolles Vergnügen getrieben. Ich war auf Schlimmes gefasst und trat dem Schicksal so vorsichtig wie möglich entgegen. Alf hielt mich davon ab, ins Haus zu gehen, stattdessen führte er mich außen herum in den Garten.

Wie vorsichtig man sich auch dem Schicksal nähert, es schlägt doch immer gleichermaßen erbarmungslos zu. Das Bild konnte deutlicher nicht sein. Sieben geschlossene Gräber, eines halb offen, davor ein Mädchen, das mit schwerfälligen Bewegungen bemüht ist, es zu schließen. Wie es aussah, war sie am Ende ihrer Kräfte.

Ich beobachtete die Szene im Rücken des Mädchens. Alf wedelte vergnügt mit dem Schwanz. „Hallo, Wenke. Kann ich dir helfen?"

Sie fuhr herum und schrie: „Was wollt ihr noch? Verschwindet! - Verschwindet! Reicht es nicht? Geht weg!"

Auf diese Reaktion war ich nicht gefasst. „Was redest du?", versuchte ich sie zu beschwichtigen. „Dass sie gestorben sind, hat doch nichts mit uns zu tun. Wie es aussieht, riecht er, wer sterben wird. Darum hat er sich so merkwürdig verhalten."

„Und warum kommt ihr dann noch mal her?"

„Ich hab nicht gewusst, was mit ihm ist. In Berlin hat er mich vor einem jungen Mann gewarnt, wie hier vor den Mädchen. Fünf Tage später war der Mann tot. Ich hatte Angst, dass es mit den Mädchen auch passiert und du allein bist."

„Hast du mal daran gedacht, dass du es bist, der den Tod bringt?"

Der Vorwurf traf mich ganz und gar unvorbereitet. „Daran hab ich nicht gedacht, weil es Unsinn ist. Hier sind doch wohl schon Leute gestorben, ehe wir hergekommen sind. Und wenn wir den Tod gebracht hätten, dann wärst du doch die erste gewesen."

„Warum ich?"

„Weil keine so eng mit uns zu tun hatte wie du."

Ein bisschen schwand der irre Ausdruck in ihren Augen.

Ich nahm ihr die Schaufel aus der Hand und beendete die bedrückende Arbeit, bemüht, meinem Tun eine pietätvolle Form zu geben. Wieder drängten sich mir die Szenen ins Gedächtnis, vor denen ich vor einem Jahr geflohen war.

Alf war inzwischen zu ihr getrottet und hatte sich keine Handbreit neben sie gesetzt.

„Vielleicht erinnerst du dich noch, wie zerknirscht er war, weil du uns nicht gefolgt bist. Dann wäre dir das hier erspart geblieben."

Sie starrte auf den festgeklopften Erdhügel. Auch weniger zornig und unnahbar sah sie unwiderstehlich aus. „Wer hätte dann das letzte Grab gegraben?", fragte sie stimmlos, als schon nicht mehr mit einer Erwiderung zu rechnen war.

„Es ist nicht gut, wenn du hierbleibst. Komm mit uns nach Dresden."

Sie schüttelte den Kopf.

„Ich kann dich auch woanders hinbringen."

Wieder schüttelte sie den Kopf.

„Du bist zu schön, um hier verrückt zu werden oder zu ver…" Mir fehlten die Worte. Es ist verdammt schwer, gegen einen Kopf anzureden, der unablässig geschüttelt wird. „Ich bring dich nach Berlin. Dort findest du jemanden. Da leben noch einige, auch wenn sie nicht so leicht zu finden sind. - Komm."

„Nein!", kam es prompt und feindselig wie eh.

Ich ließ die ausgestreckte Hand sinken. „Soll ich dir die hier dalassen?" Bedachtsam zog ich die Smith & Wesson aus dem Holster. „Für alle Fälle."

„Nein, danke."

„Ich wünsch dir, dass du es nicht bereuen musst. Meine Nummer hast du noch?"

Sie nickte.

„Ruf an, wenn was ist. - Warte nicht zu lange. - Komm, Alf."

Fast außer Sichtweite, drehte ich mich noch einmal um. Alf saß noch immer bei ihr. Ich ging weiter. Soll er bei ihr bleiben. Er wird sie nicht umkommen lassen.

Als ich den Wagen startete, kam er angestürmt. Empört bellte er mich an, wie er es bisher nicht einmal ansatzweise getan hatte.

Ich öffnete die Beifahrertür. „Komm mit oder bleib hier. Ich kann sie nicht zwingen."

Er bellte weiter.

„Bei euch mag das anders sein!"

Alf sprang auf den Beifahrersitz und kratzte mit der Pfote über die Pistole.

Ich lachte über den hilflosen Versuch. „Hör auf. Das geht so nicht. Davon verstehst du nichts. Lass das. Du schießt mir noch ins Bein."

Ich schloss die Beifahrertür und fuhr den Wagen bis vors Tor des Internats. „Wir wollen noch ein paar Minuten warten." Ich öffnete das Fenster, damit Wenke Alfs klägliches Gejammer hören konnte. Es war vergeblich. Eine halbe Stunde später fuhren wir ab.

Ich fuhr ganz langsam und auf dem vermeintlich kürzesten Weg nach Dresden, hoffend, dass sie uns vielleicht noch folgen wird. Es folgte uns keiner, und es begegnete uns keiner. Ich hatte viel Zeit, über die letzten Tage nachzudenken. Viel war im Grunde nicht passiert. Da waren ein gelbes Plakat und eine autofreie Straße und ein Mann gewesen, der glaubte, dass ich gekommen sei, *um die anderen abzuholen.*

Erst jetzt fiel mir auf, dass ich möglicherweise die falschen Fragen gestellt hatte. Wen meinte er mit *die anderen?* Und wieso erwartete er, dass jemand kommt, *um die anderen abzuholen?* Warum hatte er nicht nachgefragt? War ihm schnell klar geworden, dass ich dieser Jemand nicht sein kann?

Legte ich Lübkes Worte ganz sinnlos auf die Goldwaage? War die Frage am Ende ironisch gewesen oder einfach nur schnoddrig so dahingeschwatzt? Wie genau hatte er gefragt? *Sind Sie gekommen, um die anderen abzuholen?* Warum *die anderen?* Warum nicht, um *uns* abzuholen? Wenn der Satz ironisch gemeint war, dann verstehe ich ihn nicht; wenn er flapsig gemeint war, ebenso wenig. Ich hatte das Gefühl, dass Lübke mehr wusste, als er mir anvertraut hat. Je länger ich darüber nachdachte, je schmerzlicher wurde mir klar, dass ich einen Fehler gemacht habe, der sich nicht mehr korrigieren lässt.

10 Tage sind vergangen.   17. September

Alf bewegt sich auf dem Grundstück und im Haus, als wenn er hier aufgewachsen wäre. Auch auf sein gewohntes Futter muss er nicht verzichten. Verwilderte Katzen gibt es wohl massenweise auch in Wald und Feld. Ich erinnere mich eines Zeitungsartikels aus meiner Jugendzeit, demnach in einer einzigen Aktion in einem Forst bei Berlin sechstausend Katzen geschossen worden waren, um des Schadens Herr zu werden, den ausgesetzte Katzen vor allem bei Niederwild und Vögeln anrichten. Wenn es damals schon sechstausend waren, dann lebt heute ein Vielfaches in den Wäldern. Wäre interessant zu erfahren, was daraus wird und wie lange es dauert, bis sich wieder ein Gleichgewicht herstellt.

Die meisten Gedanken drehen sich um Wenke, auch feuchte, zugegeben. Aber sie hätte in meiner Nähe nichts zu befürchten, da bin ich ganz sicher. Immer wieder rufe ich mir die Abschiedsszene ins Gedächtnis und wandle sie ab, gestalte sie neu, erfinde überzeugende Argumente. Hätte ich dort bleiben sollen, ganz in ihrer Nähe, um immer mal nach dem Rechten zu sehen, bis sie alle Scheu abgelegt hat und schließlich bereit gewesen wäre, mir zu folgen? Wenn ich nicht im Haus bin, befällt mich eine sich bis zur Angst steigernde Unruhe, den entscheidenden Anruf zu verpassen.

Die längste Zeit verbringe ich immer noch damit, zu suchen. In der Stadt selbst habe ich es aufgegeben, versuche es jetzt in den Städten und Dörfern der nahen und zunehmend fernerer Umgebung. Aufs Dach des Wagens habe ich ein Schild montiert mit der Aufschrift: *Haben Sie Mut. Rufen Sie an.* Und dann meine Nummer. Keine Ahnung, ob der Text ermutigend oder einladend ist. Ein besserer fiel mir nicht ein. N u r die Nummer wollte ich nicht schreiben. Ich hatte auch überlegt, einen Lautsprecher aufs Dach zu bauen und laute Musik abzuspielen. Aber dann hätte ich mich der Möglichkeit beraubt, Geräusche von außen zu hören. Und ich hätte es wohl auch nicht lange ausgehalten. Da hatte ich Alf noch nicht mal in die Überlegungen eingeschlossen.

Ich muss eingestehen, kaum noch motiviert zu sein. Wenn von elf Entdeckungen zehn sterben und eine nicht bereit ist, sich anzuschließen, ist nicht mehr viel drin. Oder im Klartext: Es ist schlicht bescheuert, weiterzusuchen.

Ich stehe wieder öfter vor Schaufenstern und bummle von Wohnung zu Wohnung, um die Räume auf mich wirken zu lassen. Filme können mich kaum noch unterhalten oder gar von dieser trüben Stimmung befreien.

Kurz hatte ich gehofft, Alf könne mir mit seiner Nase bei der Suche behilflich sein. Mitnichten. Manchmal bläht er die Nüstern, um Witterung aufzunehmen, aber meist gilt es einer Katze oder anderem Wild. Wahrscheinlich hat er die Nase voll von diesen zweibeinigen Typen, die schneller sterben als Eintagsfliegen.

12 Tage sind vergangen.   29. September

Es ist Sonntag, und die Welt kommt zur Ruhe, wie auch der Herr geruht hat, nachdem er die Welt erschaffen und gesehen hatte, dass sie gut ist. Mit ein bisschen Phantasie kann man sich noch immer vorstellen, dass sie gut ist.

Pfau hat eben angerufen, um sich nach meinen Erfolgen zu erkundigen. So sachlich wie möglich hab ich ihm das Erlebte geschildert. Als ich auf Alf zu sprechen kam, wurde er regelrecht leidenschaftlich.

„Aber mein guter Schubert, das ist doch kein Zufall. Wenn er in elf von elf Fällen richtig gelegen hat, ist das kein Zufall. Passen Sie auf diesen Hund auf. Der hat Potential. Möglicherweise hat er das Zeug, die Menschheit zu retten."

Ich versprach, es auszurichten.

Pfau schien von der Geschichte solchermaßen beeindruckt, dass er mir gegenüber einen ganz neuen Ton anschlug, der vielleicht noch nicht kameradschaftlich, aber doch fast partnerschaftlich genannt werden kann.

Ganz am Ende fiel er dann aber wieder in die schulmeisterliche Art zurück. „Sie haben die junge Frau in diesem Nest zurückgelassen? - Sind Sie noch bei Trost? Fahren Sie hin und holen Sie sie!"

„Ich kann sie doch nicht zwingen!", erwiderte ich nicht weniger empört.

„Das können Sie nicht nur, genau das werden Sie tun! Wir können uns keinen Schwund aus Dummheit oder Stolz oder Anstand leisten. Haben Sie noch immer nicht begriffen, welchen Wert ein Mensch hat, der - aus welchen Gründen auch immer - die Krankheit überleben wird, noch dazu wenn es sich um eine junge Frau handelt?"

„Verstanden hab ich das schon", sagte ich nüchtern. „Die Frage ist doch aber, einen Wert wofür?"

„Herr Schubert, jetzt werden Sie nicht zynisch."

„Das ist nicht zynisch. Wenn ich dieses Mädchen in mein Haus zwinge, wird sie mit ihrem Widerwillen die Atmosphäre vergiften. Einen anderen Nutzen hat das für mich nicht. Und wenn ich tausend Frauen ausfindig mache und zwinge, mir zu folgen, wird das mein Leben nicht zwingend bereichern, es sei denn, ich zwinge sie auch noch dazu, sich von mir begatten zu lassen."

„Sie müssen das große Ganze sehen."

„Das große Ganze? Sie meinen den Fortbestand der Spezies Mensch? - Das interessiert mich persönlich einen Scheißdreck!", rief ich trotzig, indes die Kontrollinstanz in mir heftig widersprach. Aufsässig fuhr ich fort: „Ich hab vielleicht noch zwanzig Jahre. Dann steig ich in die Kiste oder vermodere auf dem Acker. Welchen Wert hat dann für mich die Menschheit? Keinen!" Ich geriet in Rage. „Irgend so ein großer Denker hat mal gesagt, dass immer dann, wenn ein Herz aufhört zu schlagen, eine Welt erlischt. Damit meinte er nicht poetisch die Welt im Kopf des Elenden, der gestorben ist, sondern die reale Welt seiner Wahrnehmung. Für den, der da stirbt, ist es in materieller Hinsicht völlig bedeutungslos, ob diese untergehende Welt weiterhin Menschen beherbergt oder nicht."

Wieder vollführte Pfau eine beeindruckende Kehrtwende. „Ich verstehe Ihre Verbitterung. Und ich bin sogar geneigt, Ihnen recht zu geben. Aber was werden Sie tun in den zwanzig Jahren, die Ihnen möglicherweise noch bleiben?"

„Vielleicht lernen, wie man Bier braut und Käse zubereitet."

Pfau lachte. „Aber Sie werden zugeben, dass es weit mehr Vergnügen macht, wenn da ein, zwei Leute mit am Tisch sitzen, die von Ihren Künsten beeindruckt sind."

„Geschenkt."

„Holen Sie das Mädchen, wenn nötig mit Gewalt. Sie wird es irgendwann verstehen, glauben Sie mir."

Pfau sprach mir aus dem Herzen. Darum glaubte ich ihm.

„Wenn ich Sie noch um etwas anderes bitten darf."

„Was denn noch?"

„Haben Sie Zugang zum Internet?"

„Ja."

„Schauen Sie sich die Seite an: *Wie lerne ich fliegen.*"

„Warum?"

„Weil es sehr hilfreich wäre, wenn Sie sich mit einem Flugzeug bewegen können."

„Würden Sie mich auch darum bitten, wenn ich zeugungsfähig wäre?"

Pfau lachte. „Herr Schubert, Sie sind ziemlich fit. Erlassen Sie mir die Antwort."

„Man kann nicht einfach mal so eine Beschreibung lesen, in ein Flugzeug steigen und fliegen."

„Nein, natürlich nicht. - Es wird sich jemand um Sie kümmern, wenn Sie sich mit der Materie vertraut gemacht haben und der Meinung sind, dass Sie es schaffen können."

„Kann ich nicht."

„Versuchen Sie's. Es ist wichtig."

Ich schwieg. Man kann sich mit allem beschäftigen. Ob ich Englisch lerne oder Fliegen, wahrscheinlich werde ich das eine wie das andere nicht wirklich gebrauchen können.

„Machen Sie sich am besten mit einer Cessna 182 vertraut, auch als *Skylane* bekannt. Die Anleitung ist brillant und existiert auch auf Deutsch."

„Warum gerade die?"

„Weil sie an die fünfundzwanzigtausend Mal verkauft wurde und auf jedem größeren Flugplatz zu finden sein sollte. Zudem ist sie klein, zuverlässig und leicht zu fliegen. Und halten Sie die Augen offen, wenn Sie mal auf einem Flugplatz zu tun haben, damit Sie - gegebenenfalls - nicht so lange suchen müssen."

1 Tag ist vergangen.   30. September

Wenn ich schon hätte fliegen können, wäre ich zu Wenke geflogen. So aber konnte mir die Fliegerei vorerst gestohlen bleiben. Ohne zu zögern sprang ich in den Wagen. Alf hatte schon auf mich gewartet. Weiß der Teufel, wie er das macht. Es wurde irgendwie heller. Oder merkte ich erst jetzt, dass Wenke oder, besser, ihr Fehlen die letzten Wochen überschattet hat? Mir war zwar mulmig bei der Vorstellung, sie mit Gewalt ins Auto zerren zu müssen. Aber der Gedanke, endlich etwas zu tun, war beseligend. Seit Pfau es verordnet hatte, empfand ich die Nötigung nicht mehr als Willkür oder Übergriff. „Du hattest recht, mein Freund." Ich schlug auf die Pistole. „Das hätten wir gleich machen sollen. Wir holen sie her."

Ich raste über die Landstraße. Gefährden konnte ich nur mich selbst und Alf. Er verzog keine Miene. „Wir holen sie, Alf, das Mädchen. Wenke!"

Mich beherrschte nur der eine Gedanke: Hoffentlich ist sie noch da!

Sie war noch da. Sie hing an einem Strick, der viel zu dünn für sie war, unwürdig dünn und dennoch fest genug, um dem Gezappel des ums Leben kämpfenden Körpers standzuhalten. Ich starrte atemlos auf den leblosen, schlanken Leib und hätte schreien mögen; um mich schießen mögen. Aber es wäre alles zu laut gewesen; zu laut für dieses leise wie sinnlos erloschene Flämmchen. Von allen Todesfällen, mit denen ich zu tun hatte, war dies hier der unsinnigste. Aber nicht das fachte den Schmerz immer wieder an. Es war wahrscheinlich auch der Tod, der sich am leichtesten hätte verhindern lassen.

Alf winselte leise vor sich hin. Ich hatte nicht einmal Tränen. Ich will es nicht leugnen, ich war zornig auf so viel Sinnlosigkeit.

Auf dem Tisch, von dem sie offensichtlich gesprungen war, stand in fetten, roten Buchstaben: *Es hat alles keinen Sinn.*

Aber der Tod auch nicht, verdammt!

Sie abzunehmen, war leichter, als ich befürchtet hatte. Sie konnte höchstens ein paar Tage tot sein. Warum hatte Pfau nicht eher angerufen?

Im Garten erwartete mich die nächste Anfechtung. Neben den acht alten Gräbern fand sich ein frisch ausgehobenes neuntes Grab. Hatte sie damit gerechnet, dass ich kommen werde? Wer sonst sollte sie da reinlegen? Jetzt liefen die Tränen unaufhaltsam.

Alf sah meinem Treiben hilflos zu.

Bis nach Dresden hatte ich die finstersten Gedanken abgestreift oder verbannt. Wir hatten eben das Ballhaus passiert, da meldete sich Alf, noch ehe ich den Mann bemerkt hatte. Er stand auf der Fahrradbrücke am Pieschener Hafen und schaute - über die Brüstung gebeugt - ins dunkle Wasser.

Ich sprang aus dem Wagen. „Rudi. - He, Rudi. Was machst du hier?" Mit ein paar Sätzen war ich bei ihm.

Er musterte mich und hatte wohl Mühe, mich irgendwo hinzustecken. „Ich heiße Fritz Habelow. Wie kommen Sie auf Rudi?"

„Ich hab Sie wohl verwechselt. Geht's Ihnen gut?"

„Muss ja wohl. Mit Einundneunzig muss man froh sein, wenn man noch ohne Umstände pinkeln und kacken kann."

„Wie geht es Ihrer Frau?"

„Meiner Frau?" Wieder musterte er mich beinahe abschätzig. „Die ist schon über zwanzig Jahre tot."

„Tut mir leid."

„Muss es nicht. So ist ihr eine Menge erspart geblieben." Er wandte sich ab und starrte wieder ins Wasser.

„Sie hat sich fürs Eistanzen interessiert."

„Woher wissen Sie das? Kannten Sie meine Rosi?" Es kam Farbe in sein Gesicht.

„Nein. Das haben Sie mir kürzlich erzählt. Erinnern Sie sich nicht an das Fußballspiel?"

Er schüttelte den Kopf wie einer, der sich nicht gern einen Bären aufbinden lässt. „Kürzlich? Fußballspiel? Es gibt schon lange nicht mehr genug Leute, um auch nur eine Mannschaft auf die Beine zu bringen." Sein angewiderter Ausdruck wandelte sich langsam in einen mitleidigen. „Sie sind ein bissel verrückt, wie? - Laufen Sie immer mit einer Knarre rum? - Das ist nicht ungefährlich. - Naja, die meisten sind jetzt ein bissel verrückt. Ist nicht weiter schlimm, wenn sie andere nicht damit belästigen."

„Ich wollte Sie nicht ..."

„Nein, nein, Sie meine ich nicht. Man kann sich doch unterhalten. Kommt nicht mehr oft vor, dass man Leute trifft."

„Wohnen Sie noch am Sachsenbad?"

Der Alte nickte in Richtung Wasser.

„Wollen Sie nicht mit zu mir kommen?"

„Danke. Noch geht es. - Werd sowieso nicht mehr lange machen."

Ich folgte seinem Blick ins dunkle Wasser. „Dann leben Sie wohl."

„War schön, Ihre Bekanntschaft zu machen."

34 Tage sind vergangen.   3. November

Ich will nicht behaupten, dass ich den Kopf wieder leidlich frei hatte. Mehr zur Ablenkung stürzte ich mich mit allem Eifer und ebensolcher Konzentration auf die Sache mit dem Fliegen. So gefährlich es auch war, immerhin könnte sich auf meine alten Tage noch ein offener Kindheitstraum erfüllen. Auch der alte Knabe, der ich war, empfand noch großen Reiz beim Gedanken, sich mit einer kleinen Maschine in die Lüfte zu schwingen. Es hatte das Zeug, eine neue Leidenschaft zu werden, mit der sich die Einsamkeit im Zaume halten ließ.

Ich lernte alle technischen Parameter, Sinn und Funktionsweise aller Armaturen, auch die unterschiedlichen Dossiers mit der Beschreibung noch beherrschbarer Havarien und Notsituationen. Je mehr ich las und eintauchte in das zuvor in allem rätselhafte Metier, desto ungestümer packte mich der Ehrgeiz. Hatte ich der nachlässigen Vorbereitung wegen den Führerschein erst beim zweiten Anlauf geschafft, wollte ich Pfau mit einer erstklassigen Vorbereitung überraschen. Die Maschine hatte ich längst gefunden. In einem Hangar des Dresdner Flughafens standen einige Flugzeuge dieses Typs. Ich wählte die fitteste, also die mit dem jüngsten Baujahr und den wenigsten Betriebsstunden, eine weiße Maschine, weinrot abgesetzt, oder umgekehrt.

Wie oft habe ich mit meinen Aufzeichnungen im Cockpit gesessen und die Armaturen studiert? Unzählige Male bin ich im Kopf die einzelnen Schritte der Vorbereitung, des Starts, des Flugs und der Landung durchgegangen, bis es mir in den Fingern gekribbelt hat, die Landeklappen abzusenken und den Motor anzuwerfen. Vorm Start war mir nicht bange, vor der Landung schon. Überblick und angemessene, schnelle Reaktion waren das eine, Fingerspitzengefühl etwas ganz anderes. Sollte ein Problem auftreten, war auch noch Kaltblütigkeit gefragt. Erwartung und Aufregung hielten sich die Waage. Zum Glück hatte ich den Himmel für mich allein. Kollisionen waren also nicht zu befürchten. Aber davor hatte ich auch die geringste Angst. Schon früher hatte mich auf der Autobahn eine Beklemmung erfasst vor dem Urvertrauen mancher Zeitgenossen in die Stabilität gewisser Materialien und Bauteile. Bei Tempo zweihundert oder auch schon hundertfünfzig ist ein geplatzter Reifen nahezu immer tödlich, auch ein Achsenbruch. Aber da gibt es immer noch eine klitzekleine Chance. Wenn der Boxermotor meiner Cessna den Geist aufgibt, dann geht es abwärts, wenn man Glück hat, im Gleitflug; wenn man unverschämtes Glück hat, gelingt die Landung auf einer einigermaßen ebenen Fläche.

Alf scheint kein großer Freund des Fliegens zu sein. Immerhin ist er schon mehrmals mit ins Cockpit gestiegen. Ich bin nicht sicher, ob Hunde überhaupt mitfliegen können; wenn, dann sicher nur mit einem entsprechenden Sicherheitsgeschirr. An den Motor hat er sich schon gewöhnt, aber nur widerwillig.

Ich bin bereit.

Das Vögelchen auf der kapitalen Rollbahn ausgerichtet, die Sprechgarnitur mit dem Handy verbunden, wartete ich auf den Rückruf.

„Nun wird es ernst, mein Lieber. Auch wenn Sie mir das Du nicht angeboten haben, würde ich diese Gelegenheit gern zum Anlass nehmen, wenn Sie nichts dagegen haben."

„Einverstanden. - Ist Walther bei dir?" Walther ist ein alter Fuchs mit über zwanzigtausend Flugstunden, der mir bei der Vorbereitung unzählige Tipps gegeben hat, und ohne den ich mich wahrscheinlich nie in eine Maschine gesetzt hätte.

„Was denkst du denn? Er sitzt neben mir in einer ähnlichen Maschine. Ich werde übersetzen. Sicher ist sicher. Walther wünscht Hals- und Beinbruch. Ich schließe mich dem an, auch für Alf." Beim letzten Zusatz, klang Unwillen durch.

„Ich danke und wünsche eine korrekte, unmissverständliche Übersetzung. Alf hat es vorgezogen, unten zu bleiben. Schieß los."

„Bist du die Checkliste durchgegangen oder wollen wir noch mal gemeinsam?"

„Ich denke, es ist alles okay."

„Treibstoff-, Ölt- und Wassertank voll? - Alle Tankverschlüsse noch mal ab- und trockengewischt? - Sitz und Gurt richtig eingestellt und arretiert? - Parkbremse ..."

„Ja doch. Alles gut."

„Wie ist das Wetter?"

„Gut."

„Wind?"

„Kaum."

„Na dann."

Ich hörte Walther im Hintergrund. Er machte einen gesammelten Eindruck. Das meiste konnte ich verstehen. Was insofern nicht schwer war, weil es sich fast immer mit meinen Erwartungen deckte.

Es war nur ein kurzer Moment maximaler Anspannung. Ich brachte den Motor auf Touren und löste die Bremse. Die Maschine schnellte vor und beschleunigte rasch bei zunehmendem Lärm und spürbaren Stößen des Fahrwerks. Ich starrte abwechselnd auf Fahrtmesser und Startbahn. Das Ende kam rasend näher. Bei achtzig Knoten zog ich das Steuer leicht zu mir. Wir hatten uns auf Fingerbreite pro Sekunde geeinigt, um ein greifbares wie genaues Maß zu haben. Die Maschine hob ab, wie erwartet, und stieg nun bei sanfter Bewegung fünf Meter pro Sekunde.

„Denk an die Landeklappen."

Die hätte ich vergessen, so fasziniert, wie ich war.

„Slowly, never hectic", hörte ich Walthers raue Stimme. „Softly."

„Geh nicht weiter als tausend Meter hoch und dreh dann ein. Bleib unter den Wolken. Und immer softly", übersetzte Pfau sehr ungenau.

Ein paar Minuten später war ich oben. Ich schrie vor Glück.

Walther freute sich mit mir. „That was the easy part", knurrte er.

„Ich weiß, das Dicke kommt noch." Das Gefühl war unbeschreiblich. Wie oft war ich geflogen? Aber nie allein und erst recht nicht am Steuer. Das ist wie Tag und Nacht. „Da muss erst die Menschheit untergehen, ehe man zu diesem Vergnügen kommt!", schrie ich unernst.

Pfau überhörte Walthers Bitte, es zu übersetzen.

Ich drehte Runde um Runde, ohne die Armaturen ganz aus den Augen zu verlieren und immer mit einem Seitenblick auf das Rollfeld des Flughafens. Die Wolken über mir waren zum Greifen nah. „Fantastisch. Wundervoll! Ich kann mir nichts Perverseres vorstellen, als dieses Gefühl mit dem Abwurf von Bomben zu verbinden."

Diesmal gab sich Pfau Mühe mit der Übersetzung.

„Now come down again", knurrte Walther.

„Komm wieder runter", übersetzte Pfau ganz unnötig.

Ich hielt Ausschau nach der Landebahn. Walther versuchte nun, möglichst viel auf einmal zu vermitteln. Mit der Landung hatte ich mich am gründlichsten befasst. Da die Bahn viel länger war als nötig, hatte ich ein bisschen Spiel. Ich gab die Höhenmeter durch.

Walthers Stimme klang nun aufgeregt. Pfau übersetzte nur einen Bruchteil. „Landeklappen raus. Nimm genug Anlauf. Wenn du ein schlechtes Gefühl hast, geh gleich wieder hoch und versuch es lieber noch mal von vorn."

„Ich hab sie jetzt genau vor mir. Tempo Siebzig. Dreißig Fuß über Grund."

„Softly!", schrie Walther aufgeregt.

„Brems nicht zu früh", setzte Pfau ruhig hinzu. „Du hast Platz."

Ich hörte nichts mehr. Die Landebahn schoss unter mir durch. Ich spürte einen heftigen Stoß. Wie gebannt starrte ich auf das Ende der Bahn. Die Bremsen zogen an. Zwanzig Meter vor Alf blieb ich stehen. Als mein Herz wieder auf einer erträglichen Frequenz war, sagte ich so nüchtern wie möglich: „Ich bin unten und noch auf der Rollbahn. Wie es aussieht, ist das Flugzeug ganz."

Die Freude am andern Ende war gewaltig.

„Congratulations, Hartmut."

„Gratulation, alter Mann. Wenn ich einen Arzt auftreiben kann, löten wir deine Samenstränge wieder zusammen."

„He is a natural", sagte Walther hörbar gelöst.

Ich heulte vor Erleichterung. Was, wenn ich kein Naturtalent wäre? Hatten sie damit gerechnet, dass es schon beim ersten Mal schiefgeht?

„So, und nun durchatmen, und das Gleiche von vorn."

Fliegen kann eine Sucht werden. Am Ende der ersten Flugeinheit bin ich auch noch höher gestiegen, zuletzt bis auf reichlich dreitausend Meter. Der Flug über den Wolken ist bisweilen noch beeindruckender.

Auch in Alaska war ich wohl nach diesem Tag mehrere Stufen nach oben gestiegen, sowohl in der Gunst als auch in der Achtung. Es fühlte sich in allem gut an.

4 Tage sind vergangen.   7. November

Natürlich kribbelte es mir in den Fingern, mal ein Stückchen weiter zu fliegen und mein Glück auf einem fremden Flugplatz und einer nicht so komfortablen Rollbahn zu versuchen. Nach zwanzig Flugstunden ging ich das Wagnis trotz Walthers Warnung ein. Seine Besorgtheit tat mir gut.

Meine Wahl fiel auf Meißen. Das Dächermosaik dieser Stadt war schon vom Domberg gesehen beeindruckend. Ich flog auf Sicht, kaum höher als fünfhundert Meter. An der Elbe entlang war das Ziel nicht zu verfehlen. Es war noch schöner, als ich es mir vorgestellt hatte, auch wenn der Tag ein bisschen diesig war, oder vielleicht gerade deshalb. Kreisend suchte ich nach einer geeigneten Stelle zum Landen. Einen Flugplatz schien es nicht zu geben.

Ein rauchender Schornstein weckte meine Aufmerksamkeit. Es war ein unregelmäßiger, dunkler Rauch, der kaum aus einer öl- oder gasbetriebenen Anlage kommen konnte. Womöglich war es aber auch nur ein - wie auch immer entstandener - beginnender Wohnungs- oder Kaminbrand. Das Haus stand am Stadtrand.

Ich versuchte, ganz in der Nähe runterzugehen, und hielt Ausschau nach einer möglichst ebenen Wiese, weit weg von Hochspannungsleitungen. Die Rauchfahne verriet mir, woher der Wind weht. Die Landung war trotzdem eine ziemlich holprige Angelegenheit. Alf zerrte schon an den Gurten.

„Komm, lass uns sehen, wer oder was sich hinter den Rauchzeichen da vorn verbirgt. - Siehst du den Rauch, Alter? Den musst du in der Nase behalten."

Der Rasen war feucht, die Wiese groß. Es war wohl eher ein braches Feld. Die Zeit, die wir durch den Flug gewonnen hatten, verschlang der Fußweg. Wenn es nach Alf gegangen wäre, hätten wir die Strecke von Dresden bis hierher zu Fuß zurückgelegt.

Als wir vorm Haus standen, schlug mir das Herz im Hals. Alf wedelte mit dem Schwanz. Wir schlichen uns an wie Einbrecher. Das war nicht ungefährlich. Möglicherweise waren die Bewohner nicht schlechter bewaffnet als wir. Alf mag sich gewundert haben über mein merkwürdiges Verhalten. Immer wieder legte ich den Finger an den Mund.

An der Flurgarderobe hingen Mäntel, Jacken, Mützen und Schals, die dem Schnitt und der Größe nach zu einer Frau gehörten; einer eher jungen Frau. Die Zimmer waren kalt und leer. Der geheizte Kachelofen stand in einem gemütlichen Raum. Es war kein Wohnungsbrand. Angesichts der Sauberkeit in allen Räumen sollten wir tatsächlich auf eine Frau stoßen. Es blieb nur noch ein Raum, eine Tür.

Sie saß mit dem Rücken zu uns an einer Nähmaschine. Ich sah das kurze Haar, die schmalen Schultern, den schlanken Hals. War das ein Kind? Die Maschine ratterte und gab uns Gelegenheit, den Raum eingehender zu betrachten. Es war das Schlafzimmer. Wir standen vor einem sorgsam hergerichteten Doppelbett. Rechter Hand nahm ein gewaltiger Schrank den restlichen Platz des Raumes ein. Sie saß direkt vorm Fenster und schob einen unförmigen Stoffhaufen hin und her.

Ganz plötzlich fuhr sie herum.

Ich griff mechanisch an die Pistole.

„Nein! Das müssen Sie nicht. Ich tu ja alles, was Sie wollen." Mit dem letzten Satz warf sie sich hinterm Bett auf die Knie, das mit den Händen geschützte Gesicht im Deckbett vergrabend. Das war sportlich.

Ich hatte das Gesicht nur einen Augenblick gesehen, ein kindliches Gesicht mit einer modischen Brille. Stehend hatte sie eher kleiner gewirkt. Ich war noch bei ihrem letzten Satz. Redet so ein Kind? So redet überhaupt kein normaler Mensch. Immerhin eröffnete es mir ein nahezu grenzenloses Handlungsfeld, noch ehe ich - die Sache - überhaupt in Erwägung gezogen hatte. Die Hose spannte sich unter einer sehr energischen Erektion. Ich drehte mich zu Alf.

Er saß entspannt in der Tür und wedelte mit dem Schwanz. Sowie er meinen Blick bemerkte, legte er sich hin.

Ich wendete mich wieder dem Bett zu. „Ich tu dir nichts. Steh auf."

Sie erhob sich schnell. Ihr Blick war ängstlich, aber fest. Ihre Lippen zuckten nervös in alle Richtungen. Der hellblaue Flanellanzug verhüllte ihre Figur. Das Becken war zu breit für ein Kind. „Wie alt bist du?"

Nun bekamen die Lippen noch mehr zu tun.

„Lüg nicht!"

„Achtundzwanzig."

Meine Verblüffung war groß und wohl nicht zu übersehen. „Ich hätte Sie ..."

„Ich sehe jünger aus, ich weiß", sagte sie trotzig.

Ihr Gesicht war - ebenmäßig, nicht schön im eigentlichen Sinn, aber irgendwie auch nicht ungern anzusehen. Je länger ich es betrachtete, je liebreizender kam es mir vor. Ihre Verlegenheit war anziehend, wenigstens in meinem ausgehungerten Zustand.

Ich ging zu ihr, bis uns nur noch zwei Schritte trennten. Der erneute Blick zu Alf war überflüssig. Hätte er etwas einzuwenden gehabt, wäre ich nicht so weit gekommen.

Sie wich nicht aus. Um zu fliehen, hätte sie übers Bett springen müssen.

„Wie heißen Sie?"

„Fanny. - Fanny Krüger." Ihre Stimme war angenehm und gar nicht kindlich. Vorhin hatte sie wohl nur der Schreck in die Höhe getrieben.

„Ich heiße Hartmut Schubert. - Sind Sie allein?"

„Ja, - seit zwei Monaten."

„Ihr Mann?"

Wieder bewegten sich die Lippen in dieser sonderbaren Geschäftigkeit. „Nein, meine Mutter."

Ich trat nun sehr nah an sie heran, nahm ihr die Brille ab und legte sie auf die Nähmaschine. Beinahe väterlich streichelte ich ihr mit den Fingerspitzen über Stirn und Wangen.

Sie ließ es geschehen.

Ich fuhr weiter am Hals entlang über die ausgebauschte Flanelljacke. Ich musste sie weit eindrücken, ehe meine Fingerspitzen ihren Körper spürten.

Ihr Gesicht flammte rot auf. „Da ist nicht viel."

Ich atmete tief. Warum sollte das Schicksal ausgerechnet mir ein Rasseweib oder wenigstens eines mit -

normalen Formen in die Arme werfen. Ich ging mit dem Schicksal hart ins Gericht. Wahrscheinlich ist sie auch noch picklig und bis in den letzten Spalt verklemmt. Andererseits war ich nicht mehr dreißig oder vierzig. Sie hätte auch weißhaarig sein können und so alt wie ich. Dann wäre dem Schicksal nur vorzuwerfen gewesen, kleinlich zu sein.

Ihre rastlos arbeitenden Lippen waren unwiderstehlich. Nein, ihr Gesicht war schön, das Feuer ihrer wachen, klaren Augen, die zarte Nase, das vom Spiel der Lippen bewegte zierliche Kinn, die kleinen nur wenig abstehenden Ohren, die burschikose Frisur. Ernst und Erregung veredelten es mit einem leicht feurigen Glanz.

Ich zog den Reißverschluss ihrer Jacke auf und schob den warmen Stoff nach hinten über Schultern und Arme. Ein verführerischer Duft quoll mir entgegen. Ein Eimer kaltes Wasser konnte für den Körper nicht belebender sein, für den Geist war es eher ein Keulenschlag.

Sanft legte ich die Hände auf ihren Rücken. Die Haut war nicht picklig, sondern samtweich und warm. Wie lange war es her, dass meinen Händen ein solcher Genuss beschert wurde? Sie hielten ihn lange fest. Es war auch angenehm, sie beherzter anzufassen. Sie fühlte sich kein bisschen knochig an oder verspannt.

„Ich würde gern auf Ihr Angebot von vorhin zurückkommen", sagte ich mit belegter Stimme.

Sie lächelte, ein bisschen kess, ein bisschen verlegen. „Ich dachte, Sie sind schon dabei." Wieder kamen ihre Lippen zur Ruhe.

Ich nutzte die Gelegenheit, sie zu küssen. Sie schloss die Augen und beugte sich offensichtlich passiv dem Schicksal. Es war kein Küssen, sondern eher ein schüchternes Betasten der fremden Lippen, ein sanftes Begreifen, wie es Elefanten mit der Rüsselspitze tun. Als sich ihr Mund einen kleinen Spalt öffnete, wagte ich mehr.

Kaum dass sich unsere Zungenspitzen berührten, griff sie mir leidenschaftlich ins Haar, um die Macht über die Länge des Kusses an sich zu reißen. Diese Leidenschaft irritierte mich einen Augenblick. Abermals glitten meine Handrücken an ihrer zierlichen Brust herab. Diesmal stießen die Fingen an zwei feste, schwerüberwindbare Igelschnauzen. Ein Schauer überwallte ihren Leib und lief - ihn durchzitternd - bis in die Zungenspitze.

Ich löste mich mit Nachdruck aus dem Kuss. Die maßlose Enttäuschung in ihrem feurigen Gesicht, mit ebensolchem Zorn gepaart, verriet mir, dass sie diese Geste ganz und gar falsch verstanden hatte. Ich küsste sie noch einmal flüchtig und lief zur Tür.

„Komm, Alf. - Bleiben Sie stehen, genau so."

Hastig lief ich über den Korridor. Ich drängte Alf durch die Haustür und trug ihm auf, sich eine Katze zu fangen. Nicht weniger eilig lief ich zurück.

Sie hatte die Jacke aufgehoben und schon über einen Arm gezogen.

„Waren wir schon fertig?", fragte ich entgeistert.

„Ich weiß nicht. Sie sind ja …"

Ich nahm ihr die Jacke ab und kniete mich vor sie. Behutsam zog ich ihr die Flanellhose erst über die Knie, dann über die zarten Füße, die sich anfühlten wie Samt. Ich betrachtete die schönen Beine, den weichen Übergang der Schenkel über die Taille zum Bauch mit dem reizenden Nabel. Mit leicht auf dem Stoff des Höschens kreisender Nase suchte und fand ich die animalischen Aromen, die geeignet waren, mein Blut an der rechten Stelle zu stauen. Ihre Knie machten manchmal Anstalten, einzuknicken. Sobald meine Nase nachdrücklicher im Stoff versank, begann sie - noch leise - mit einem erregenden, lüsternen Melodram.

Aller Vorfreude zum Trotz zog ich nun auch den letzten Vorhang. Sacht, aber unerbittlich, schob ich sie

Richtung Bett, bis sie ihren weichen Knien nachgab und nachher auch meinen Händen, die die angezogenen Beine in möglichst stumpfem Winkel drapierten. Jetzt lag der Erdbeergrund offen vor mir, und es gab kein Halten mehr. Was die Nase stümperhaft und egoistisch nicht zuwege gebracht hatte, besorgte nun die Zunge - nicht weniger egoistisch - in unermüdlicher Begierde. Ohne vom feuchten Muschelgrund abzulassen, zog ich mich aus. Es kam gerade noch zurecht. Fanny war im Finale des nun geräuschvollen Melodrams. Mit allen Fasern des Leibes in den Bogen der Lust gespannt, legte ich mich leicht wie eine Feder auf den zarten, bebenden, empfangsbereiten Leib. In ihren Lustgesang einstimmend drang ich in sie ein. Ein unübertreffliches, fast vergessenes Gefühl durchglühte mich. Wieder und wieder wurden wir ein Leib, in einem Rhythmus, einer Stimme, einer Lust. Wenn sich der Genuss um das Maß seiner Wertschätzung vervielfacht, konnte er hier nicht größer sein!

Man kann es mit zahllosen Frauen erlebt haben. In Zeiten der unfreiwilligen Enthaltsamkeit macht es keinen Unterschied, ob man zuvor nur selten bei einer Frau gelegen hat oder tagtäglich bei einem halben Dutzend. Es lässt sich in der Not nicht tröstlicher aus dem Gedächtnis schöpfen als aus der Phantasie.

Aber diese öden, wüstentrockenen Zeiten waren vorbei. Wir gaben uns hin, genossen und verwöhnten uns. Freizügige und phantasievolle Leidenschaft kennt weder Verschleiß noch Ermüdung, und sie nutzt sich nicht ab. Fanny war von genau dieser Leidenschaft. Nie zuvor war ich beim Liebesspiel solchermaßen an die Grenzen meiner Kondition geraten, ohne dass die Unersättlichkeit nachgelassen und stattdessen der Überdruss das Zepter übernommen hätte.

So aktiv, wie ich begonnen hatte, beschloss Fanny unser Liebesspiel. Noch einmal hatte sie es geschafft, mein Fleisch zur Auferstehung zu bringen. Nun ritt sie mich zu. Die bewegte Show, die mir ihre kleinen Brüste nicht bieten konnten, ersetzte ihr Gesicht. Schade, dass es keine Möglichkeit gibt, diesen höchsten Ausdruck des Lebens und der Lebendigkeit festzuhalten. Schonungslos trieb sie sich bis auf die höchsten Gipfel der Ekstase, um sich lautstark brunftend, schamlos und unbeherrscht dem finalen, alles entlohnenden Schauer hinzugeben.

Dann fiel sie wie eine Marionette, die mit einem Hieb all ihrer Fäden beraubt wurde, auf meine Brust. Wie fand solche Leidenschaft Platz in einem so zarten Körper? Als sie merkte, dass mein Fleisch noch gebläht in ihrem Schoß pulste, ließ sie es frei, um es gleich wieder mit dem Mund einzufangen und zu verwöhnen, bis es sich entäußert zur Ruhe legte.

Lange lagen wir wortlos nebeneinander. Irgendwann deckte ich sie zu.

„War es gut?", fragte sie nüchtern.

Ich war überrascht. War das nicht mein Part? Warum fragte sie das? „Es war außergewöhnlich."

Sie schwieg. „Außergewöhnlich", wiederholte sie kühl. „Wegen ihr?"

„Wegen wem?" Als ich mich zu ihr drehte, sah ich das entflammte Gesicht mit den trotzigen Augen.

Sie schaute hartnäckig zur Decke. „Na wegen meiner Flutsche."

Lachend suchte und kraulte ich das Venusbürstlein unter der Decke. „Meinst du etwa dieses süße Ding, das so einnehmend duftet und so einladend und gastfreundlich und anschmiegsam und zärtlich und - ausdauernd ist? - Und so verständnisvoll und tolerant?"

„Du bist nicht ernst."

„Ganz und gar."

„Wieso tolerant?"

„Weil sie nicht sauer reagiert, wenn man sich einschleimt."

„Jede Flutsche mag, wenn man sie flutscht."

„Das kann man leider so nicht sagen."

„Dann muss sie krank sein oder dumm."

Ich legte meinen freien Arm um ihren Kopf und streichelte ihre langen Wimpern. „Flutsche. - Woher hast du das Wort? Ich hab schon viele gehört. Das kurioseste war *Frutschinatze*."

„Entweder klingen sie hässlich, vulgär oder doof oder - wie Frutschinatze - alles zusammen. Mit einer Muschi kann man vielleicht pinkeln, aber man kann sie nicht flutschen. *Flutschen* ist doch ein ganz normales Wort, das man sagt, wenn was gut läuft."

„Hast du dir das ausgedacht?"

„Nein. Ich hab's von meiner Mutter, und die hat es von ihrer Mutter und wahrscheinlich so weiter bis zu einer Frau, die gute Einfälle hatte."

„Und wie nennt ihr den - Lümmel?"

Sie lachte mädchenhaft. „Lümmel. Lümmel ist wenigstens lustig, obwohl es so nach Bösewicht klingt. *Rein, raus, rein und abgespritzt, das Mädchen bald im Elend sitzt.* - Das war von meiner Oma. Sie hatte eine ziemlich grobe Art, aufzuklären. Aber die Männer hat sie gemocht." Sie drehte sich zu mir, nahm meine Hand von der *Flutsche* und legte sie unter ihre Wange, derweil sie mit ihrer Hand nach meinem Lümmel suchte. Viel war nicht mehr zu finden. „Wir nennen ihn *Flutscher. Der Flutscher flutscht die Flutsche.* Ein Wort für drei Verlegenheiten. Es gibt sogar ein freches Gedicht mit vielen Strophen."

„Von dir?"

„Nein."

„Kennst du es?"

„Vielleicht."

Ich sah sie herausfordernd an.

Sie zögerte. Möglicherweise erwog sie, ob ich würdig oder reif genug bin, es anzuhören. „*Ein Flutscher, eine Flutsche, die reisen in der Kutsche von Potsdam nach Schwerin und träumen brav und bieder in Hose, Rock und Mieder von Zucht und Disziplin.*"

„Und weiter?"

„Nach jeder Flutscherei eine Strophe."

„Dann hoffe ich, dass es ganz viele gibt." Ich beugte mich über sie und küsste jede Falte ihres Lächelns und auch noch den unsicher mümmelnden Mund. Sie ließ es geschehen, ohne mir entgegenzukommen. Als ich in ihre Augen sah, liefen zwei Tränen über ihre Schläfen, um sich in den Ohren zu verstecken. „Woran denkst du?"

„Du weißt sehr gut, dass du die zweite Strophe nicht mehr hören wirst."

„Warum?"

„Weil du noch vorm Dunkelwerden dahin zurückfliegst, wo eine Frau oder noch mehr Leute auf dich warten."

„Du hast mich kommen sehen?"

„Hältst du mich für blöd? - Du musst jetzt kein dummes Zeug reden. Es war schön und hat mir gut getan. Wenigstens hast du auch die untere Hälfte ausprobiert, nachdem du die obere für zu leicht befunden hast. Was das betrifft, warst du der erste."

Ich war wie vor den Kopf gestoßen. „Um meine Vorgänger muss es dir nicht leidtun. Die waren einfach nur dämlich. - Hast du eine Ahnung, wie viele Frauen es noch gibt?", sprang ich wohl vorschnell auf ein anderes Thema.

„Wahrscheinlich mehr, als du glaubst."

„Kennst du welche?"

„Ha, siehst du?"

„Du hast sie nicht alle!" Ich stieg hastig aus dem Bett, um mich anzuziehen. „Wenn hier einer Angst haben muss, dann ich um dich. Jeder Kerl unter fünfzig hätte ein leichtes Spiel, und er müsste nicht mal besonders gut aussehen. Ich fliege noch vorm Dunkelwerden, da hast du recht, zu einem Haus am See, in dem ich schon ein Jahr lang nur mit mir selbst zu tun habe. Zwei Monate bin ich auf der Suche, zehn Stunden am Tag. Zwei Männer hab ich gefunden, einer verwirrt, der andere gestorben, neun junge Frauen, acht gestorben, eine, die daran zerbrochen ist." Ich stopfte das Hemd in die Hose. „Darum hatte ich eigentlich vor, dich mitzunehmen."

Sie saß im Bett und sah mich traurig oder unsicher an. Der Mund war ganz ruhig.

„Also zieh dich gefälligst an und pack dein Zeug zusammen. Ich warte so lange draußen. Oder muss ich dich an deine Zusage erinnern, alles zu tun, was ich will?"

Noch an der Zimmertür passte sie mich ab. „Entschuldige. Es dauert nicht lange."

Alf wartete schon auf mich. „Wir haben einmal Glück gehabt, Alter! - Sie kommt mit. Ein Weib, das sich noch verwöhnen lässt, mit einer zauberhaften ... - Sie stirbt doch nicht, oder?"

Nur Minuten später gesellte sie sich mit einer kleinen Reisetasche zu uns. „Was ich vergessen hab, kann ich ja jederzeit nachholen. Bis dahin nimmt es keiner weg."

„Du siehst umwerfend aus und riechst ..."

„Wie?"

„Paradiesisch."

Auf dem langen Weg zum Flugzeug musste ich ihr haarklein die ganze Geschichte meiner bisherigen missglückten Menschensuche erzählen. Als ich ihr den Sitz einstellte und die Gurte anlegte, sah sie schon ein bisschen bang aus.

Ich drehte den Vogel gegen den Wind. „Magst du doch lieber hierbleiben?", rief ich von draußen.

„Nein, du Dummer. Bist du sicher, dass wir hier starten können?"

„Gelandet ist er gut. Gestartet bin ich noch nie auf Rasen."

„Rasen?", rief sie empört. „Das ist kein Rasen!"

„Setz den Kopfhörer auf, es wird laut und ziemlich holprig. Pass mir auf die - *Flutsche* auf."

Als wir nur Minuten später über die Dächer flogen, strahlte sie wie ein kleines Mädchen im Riesenrad. Ich war der glücklichste Mensch. Nicht lange, und ich spürte ihre Hand auf meinem Knie. Möglicherweise hat ein Flugzeug die mephistophelische Gabe, um Jahrzehnte *zu verjüngen*, ohne das probate Mittel: *Begib dich gleich hinaus aufs Feld, fang an zu hacken und zu graben, erhalte dich und deinen Sinn in einem ganz beschränkten Kreise, ernähre dich mit ungemischter Speise, leb mit dem Vieh als Vieh, und acht es nicht für Raub, den Acker, den du erntest, selbst zu düngen.*

Wir flogen weiter auf Sicht, aber nicht nach Süden, sondern Norden. Hatte das Flugzeug schon Eindruck gemacht, wie wird dann erst mein leider noch leeres Frauenhaus einschlagen. In einer knappen Stunde waren wir da. Ein paarmal kreiste ich über dem Zentrum. Am liebsten wäre ich genau vorm Brandenburger Tor gelandet. Ein paarmal flog ich die Straße des 17. Juni auf und ab. Breit- und langgenug war sie schon, aber da waren Verkehrsschilder, Ampeln und Figuren. Ein sicherer Abschnitt war gerademal so lang, wie ich es brauchte. Was, wenn ich die Poller falsch einschätzte oder ein

Schild übersah? Schweren Herzens drehte ich bei, um in Tegel runterzugehen.

Alf sprang genervt aus der Maschine. Ich hatte beizeiten versucht, ihm einen speziellen Kopfhörer aufzusetzen, aber er hatte seinen sturen Kopf immer wieder freigeräumt und es vorgezogen, den Lärm pur zu ertragen.

Berlin ist wunderschön, wenn man eine charmante, lebens- wie liebeshungrige Frau an seiner Seite hat.

Fanny klatschte verzückt. „Wie du mal einfach so einen Flugplatz findest und ganz sanft landest, das ist beeindruckend. Du fliegst wohl schon lange?"

„Man sagt, ich hätte es im Blut."

„Und wie kommen wir zum Haus am See", forschte sie unsicher.

„Mit dem Auto." Wir liehen uns einen passenden Wagen und fuhren über Charlottenburg und Ernst-Reuter-Platz, an der Siegessäule vorbei, über die Straße des 17. Juni. Vom Auto aus betrachtet sah sie weniger komfortabel aus. Nach nur zehn Minuten passierten wir, begleitet von einem freudigen Ausruf Fannys das Brandenburger Tor. Genau am roten Teppich des Adlon blieb ich stehen.

Fanny schaute mich nachdenklich an. „Und wo ist das Haus am See?"

„Das steht in Dresden. Hier machen wir unsere Flitterwochen. Ich bin doch sehr gespannt, wie viele Strophen du auf Lager hast." Ich muss bekennen, dass mir eine hinzuerfundene Zeile als dicker Wurm nicht nur in den Ohren lag ...

Ich betrat das Adlon wie ein Fürst, der hier zu Hause ist. Natürlich machte mein laxer Umgang mit der Lichtanlage und dem Schließsystem gewaltigen Eindruck, nicht zu reden von der Heizungsanlage. Als ich leger auf einen Kühlschrank an der Bar zusteuerte, die himmlischen Zutaten entnahm und zwei Gläser Piña Colada mixte, schien die Verblüffung auf dem Höhepunkt angelangt zu sein. Nein, das geschah erst später. Ich hielt Fanny noch etwas hin, um Kraft zu schöpfen und dem Badewasser die Chance zu geben, warm zu werden. Mit Fannys Hilfe gelang es mir sogar, die Tonanlage im Ballsaal zu finden und einzuschalten. So tanzten wir uns warm und später heiß. Es war nicht leicht, Fannys Gier zu bremsen oder gar im Zaum zu halten. Irgendwann war es auch nicht mehr in meinem Sinn.

Nachdem ich die Gläser erneut gefüllt hatte, zeigte ich Fanny *das Zimmer*, genau so kündigte ich es an. Sie drehte sich ungläubig im Wohnbereich der Suite. Ich wartete, bis sie alles in Augenschein genommen und die Überraschung verhehelt hatte. Dann stieß ich mit dem Fuß - die Hände waren noch an die Gläser gebunden - die Tür zum Schlafbereich auf.

„Das ist nicht wahr!"

Ja, so wünscht man sich die Reaktion auf eine Inszenierung aus Leidenschaft. Ich will nicht verhehlen, dass es auch mir schwerfiel, zu glauben, dass es Hotelunterkünfte von zweihundertzwanzig Quadratmetern Nutzfläche gibt.

„Sei willkommen und fühl dich wie zu Hause. Wenn du immer noch bereit bist, zu tun, was ich will, zieh dich bitte aus und leg dich in den jeden Augenblick bereiteten Whirlpool oder gleich ins Bett. Ich bin dein Diener." Es kann so leicht sein, eine Frau glücklich zu machen.

Natürlich wurden wir schon im Whirlpool handgreiflich, aber auch das Bett kam noch auf seine Kosten, all die Zerknirschung vergessend, die es hatte erleben müssen. Fanny war nicht nur eine Meisterin der Verzögerung, sie wusste auch, wie man einen Flutscher bei Laune hält, und das meine ich nicht so sehr körperlich, will sagen, im direkten Kontakt, sondern mehr psychisch.

Mit ganz einfachen Mitteln gelang es ihr immer wieder, direkt auf die Vorsteherdrüse Einfluss zu nehmen. Das Gedicht war eines davon.

Kurz vorm Höhepunkt, dem sie wie schon beim letzten Mal entgegengaloppierte, hielt sie inne und sprach bei unsanfter Drehung des Beckens: *„Bei solcherlei Geruckel und furchtbarem Gezuckel, da schlafen sie nicht lang. Denn diese Art Bewegung befördert die Erregung. Bald wird ihnen ganz bang.“*

„Täuscht mich das Gefühl, dass die Strophen immer kürzer werden?“

„Zähl mit, Verruchter!“ Den Ritt wieder aufnehmend deklamierte sie die gleiche Strophe in strengem und unnachgiebig nachdrücklichem Rhythmus, wobei ihre Stimme immer gepresster klang. Das letzte Wort franste ein bisschen aus, aber ich kannte ja den Text.

Als sie wie von der Axt gefällt auf mir lag, nannte sie mit müder Stimme eine Zahl.

„Du hast tatsächlich mitgezählt?“ Dreiundzwanzig war richtig.

„Nein. Ich weiß es auch so.“

Ich ahnte, dass dieses Gedicht in Fannys Alltag oder, besser, in ihren Nächten eine große Rolle gespielt hat.

Sie hatte sich bereits dem Unersättlichen zugewandt. „Was machen wir nachher, wenn ich mit ihm fertig bin?“

„Lass uns nach Potsdam fliegen und schauen, ob noch eine Kutsche zu haben ist.“

„Hochstapler. In fünf Minuten wirst du sehr müde sein.“

Wie recht sie hatte.

Die vier Tage mit Fanny in Berlin waren ohne Zweifel die aufreibendsten meines Lebens. Am Tag fuhren wir in einem offenen Wagen, der in der Tiefgarage stehengeblieben war, durch die Stadt und ins Umland. Auch in Potsdam waren wir, ohne allerdings einer Kutsche zu begegnen. Selbst wenn es eine solche und ein paar willfährige Pferde gegeben hätte, das Abenteuer wäre schon an unserem Unvermögen gescheitert, die Pferde richtig einzuspannen. So fuhren wir im offenen Wagen durch eine bezaubernde Stadt. Zum Glück war auch Fanny noch nie hier gewesen. Ihre ungezügelte Freude war noch beglückender als die zuweilen bezaubernden Entdeckungen. Die erste Runde führte uns über die archaisch anmutende russische Blockhauskolonie Alexandrowka. Die Gebäude waren sorgsam gesichert, aber nicht gegen Menschen. Das war eine wichtige Maxime aus der Zeit gewesen, die Kabundu als Galgenfrist bezeichnet hatte. Selbstöffnende Türen wurden massenhaft in handbetriebene verwandelt oder ausgetauscht, Verriegelungen eingebaut, die auch von starken oder pfiffigen Tieren nicht überwunden werden können. Für Menschen sollten sie aber ohne weiteres zu öffnen sein.

Auf dem Pfingstberg gerieten wir unvorbereitet in die atmosphärische Anlage des von der italienischen Renaissance inspirierten Belvedere. Hier lockte jeder Winkel zum Verweilen und Staunen. Von allen Seiten und auf allen Ebenen des gewaltigen Aussichtsschlosses mit nur wenigen geschlossenen Räumen ergaben sich neue Perspektiven und Blickwinkel. Selten empfand ich eine solche Harmonie in den Proportionen gemauerter Gebäudeteile; ergab sich ein so gelungenes Wechselspiel zwischen einem von Menschenhand geschaffenen, faszinierenden Bauwerk und einer von den Kräften der Natur gestalteten reizvollen Landschaft. Immer wieder wird man überrascht von einer neuen Ansicht oder der unverhofften Einsicht in eine originelle architektonische Idee. Unvorstellbar, dass es sich bei diesem Kleinod nur um ein Fragment handelt. Hier könnte man leben. In den beiden Türmen ließen sich Schlafzimmer und Bad unterbringen, im museal genutzten Areal die restlichen Räume.

Wie zwei Kinder jagten wir uns um das Wasserbecken im Zentrum der Anlage die Freitreppen auf und ab durch Arkaden und Säulengänge bis in die höchsten Ebenen der beiden gewaltigen Türme mit der atemberaubenden Aussicht. Am Anfang fiel es Alf noch schwer, sich für einen von uns zu entscheiden. Später lief er nur noch mit Fanny, um ihr auch noch mit all seinen Sinnen bei der Flucht zu helfen. Noch nie war ich einer Frau nachgejagt, die sich ernsthaft bemühte, mir zu entkommen. Entsprechend befriedigend und beglückend war es, den erhitzten Leib der Eingefangenen an die Brust zu reißen. Die ersten Küsse fielen kurz aus. Wir japsten nach Luft und später nach Liebe. (*Der Flutscher fragt die Flutsche: „Wenn ich jetzt in Sie rutsche, wär das in Ihrem Sinn?" Sie sagt: „Bei all dem Plunder am Leib, wär es ein Wunder. Das kriegen wir nicht hin."* Der Kenner wird wissen, dass die im Gedicht beschriebene Fahrt erst gegen Ende des neunzehnten Jahrhunderts stattgefunden haben kann. Bis dahin war das Liebesspiel, zumindest für Flutschen bei jederart Bekleidung ganz unkompliziert.) Alfs Nähe und irritierter Blick waren mir mittlerweile einerlei. Er wird auch kaum Rücksicht auf mich nehmen, wenn ihm eine läufige Hündin über den Weg läuft oder in die Nase sticht.

Zurück fuhren wir über den Neuen Garten. Das Schloss Cecilienhof zog uns in seinen Bann. Fanny stritt lange mit mir, ob sich der verspielte Gebäudekomplex im englischen Landhausstil unweit des Jungfernsees mit seinen hundertsechsundsiebzig Räumen besser als das Adlon mit seinen fast vierhundert Zimmern und Suiten zur Beherbergung unserer zukünftigen Gruppe eignet. Ein Argument Fannys wog schwer. Das Adlon liegt in einer riesigen, ausgestorbenen, unwirtlichen, niederschlagenden Metropole; der Cecilienhof in einem gepflegten Park mit altem Baumbestand, nah den Ufern zweier Seen.

Auch dem Marmorpalais am Heiligen See statteten wir einen Besuch ab. Die mit rotem Backstein errichtete Schlossanlage im frühklassizistischen Stil wirkt majestätisch, hat aber einehmenden Charme und eine gewisse Leichtigkeit. Fanny durchstreifte wie ein Schlossgespenst dutzende Räume. Auch hier ließe sich selbst in einer großen Gruppe leben.

Je länger wir die Parks mit dem offenen Wagen und zu Fuß durchstreiften, je wohler fühlten wir uns. Der Atem ging freier. Die innere Bedrückung ließ nach.

Im Schlosspark von Sanssouci kamen wir erst recht ins Schwärmen. Noch von der Straße aus stießen wir auf eine funktionstüchtige Holländerwindmühle mit Mahlgang und einer Transmission auf alle weiteren nötigen Maschinen. In den drei Sockeletagen, in denen ein Museum untergebracht worden war, gäbe es Platz für die umfangreiche Erweiterung des Maschinenparks. Hier wäre man ganz und gar unabhängig von Strom.

Fanny ließ nicht eher locker, als bis es uns gelang, die Mühle in Gang zu setzen. Ich hatte mich vor Jahrzehnten einmal mit der faszinierenden Technik beschäftigt. So wusste ich so ungefähr, was zu tun ist. Nachdem es uns gelungen war, die Bremse vom Kammrad zu lösen, zwei der Flügel mit Segeltuch zu bespannen und die Haube in den Wind zu drehen, setzte sich das Ungetüm tatsächlich knarrend in Bewegung. Mit auffrischendem Wind nahm die Mühle an Fahrt auf. Fanny war entzückt. Es war beeindruckend, zu beobachten, wie die gewaltigen Kamm-, Stirn- und Stockräder ineinandergreifen, um die Kraft von der Flügelwelle über die Königswelle bis auf den Mahlgang und die Transmission zu übertragen. Angesichts der groben Mechanik war der Betrieb erstaunlich leise. Ich erklärte Fanny das Getriebe und den Sinn der einzelnen Geräte, soweit er sich mir erschloss. Leider war es nicht möglich, wirklich zu mahlen. Mehlsäcke waren noch reichlich vorhanden, aber kein Korn.

Sowie mich Fanny unzufrieden und hilflos sah, versuchte sie mich in eine ihrer erotischen Phantasien zu verstricken. Der Müller und die Magd. Ich floh in die Verantwortung für die windgepeinigte Mühle und die Pflicht, sie zu retten. Das Kammrad musste wieder gebremst, ein Segeltuch ums andere abgespannt werden. Wie lange wird die Mühle funktionstüchtig bleiben, ohne beständig betrieben und gewartet zu werden? Es war ein Jammer, den auch Fanny nicht heilen konnte.

Wir fuhren sehr langsam von Sehenswürdigkeit zu Sehenswürdigkeit, von Schloss zu Schloss. Alf sprang immer wieder aus dem Wagen, um seiner Wege zu gehen. Wenn er dann meist mit beeindruckender Geschwindigkeit aus oft unvermuteter Richtung zurückkehrte, hielt ich an, um ihn nicht unter die Räder kommen zu lassen. Auch den Einstieg bewältigte er, ohne die Tür zu öffnen. Die Geräusche der Pfoten auf dem Lack schmerzten mich, auch wenn mir der Wagen nicht gehörte.

Der Gedanke, der mich am Marmorpalais ergriffen hatte, wiederholte sich am Neuen Palais mit den Communs, am Orangerieschloss und am Schloss Charlottenhof. Die gesamte europäische Community fände in den Potsdamer Parks ein wahrhaft fürstliches Zuhause.

Fanny hatten es die unzähligen Skulpturen angetan. Besonders hingerissen war sie vom Chinesischen Haus mit den lebensgroßen, vergoldeten Figurengruppen und von den niedlichen Drachen auf den Dächern des Drachenhauses. Waren wir die letzten, die diese verblüffende wie anregende Welt noch einmal in Augenschein nahmen, ehe sie in einem undurchdringlichen Dickicht versinkt? für immer oder wenigstens für Jahrtausende?

Die Faszination wich mehr und mehr der Resignation und Trauer. Wir stiegen nicht mehr die Weinterrassen zum Schloss hinauf, das dem Park seinen Namen gab. Wir hatten genug gesehen. Vergänglicher als diese kunstvolle, ideenreiche, erhabene, atemberaubende, fesselnde Welt waren die Wesen, die sie geschaffen hatten, um sich unsterblich zu machen …

Nach Berlin zurückgekehrt, kochten und aßen wir in allen Restaurants und Bars, mit denen das Adlon aufwartete. Es war Fanny, die vorschlug, einen Tisch zu missbrauchen. Mir ging dabei unentwegt das Märchen von Schneewittchen durch den Sinn. Was würde die Belegschaft sagen, wenn sie wiederkommen sollte? - Sie haben mit unserem Geschirr gekocht. Sie haben mit unserem Besteck von unseren Tellern gegessen. Sie haben mit unseren Vorräten geschlemmt. Sie haben aus unseren Gläsern getrunken und unsere Köstlichkeiten geschlürft. Sie haben in unserem Zimmer geschlafen. Sie haben unser Bett zerwühlt. Sie sind mit unserem Wagen gefahren. Sie haben unseren Tisch missbraucht und auf feinstem Tuch … Das waren acht, ich weiß. Aber die Belegschaft des Adlon besteht ja nicht aus sieben Zwergen. Und sie kehrt auch nicht zurück.

Um den Tischspruch nicht zu unterschlagen: *Bei wachsender Bedrängnis denkt keiner an Empfängnis. Vier Hände, zart und sacht, erlösen nun die beiden. Bald stehen sie bescheiden da, wie uns Gott gemacht.*

Andern Tags durchstöberten wir einige Museen. Im Naturkundemuseum beendeten wir unseren Trip. Als wir unterm riesigen Skelett des Giraffatitan standen, fielen mir auch wieder die Befürchtungen der Archivare und Konservatoren ein. Mit wie viel Mühe hatte man die versteinerten Knochen ausgegraben, rekonstruiert und zusammengesetzt? Wie lange würden die Artefakte ohne ständige Sorge um Erhaltung dem Zahn der Zeit standhalten? In Rio war etliche Jahre vorm Großen Sterben das Nationalmuseum mit nahezu allen wichtigen Funden des Kontinents abgebrannt; ein unwiederbringlicher Verlust. Und all das hier? Wenn nur wenigstens die wissenschaftlichen Aufzeichnungen und Auswertungen überleben. Am Ende überstehen die Versteinerungen die Zeit bis zur Wiederentdeckung in ein paartausend Jahren besser als alle Bücher und elektronischen Speicher und Datenträger.

Je länger man sich in den Räumen all dieser Museen aufhält, desto besser kann man Pfaus Verzweiflung verstehen.

Fanny bewunderte meine Kondition. Beizeiten steuerte sie alle Bänke, Hocker und Stühle an, um sich auszuruhen. Irgendwann blieb sie zurück. Als ich wieder auf sie stieß, lag sie nackt auf einer ledernen Bank. Man hätte sie mit einer der vielen weißen marmornen Statuen im Park von Sanssouci verwechseln können, anmutig und in beinahe allen Proportionen vollkommen.

„Das ist doch viel zu kalt!"

„Nicht, wenn du dich beeilst."

„Warum gerade hier?", fragte ich, hastig aus den Hosen steigend.

„Hier klingt's am besten."

Sie hatte recht. Und es hatte eine exhibitionistische Note, auch wenn es nur Skelette waren, die uns begafften. Es hallte nicht weniger beeindruckend von den Wänden als einst das Gebrüll der Schreckensechsen. Den Text lieferte Fanny zu einer eindrücklichen Melodie. *Der Flutscher flutscht die Flutsche nun feurig in der Kutsche. Wie schwankt sie hin und her! Der Kutscher denkt: 'Dermaßen verschlechtern sich die Straßen. Das liegt wohl am Verkehr.'*

Fanny war hinreißend im Vortrag, auch wenn er nicht immer mit einem leidenschaftlichen Finale einherging. Bei der letzten Strophe, die im von unseren Vorgängern zerwühlten Bett der noblen, wahrhaft fürstlichen Royal-Suite erklang, wartete Fanny bis zum Augenblick der Ermattung, um mit ganz leiser und sanfter Stimme und großem Ernst zu sagen: *Vergnüglich quietscht die Flutsche. Derweilen rast die Kutsche. Welch zuckersüßes Spiel! Und glaubt's, auf diese Weise kommt man bei einer Reise nicht nur einmal ans Ziel.*

„War das schon alles?", fragte ich schelmisch.

„Nein, es geht immer weiter." Und ohne Aufforderung gönnte sie mir eine zweite Strophe. „*Ein Flutscher, eine Flutsche, die reisen in der Kutsche von Potsdam nach Berlin und …*"

„Das hatten wir schon."

„Nein", widersprach sie energisch, „da ging es nach Schwerin. Es saßen ganz andere Leute in der Kutsche. - Wenn du nicht genug Phantasie hast, dir das Pärchen vorzustellen, hast du auch kein Vergnügen am Gedicht."

„Ich dachte, w i r fahren in der Kutsche."

„Wie können wir von Potsdam nach Schwerin fahren und dann von Potsdam nach Berlin?"

„Wieso nicht?"

„Weil wir erst mal wieder von Schwerin nach Potsdam hätten zurückfahren müssen. Das passt aber weder metrisch, noch reimt es sich."

Das war einleuchtend. „Ich denke am Ende ja doch nur an dich."

„Das ist infam gelogen. - Du denkst sogar beim Flutschen an andere Weiber."

Ich schwieg, um nicht zu lügen.

„Wir können ja unserer Phantasie auf die Sprünge helfen", sagte sie einlenkend. „Du beschreibst s i e und ich i h n ."

„Nicht lieber umgekehrt?"

„Wir können auch beides versuchen, mal so und mal so."

Es war ein anstrengendes, aber überaus reizvolles und erregendes Spiel, bei dem man auch noch die geheimsten Phantasien und Wünsche auf abgründigste Weise offenbarte und erfuhr. Natürlich blieben die Szenen nicht auf die Kutsche beschränkt. Oft war das Vorspiel nun peinigend lang, und der Trieb köchelte auf großer Flamme. Ich musste oft an das Wort eines Spaßvogels denken: Ein Lebenspartner, der hinreichend körperliche Zuneigung schenkt, ersetzt das Freudenhaus; einer, ohne eine solche, die Hölle.

Um es vorwegzunehmen, die Kutsche rumpelte unentwegt. Die sehr unterschiedlichen Paare, manchmal waren es auch mehr, fuhren fortan von Potsdam in alle Richtungen des Landes. Ziele gab es beruhigend viele. Ballin, Benzin, Boddin, Brettin, Camin, Demsin, Dobbin, Ganzlin, Glasin, Grebbin, Jimlin, Kamin, Klocksin, Leppin, Malchin, Mestin, Möglin, Mustin, Nechlin, Parin, Perlin, Plötzin, Postlin, Rambin, Rappin, Remplin, Sauzin, Schlemmin, Schmatzin, Templin, Tessin, Wartin, Weltzin, Wollin, Zielin und Zschepplin. Diese Orte gibt es tatsächlich. Und es sind nur die, an die sich Fanny noch erinnern konnte. Sie versicherte mir, dass es an die Neunzig gibt, und da sind keine Ortsteile dabei. Zudem wären dreisilbige Orte metrisch auch noch gut zu gebrauchen gewesen. Mal sechs Strophen ergibt das … eine phantastische Zukunft.

Fanny hatte unglaubliche Phantasie und wusste sie mit einer blumenreichen Sprache in Bilder und Geschichten zu gießen. Es war naheliegend, anzunehmen, dass sie

diese Geschichten in zahllosen einsamen Nächten erfunden und ausgebaut und sich in sie hineingeträumt
hat.

1 Tag ist vergangen.   8. November

Möglicherweise hätten die Flitterwochen länger gedauert
oder überhaupt kein Ende genommen. Die Räumlich-
keiten des Adlon sind für zwei Verliebte eine schier
unergründliche Welt, wenn man bedenkt, dass uns auch
alle Diensträume offenstanden. Eines war hier allerdings
nicht möglich. Es mangelte schier an allen Möglichkeiten, die Menschheit zu retten. Unser Tun war egoistisch,
meines im Besonderen, denn ich allein wusste, dass
unsere animalischen Gelüste außerhalb des Nervenkitzels keinerlei praktischen Sinn haben. Das Verantwor-
tungsgefühl träufelte also bald in all unsere Beschäftigungen bittere Wermutstropfen, die zwar die Seligkeit
nicht verbittern, aber immerhin ein pelziges Gefühl auf
die Zunge bringen konnten.

Auch hier beschämte mich Alf.

Fanny hatte gerade eine neue Strophe begonnen, als
es an der Tür kratzte. Das konnte nur Alf sein. Natürlich scherten wir uns nicht darum. Auch nicht, als das
Kratzen von lautem Gebell begleitet wurde. Erst als es
klopfte, ließen wir voneinander ab. Noch ehe es uns
gelang, aus der unzweideutigen Position herauszukommen, öffnete sich die Tür, und eine Frau stand im
Schlafbereich, die - zumindest rein äußerlich - dem
Himmel entstiegen sein musste. Alf stand hinter ihr wie
einer, der bereit ist, jeden Fluchtversuch zu vereiteln.

Fannys Gesicht, das eben noch in verführerischstem
Rosa gestrahlt hatte, war aschfahl geworden. Sehr geschickt verbarg sie die Flutscherei unter der Decke,

sodass ich Gelegenheit hatte, von ihr zu rollen, ohne Einsicht in Einzelheiten zu gewähren.

„Guten Abend, was kann ich für Sie tun?", fragte ich, als wäre ich der versprochene Buttler, der mal eben mit der Kaltmamsell die gewerkschaftliche Pause teilt, bevor er ihr hilft, das Bett zu beziehen.

„Geh ich recht in der Annahme, dass der Hund zu Ihnen gehört?" Sie wirkte keine Spur ängstlich, im Gegenteil, sie trat so forsch auf, dass ich bereute, so weit von meiner Smith & Wesson entfernt zu sein.

„Sie gehen recht", sagte ich kleinlaut.

Und noch ehe ich mir erklären konnte, wie sie hierhergekommen ist, half sie mir auf die Sprünge. „Würden Sie so nett sein, ihn zu rufen und festzuhalten, damit ich wieder meiner Wege gehen kann?"

„Alf, was hast du angestellt? - Komm her und leg dich hier hin!" Alf folgte brav. Festhalten konnte ich ihn nicht, weil da nichts war, an dem er sich hätte festhalten lassen.

Die Dame drehte sich um und schritt von dannen. Ich habe keine Ahnung, wie weit *von dannen* ist. In diesem Fall war es sehr kurz.

Noch ehe ich überhaupt nach Alf hätte greifen können, war er aus der Tür. Nur einen Augenblick später brachte er die Dame an der Hand ins Zimmer zurück.

Unwillkürlich musste ich lachen.

Die Dame war von bewundernswerter Fassung. „Respekt", sagte sie, und an Fanny gewandt: „Wurden Sie auch in dieser Weise - zugeführt?"

Fanny war noch nicht so weit.

„Ich meine, hat er Sie auch so ins Bett gebracht?"

Ich merkte sehr wohl, dass Fanny innerlich kochte, und antwortete für sie. „Sie herzuholen, hat ihm keiner aufgetragen. Mit uns hat das also nichts zu tun. Schauen

Sie bitte, wie Sie sich mit ihm arrangieren, wenn möglich, im Wohnbereich."

Sie begab sich tatsächlich nach draußen, was mit Alf an der Hand nicht einfach war. Sie schloss sogar die Tür.

„Wenn sie mitfliegt, bleib ich hier", zischte Fanny, deren Gesicht immerhin wieder Farbe bekam.

Es war nun an der Zeit, auch ihr eine Standpauke a la Pfau zu halten.

Trotzig schüttelte sie den Kopf, auch noch, als ich das Referat längst beendet hatte.

„Fanny, jetzt sei nicht dumm. Sie mag stark und unverwüstlich wirken, aber allein wird sie kein Jahr überstehen. Denk an Wenke. Wir können uns keinen Schwund aus Dummheit oder Stolz oder Anstand leisten", zitierte ich Pfau, um keinen Fehler zu machen.

„Anstand? - Liegst du gedanklich schon mit ihr im Bett?" Sie warf sich auf die andere Seite und schluchzte haltlos.

„Das wird sich wahrscheinlich nicht vermeiden lassen, wenn sich kein anderer findet", sagte ich sachlich.

Wenn man diesen Konflikt ins große Ganze überträgt, kommt einem die Rettung der Menschheit utopisch vor.

„Dann kannst du mich auch gleich hierlassen."

„Fanny."

„Ich bin nicht doof! Sehen kann ich noch."

„Hör auf zu wei..."

„Ich hasse mich dafür, dass ich ausgerechnet jetzt ..."

„Lass uns aufstehen, Fanny. Im schlimmsten Fall werde ich meine Zuneigung teilen müssen. Aber so sieht es im Moment ja ganz und gar nicht aus."

Nachdem sie die verheulten Augen leidlich getrocknet und gekühlt hatte, betraten wir gemeinsam den Wohnbereich.

Die Dame lag entspannt auf dem mondänen Sofa und streichelte Alf, der es geduldig über sich ergehen ließ oder genoss. Das war nicht sicher auszumachen. „Sind Sie zu einem guten Abschluss gekommen?", fragte sie nüchtern ohne jede Ironie.

„Der Gedanke, Sie warten zu lassen, hat es dann doch irgendwie verdorben", sagte ich nicht weniger nüchtern.

„Tut mir leid. Aber ich bin nicht aus freiem Antrieb in Ihr Leben getreten."

„Wenn ich vorstellen darf: Fanny Krüger. Mein Name ist Hartmut Schubert."

Sie setzte sich und zog den warmen Rock über die Knie. „Adele Altmüller. Ich bin Bibliothekarin", erzählte sie wie in einem Vorstellungsgespräch.

„Da haben Sie viel zu tun."

„Allerdings."

„Sind Sie allein?"

Fanny schmiegte sich an mich.

„Ich hab meine Bücher."

Sie war derart aufmerksam und stilvoll hergerichtet, dass es schwerfiel, sich vorzustellen, dieses Kunstwerk sei nur aus Gewohnheit arrangiert worden.

„Bis wann hatten Sie Kontakt zu anderen …?"

„Keine Ahnung. Lange her."

„Wo leben Sie?"

„In der Bibliothek."

„Sie können nicht allein bleiben."

„So?"

„Zum einen sollten die Überlebenden eine möglichst große Gruppe bilden, zum anderen werden Sie das Alleinsein nicht lange ertragen."

„Was schlagen Sie vor?"

Hatten mich schon die schnellen wie klaren Antworten überrascht, dann erst recht diese Frage. Ich war auf eine unerbittliche Gegenwehr eingestellt. Stattdessen bietet sie mir konziliant die Hand. „Kommen Sie mit in unser Haus am See in der Nähe von Dresden."

„Dresden? - Schön. Wie groß ist Ihre - Gruppe."

„Mit Ihnen sind wir drei."

Sie stand auf und reichte mir die Hand. „Ich werde nicht Ihre Ersatzpritsche sein." Es klang wie eine offene Kampfansage an Fanny.

„Natürlich nicht. Wenn, dann teilen ..."

Ihr Händedruck war angenehm fest. Die Duftnote eines aparten wie reizvollen Parfüms wehte mich an.

Sie schaute nur kurz zu Fanny, um mir dann mit festem Blick zu verkünden: „Vergessen Sie es ganz."

Fanny grub ihre Finger schmerzhaft in meinen Arm.

Ich zwang mich zu einem Lächeln. „Dann hätten wir wohl das Wichtigste geklärt."

Die beiden Frauen richteten die beiden benutzten Suiten sorgsam her und brachten Restaurantküche und Hotelbar in Ordnung, während ich die Badezimmer und den technischen Kram besorgte. Die Dinge nahmen einen Verlauf, dessen Entwicklung sich kaum abschätzen ließ. Adeles kategorische Ablehnung setzte mir härter zu, als ich bereit war, mir einzugestehen.

Beim Abschalten der Heizungsanlage dachte ich wehmütig daran, wie lange sie wohl noch nutzbar sein wird, und wie viel Zeit vergehen muss, bis keiner mehr etwas mit dieser Technik anzufangen weiß. Womöglich waren wir die letzten Besucher und Nutznießer dieser grausam maßlosen, paradiesischen wie dekadenten Welt.

Mit Alf an der Seite trat ich ins Freie. Die beiden Frauen folgten, ausgelassen plaudernd, Arm in Arm.

Wenn Alf nicht gewesen wäre, hätten wir den Angriff kaum überlebt. Er warf sich herum und machte mich dadurch auf einen anstürmenden Hund furchteinflößender Größe und Entschlossenheit aufmerksam. Ich zog die Pistole und schoss in die Höhe. Ein gezielter Schuss war nicht möglich, weil da die Frauen liefen. Zudem war Alf genau in der Schusslinie. Der Angreifer stutzte kurz vor Alfs Kaltblütigkeit und griff nur noch zurückhaltend an. Vom Platz her näherten sich trotz des abgefeuerten Schusses mehr als ein Dutzend nicht weniger beeindruckende Hunde.

Die Frauen waren von meinem Schuss in die Knie gegangen und hockten da wie erstarrt.

„Zum Wagen! Schnell!"

Ich blieb an der Wand stehen und nahm die Angreifer mit dem geringsten Abstand zum Wagen ins Visier. Laut zählte ich die abgegebenen Schüsse. Anders als in den meisten Filmen konnte ich unmöglich laufen und schießen oder umgekehrt, jedenfalls nicht, wenn ich auch treffen wollte, und das musste ich wohl.

Als ich hinterm ersten Angreifer noch mehr Hunde kommen sah, wurden mir die Knie weich. Vierzehn Schuss hatte ich noch. Die reichten niemals für die angreifende Horde. Ich schaute mich zu Alf um. Sein Widerpart flog ein Stück durch die Luft und blieb auf der Straße liegen, zwei neue Gegner rasten - genau in Schussrichtung - auf ihn zu. Da sie nah genug waren, schoss ich, bis sie zusammenbrachen. „Alf, verdammt, komm her!"

Ich rannte Richtung Wagen. Der Kreis der Angreifer hatte sich indes zusammengezogen. Adele saß am Steuer. Der Motor lief. Endlich kam Alf. Ich öffnete beide Türen und schoss weiter in die anrückende Meute, die sich kaum von den Schüssen beeindrucken ließ. Alf wich mir nicht von der Seite, obwohl er stark am Hals blutete. Erst als ich neben Adele in den Wagen sprang, folgte er auf die Rückbank, wo ihn Fanny über sich hinweg schob, um die Tür zuzuschlagen, gerade noch rechtzeitig, ehe zwei Angreifer gegen die Scheibe sprangen. Ich schoss durchs halbgeöffnete Fenster, bis es leise klickte. Hektisch fingerte ich nach dem Ersatzmagazin. Adele startete mit quietschenden Reifen. Jetzt erst hielt die Meute inne, ohne an Rückzug zu denken. Enttäuschte Blicke folgten uns. Ich steckte die geladene Pistole ins Holster.

„Wohin?", fragte Adele wie eine gutgelaunte Taxifahrerin.

Ich lotste sie. Immer wieder drehte ich mich zur Rückbank, um nach Alf zu sehen. „Meinen Respekt, Alter. Das war ein ganz großes Ding. Ohne dich wäre es verdammt knapp geworden."

Fanny hatte ihr Kleid zerrissen und die Streifen fachmännisch um Alfs Hals gelegt. „Hoffentlich verliert er nicht zu viel Blut", sagte sie ernst. Sie sah erregend aus.

„An dir ist eine Krankenschwester verloren gegangen."

„Ich bin Krankenschwester", kam es schnippisch.

„Echt? - Wahnsinn! Dann kennst du dich mit all den Medikamenten aus?"

„Nicht mit allen."

Der Flughafen war schnell gefunden. Adele blickte sich besorgt um. Auch ich schaute fortwährend nach Hunden. Wenige Schritte vorm Flugzeug ließ ich sie halten.

Adele sah mich ungläubig an.

„Was ist? Die Luft ist rein."

„Ist es nicht ein bisschen spleenig, diese kurze Strecke mit einem Flugzeug zu fliegen?" Der Satz wäre überzeugender gewesen, wenn sie um den Mund nicht so blass gewesen wäre.

„Die kurzen Strecken sind nur Übungsflüge für weitaus längere."

„Sie üben noch?"

„Fliegen kann man nicht einfach so aus der Hüfte."

Fanny lachte. „Er spinnt. Er fliegt gut."

Ich tat geniert. „Oh, danke."

„Ich mag nicht fliegen."

Ohne zu zögern schnallte ich das Holster mit meiner Smith & Wesson ab. „Hier, nehmen Sie und besorgen Sie sich Munition."

Jetzt war auch Fanny blass geworden. „Du kannst sie doch nicht ..."

„Also gut, nehmen Sie den Wagen. Ich erwarte Sie am Lutherdenkmal vor der Frauenkirche."

Ihr Gesicht bekam noch immer keine Farbe. „Und wenn Sie abstürzen?"

Ich drehte die Maschine in den Wind. „Dann fahren Sie wieder zurück in Ihre Bibliothek."

„Hartmut!"

„Ich kotze Ihnen das ganze Flugzeug voll, totsicher."

„Wir haben Tüten." Alf zitterte leicht in meinen Armen, als ich ihn zu Fanny auf die Rückbank legte. „Wir sind gleich zu Hause, Alter."

„Versprechen Sie ihm nicht zu viel."

Nun gab es Palaver um die Platzverteilung.

„Wollen Sie lieber links? - Rechts ist mir aber noch weniger vertraut."

„Nein, hinten. - Ich kann mich auch um den Hund kümmern."

Fanny machte schon Anstalten, umzusteigen.

„Ich hab Frauen schon in ganz anderen Situationen kotzen sehen, falls es das ist, was Sie beunruhigt."

Der Flug verlief ruhig. Nach einigen Minuten wagte ich einen Blick zu Adele. Sie hatte wieder Farbe im Gesicht und erwiderte meinen Blick sogar mit einem Lächeln. Die Tüte hielt sie nur noch nachlässig auf den Knien.

Alf dämmerte neben Fanny vor sich hin, den Kopf auf ihrem Schoß, die Ohren geschirmt von ihren Händen. Der Lärm des Motors verhinderte jegliche Konversation.

Das Haus am See wurde von beiden Neuankömmlingen freudig begrüßt. Adele zog in eines der Gästezimmer in der ersten Etage. Fanny richtete das Schlafzimmer für uns beide auf der gleichen Etage her und versicherte sich augenblicklich meiner Loyalität. Alf bekam später sein Krankenlager gleich neben dem Bett. Das Arbeitszimmer blieb mir erhalten.

Ich sitze also am vertrauten Platz und schreibe bis spät in die Nacht an meiner Chronik.

Am Abend hatte ich Adele vorgeschlagen, eine Art Waffenstillstand zu schließen. Fanny war energisch eingeschritten. Warum wir nicht gleich Brüderschaft ... Das ständige *Sie* und *Ihnen* ginge ihr auf den Wecker.

Adele war einverstanden gewesen und hatte sich sogar auf einen berührungsarmen Kuss eingelassen.

Ja, diesmal gibt es ein ermutigendes Ende, das aber nur bis hierher ein Ende ist. Hoffentlich hält die Ermutigung noch ein Weilchen an.

24 Tage sind vergangen.   22. November

Beinahe vier Monate ist es her, dass ich den Kopf aus dem Sand gezogen habe. Viel ist dabei unterm Strich nicht herausgekommen, wenn man das große Ganze betrachtet; für mich schon. Eigentlich könnte ich sagen, ich hab in allem genug; mit Adele - bei aller Unsicherheit - sogar etwas mehr als genug; mit Fanny mehr als ich in den meisten Situationen meines Lebens hatte.

Aber wie haltbar ist dieses kleine Ganze? Die wichtigsten Nahrungsmittel im Keller reichen Jahre, und die Frauen haben angekündigt, jagen und sammeln zu gehen, ganz in der Tradition unserer Altvorderen, wobei das Jagen auch nur ein Sammeln ist, namentlich von Fleischkonserven aller Art. Sie wollen nicht eher Ruhe geben, als bis sie auch den Dachboden mit dem Nötigen gefüllt haben.

Die Märkte in Dresden sind unterschiedlich ergiebig. Manche sind ganz geplündert oder schon zeitig aufgegeben und nicht mehr beliefert worden. Andere sehen aus, als wenn sie bis zuletzt ein vollständiges Sortiment vorgehalten haben. Die meisten liegen dazwischen.

Die Frauen gehen systematisch vor. Schnell hat sie der Ehrgeiz gepackt, so viel wie möglich zu retten. Also füllen sie nicht nur den Dachboden. Sie lagern auch die wichtigen Lebensmittel in bestimmte, noch gut gesicherte und am Stromnetz angeschlossene Märkte um. Ja, es gibt tatsächlich Märkte, in denen funktionierende, noch reichlich gefüllte Kühltruhen und -schränke zu finden sind. Auch die räumen sie mit meiner Hilfe in die Mustermärkte. Ich habe die frustrierende Aufgabe, diese Märkte vor Frost und Ungeziefer zu sichern. Insofern ist die Geschäftigkeit der Frauen vernünftig. Je weniger Märte es gibt, je eher ist die Aufgabe von drei Leuten zu bewältigen. Gut, ich will Alf nicht vergessen, der sich unter der liebevollen Fürsorge beider Frauen schnell vom Kampf mit seinen Artgenossen erholt hat. Er ist eine unschätzbare Hilfe beim Auffinden von Schlupflöchern und Schädlingsnestern. Und er genießt es sehr, wichtig zu sein.

Vollkonserven halten hundert Jahre; die Sachen im Frost, solange Strom fließt und die Aggregate halten; Trockenkonserven, wenn es nur trocken bleibt und die

Verpackungen nicht von Ungeziefer angebohrt, ange-
knabbert oder aufgerissen werden. Ein paar Dörrobst-
fliegen können schon gewaltigen Schaden anrichten,
nicht zu denken an die Verheerungen durch Mäuse oder
Ratten oder den Vandalismus von Katzen und Hunden.
Mir obliegt natürlich auch das Amt des Kammerjägers.
Jagen ist Männersache.

Zudem schaute ich mich nach Öl für die Heizungsanlage um und nach einer Quelle für den Fall, dass kein
Wasser mehr aus den Leitungen fließen sollte. Das
Heizöl war kein Problem. Bei meinen Suchfahrten bin
ich einigen stehengebliebenen Tanklastzügen begegnet.
Wenn keiner sonst auf der Straße fährt, ist es auch nicht
schwer, diese Monster zu bewegen. Die beiden Öltanks
im Keller sind voll. Nach dem zweiten Schock hatte
man versucht, wo immer es möglich war, eine alternative Wasserversorgung aufzubauen, die sich aus unbelas-
teten Quellen speist, also im Extremfall ohne jede Auf-
bereitung auskommt. Ich habe keine Ahnung, wie erfolgreich man damit in Dresden war. Noch läuft Wasser
aus allen Hähnen, und es stinkt noch nicht. Eine Quelle
fand sich unweit vom Haus und noch eine hinterm See.
Not würden wir nicht leiden. Das Leitungswasser wurde
stets abgekocht. Keiner konnte sagen, ob damit alle
Gefahren gebannt sind. Was anderes wäre mir schwer-
lich eingefallen.

Für mich ist es rätselhaft genug, dass in einem so ab-
gelegenen Haus noch alle Medien nutzbar sind. Wie
lange noch? Wie verlässlich ist das? Bei der Heizung und
beim Wasser konnte ich kein Risiko eingehen. Hier war
es aber auch am leichtesten gewesen, Abhilfe zu schaffen. Schwieriger wird es werden, wenn der Strom aus-
fällt. Trotz Umstellung auf robustere Betriebssysteme
werden Windräder ohne Wartung kaum die nächsten
fünf Jahre überstehen, Wasserturbinen haben keine

längere Lebensdauer. Fotovoltaik ist noch das langlebigste Verfahren zur Stromerzeugung.

Die Frauen sammeln Kerzen und Lampenöl, aber auch Hygieneartikel aller Art, die Sachen eben, die Frauen nötig haben, aber vor allem Reinigungsmittel, Toilettenpapier und Windeln. Um diesen Bereich muss man sich keine Sorgen machen. Ich meine jetzt nicht die Windeln, die bereiteten mir schon Sorgen, aber nicht ihr materieller Mangel, sondern der Mangel an Gelegenheit, sie benutzen zu können. Dieser Gedanke schwimmt im Hintergrund beinahe immer mit.

Ich muss Männer finden, wenigstens einen Mann. Wenn Fritz nur stabil bleibt, also Fritz und nicht Rudi oder sonst wer, aber mit über neunzig? Vielleicht kann ich mit ihm einen Deal machen, mir seinen Samen - so da noch welcher ist - zur Verfügung zu stellen. Ich könnte ihn dann unauffällig … Das ist absurd. Höchstens zur allergrößten Not. Die ist aber doch schon da! Oder soll ich warten, bis er hundert ist? Ich sollte es vorsichtig besprechen, wenn man sich mal wieder über den Weg läuft …

Wenn Zeit ist, sitze ich am Rechner und verstricke mich im enzyklopädischen Netzwerk. Die Fülle an Wissen ist einfach gigantisch. Wenn ein paar Leute das Große Sterben überleben und das Netz dann noch bestehen sollte, dann müssen sie es einfach wie eine Gottheit anbeten, wie eine fremde Instanz, die schon vor ihnen da war und sie erst hervorgebracht hat. Wie sollen sie diese Fülle an Wissen mit ihrer Spezies in Verbindung bringen? Es ist schon schier unvorstellbar, wenn man weiß, wie viele Millionen Menschen Milliarden von Stunden daran gearbeitet haben. Aber wenn es kaum noch Menschen gibt … Verglichen mit dem Wissen, was dann noch alltäglich ist, ist das Netz ein Ungetüm, ja Ungeheuer. Wer die Server besitzt, wird die Macht haben, wie einst die Priester. Wer die Server besitzt, verwaltet das Wissen und kann damit Hokuspokus treiben und die Leute an der Nase herumführen. Wird sich alles wiederholen? Wird alles von vorn anfangen? Wird Freiheit und Gerechtigkeit dem Machtwahn einiger weniger abgerungen werden müssen? Auge um Auge? Zahn um Zahn? Wird es deshalb zweitausend Jahre dauern, ehe sich die, die übriggeblieben sind, das erste Mal verdoppelt haben?

Warum geht Pfau nicht mit der afrikanischen Community zusammen? Warum gibt es keinen Kontakt mit den Asiaten, nicht zu reden von den Europäern?

Wenn ich surfe, lese ich besonders viel über den Menschen. Keine Ahnung, warum ich gerade hier die meisten Wissenslücken habe. Wer ist dieser Mensch? Wer sind wir? Und warum sind wir so vom Schicksal geschlagen? Als ich unlängst diesen Fragen nachging, landete ich auf einer Seite über den *archaischen homo sapiens.* Sie ist lesenswert wie deprimierend.

Carl von Linné war es, der uns 1758 den für die systematische Zuordnung des Menschen bis heute gebräuchlichen Namen *Homo sapiens* gab und in die Ordnung der Primaten innerhalb der Klasse der Säugetiere steckte. Bemerkenswerterweise tat er das aber vorsätzlich ohne Diagnose, also ohne genaue Beschreibung jener Besonderheiten, die uns von allen anderen Gattungen unterscheiden, erst recht ohne den seit 1999 vorgeschriebenen Bezug auf ein bestimmtes Individuum als wissenschaftliches Belegexemplar. Den Verzicht auf die Beschreibung unserer Besonderheiten begründete er in einem Brief an Johann Georg Gmelin mit dem bewundernswerten Satz: *Ich verlange von Ihnen und von der ganzen Welt, dass sie mir e i n Gattungsmerkmal zeigen, aufgrund dessen man zwischen Mensch und Affe unterscheiden kann.*

Ich weiß selbst mit äußerster Gewissheit von k e i n e m. Und da hatte Linné noch nicht einmal Menschenaffen gesehen, sondern nur einen Berberaffen, noch dazu ein Weibchen.

Johann Friedrich Blumenbach schrieb 1775 das Buch *Über die natürlichen Verschiedenheiten im Menschengeschlecht.* Darin erkannte er vier *Varietäten*. Später wird man *Rassen* sagen, noch später *genetische Variationen* und noch später *phänotypisch oder geographisch abgegrenzte subspezifische Gruppen aus Individuen mit charakteristischen Phänotyp- oder Gen-Sequenzen, die sie von ähnlichen Gruppen unterscheiden.* Trotz dieser Varietäten des Menschen stellte Blumenbach folgende gemeinsame Merkmale ein und derselben Gattung heraus: Die aufrechte Körperhaltung; das breite, flache Becken; zwei Hände; Zähne in gleicher Ordnung aneinandergereiht; aufrechtstehende Unterschneidezähne; zwei Füße mit nicht-opponierbarem großen Zeh; einen kurzen Unterkiefer mit deutlich erkennbarem Kinn; große Lippen und Ohrläppchen. Ohrläppchen! Zu den nicht einmal zehn einzigartigen Merkmalen unserer Gattung gehört das Ohrläppchen. - Das wird Fanny nicht glauben. Große Lippen, Ohrläppchen und Füße mit nicht-opponierbarem, sprich einzeln beweglichem, großen Zeh.

William Thomas Stearn erklärte 1959 Carl von Linné selbst zum Lectotypus der Art *Homo sapiens*. Ich hatte das Wort *Lectotypus* nie gehört oder gelesen. Es bezeichnet das Exemplar einer Gattung, welches für diese Gattung exemplarisch ist, also seine Existenz unter einem bestimmten Namen belegt. Carl von Linnés sterbliche Überreste - also sein im Dom zu Uppsala bestattetes Skelett - sind somit der nomenklatorische Typus der modernen menschlichen Art. Oder umgekehrt: *Homo sapiens* wurde als diejenige Tierart definiert, zu der Carl von Linné gehörte.

Die Bestellung Linnés zum Lectotypus war nicht unumstritten. Auch anderer Leute Körper und Körperteile wurden vorgeschlagen, genügten aber den strengen zoologischen Nomenklaturregeln nicht.

Auf Grund der von Blumenbach genannten Merkmale und der nachträglichen Festlegung eines Lectotypus lässt sich zwar der Mensch von anderen heute lebenden Tieren unterscheiden, nicht aber von den seitdem entdeckten homininen Fossilien der Art *Homo sapiens.* Ja, bis heute gibt es keine befriedigende morphologische Definition unserer Art.

Möglicherweise werden wir nach einem denkbar kurzen Auftritt die Erde verlassen, ohne dass wir eine wirklich brauchbare Definition unserer Gattung hingekriegt haben. Man ist versucht, empört auszurufen: Dann haben wir es nicht besser verdient!

33 Tage sind vergangen.   25. Dezember

Bevorratung kann zur Manie werden. Wir haben jetzt Hühner im Garten, und am See grast eine kleine Rinderherde, die die Frauen mit Alfs Hilfe hergetrieben haben. Fanny traut sich sogar, einige davon zu melken. Ja, wir haben Eier und Schmalz, Butter und Salz, Milch und Mehl, und - wenn es hart auf hart kommt - sogar Fleisch. Ich hoffe, es traut sich dann auch einer, zu schlachten, besser, eine.

Mit dem ungemütlichen Wetter wächst der Wert der Behausung. Je kühler es wird, je gemütlicher ist es, vor allem vorm Kamin und im Bett. Fanny genießt letzteres zunehmend lauter, nicht schwer zu erraten, warum. Adele reagiert am Morgen mit schnippischen Bemerkungen, die oft auf mein Alter anspielen; was aber weit schlimmer ist, mitunter auch auf die Aussicht auf raschen Nachwuchs. Fanny springt mit Vergnügen auf diese Andeutungen und scheint beseelt von einer gewissen Vorfreude. Es gehört nicht viel dazu, eine bedrückende Zunahme diesbezüglicher Beschwerlichkeiten vorauszusehen. Noch ertrag ich es mit Fassung und Langmut.

Die Frauen spinnen nach wie vor einen guten Faden, was ich so nicht für möglich gehalten habe. Adele scheint keinerlei tiefergehenden körperlichen Bedürfnisse zu kennen, was für mich noch immer schwer vorstellbar ist. Kleinere Reibereien gab es bei den Vorbereitungen zum Weihnachtsfest, sogar Rivalitäten, die aber zumeist in der Küche ausgetragen wurden. Es wurde gebacken und gekocht und gezaubert. Es war eine Freude, den in der überhitzten Küche nur leicht bekleideten Frauen - mitunter trugen sie nur Höschen und Schürze - bei den noch hitzigeren Auseinandersetzungen zuzuschauen und zu lauschen. Weihnachtliche Gerüche aller Art durchwaberten das Haus.

Auch beim Schmücken der weihnachtlichen Wohnung, erst recht beim Putzen des von mir im nahen Forst geschlagenen prachtvollen Baumes gab es zumeist ästhetische Unstimmigkeiten, die bisweilen zu Verstimmungen führten. Fanny war die Bodenständigere, eher dem Kitsch zugeneigt, um Adeles schlagkräftigstes Argument zu gebrauchen. Adele hingegen war bemüht, einen Stil durchzusetzen, den sie mit *weltlich* und *einfach* beschrieb, obwohl er eben nicht immer einfach und weltlich war. Daher war es mitunter nicht leicht, ihr zu folgen. Fanny wollte es heimelig und verspielt, ja kindlich haben, Adele stilvoll und nicht so unerträglich infantil. Die einzige Schnittmenge schienen Engel und Krippen zu sein, obwohl beide Frauen nicht religiös waren. Was nicht heißt, dass darüber nicht endlos palavert wurde. Denn natürlich wollte Fanny möglichst naturalistische Krippen und niedliche Engel, während

Adele bis zur Unkenntlichkeit stilisierte Krippen und kaum noch erkennbare Engel vorzog. Meine Befindlichkeiten ins Spiel zu bringen, wäre gefährlich, also wenig zweckmäßig gewesen. Ich hätte Engel ganz verbannt, schon weil sie sich offensichtlich anderen Freuden zugewandt hatten, als die ihnen anvertrauten Schäfchen zu behüten und zu schützen; fast acht Milliarden davon hatten sie fallen gelassen wie nasse Säcke. Wäre interessant, zu erfahren, was sie ohne ihre Schützlinge treiben. Ich verplaudere mich.

Einen kleinen Erfolg konnte ich in dieser Stildebatte immerhin für mich verbuchen. Von meinen Wohnungsbesuchen hatte ich eine kapitale Krippe aus naturbelassenen, glattgeschliffenen, lustig anzuschauenden Holzfiguren mitgebracht. Diese *Handschmeichler-Krippe*, wie sie von Adele nur leicht distanziert genannt wurde - Fanny hatte sie nach einem flüchtigen Blick lakonisch mit *Pseudokunst* beschimpft - schmückte fortan die Kommode. Unbeobachtet schlichen die beiden um die Krippe herum, die Figuren sanft in die Hände nehmend und zärtlich mit den Fingern umschmeichelnd. Es war ergötzlich, sie ein ums andere Mal dabei zu ertappen.

Mit der nötigen Vorausschau hatte ich mich bemüht, die Sache mit dem Schenken abzuwählen. Schon vorm Großen Sterben hatte ich die Schenkerei unter Erwachsenen albern gefunden. Jetzt, wo alles in Hülle und Fülle ohne einen Cent zu haben war, war sie in meinen Augen vollkommen unsinnig geworden; leider nur in meinen Augen. Die beiden Frauen, die schon wochenlang Geschäfte durchstreiften und alles mögliche und unmögliche Zeug ins Haus schleppten, waren geradezu verstört von meinem Vorschlag, das Schenken in allseitigem Einvernehmen zu lassen. Ihnen ging es um die Geste, die Aufmerksamkeit, die Liebe, wenigstens die Wertschätzung und natürlich um die Sensibilität, Wünsche anderer mit liebevollem, wenigstens einfühlsamem Blick zu durchschauen. Klar. Die Argumente kannte ich allzu gut aus meinem früheren Leben. Ich nickte reumütig und quälte mich mit der Wahl der aufmerksamen Liebesgaben. Die Suche war weniger beschwerlich, erst recht das Abwägen eines vernünftigen, wenigstens angemessenen Preises. Fanny wollte ich mit den reizendsten und teuersten Dessous beglücken, Adele mit einem multifunktionalen Gerät zur Selbstbeglückung. Beides war in einem Geschäft zu haben. Die Wahl der Reizwäsche war erregend, besonders, wenn ich mir vorstellte, dass alles schon mehrmals anprobiert worden war. Auch Adeles neidvolle Blicke hatte ich im Auge. Die vertrugen sich dann aber nicht mit meiner Geschenkidee. Also legte ich das beglückende Gerät wieder zurück, um mich eines Besseren zu besinnen. Adele mochte es geist- und stilvoll. Ich wollte sie nicht enttäuschen, obwohl mir etwas Körperlicheres lieber gewesen wäre. Ein Buch sollte es nun sein, aber nicht irgendeines, sondern mein Lieblingsbuch. Es kostete mich einen ganzen Tag, ein würdiges Exemplar in feinstem Leder mit Goldprägung und Goldschnitt aufzutreiben.

Nun freute ich mich fast diebisch auf die Bescherung. Um es heimlicher, also spannender zu machen, schlug ich vor, nur den Empfänger zu markieren und auch das nur mit vorher ausgewähltem farbigem Band. Die Frauen stimmten, wenn auch nicht gerade begeistert, zu. Wie sich herausstellen sollte, war es eine tolle Idee, nur war ich zu dämlich oder - wie es wohl bei den meisten Dämlichkeiten der Fall ist - zu eitel, daraus meinen Nutzen zu ziehen.

Um das Hin und Her beim Baumschmücken zu beenden, bot ich mich an, den Putz zu übernehmen. Die Frauen sollten sich derweil in der Küche nützlich machen, wo es noch genug zu tun gab.

Sie schauten mich an, als ob ich den Verstand verloren hätte, und verließen die Stube. Erst bei der Arbeit wurde mir klar, auf was für ein dünnes Eis ich mich da begeben hatte. Jede weitere Kugel zitterte mehr in der Hand. Ich hatte eine gewaltige Auswahl zur Verfügung, aber auch die Spitzfindigkeiten der Frauen im Ohr, mit denen sie eben noch gestichelt hatten. Mit jeder Kugel bereute ich mehr meinen unseligen Vorschlag. Irgendwann aber, nachdem ich genug geschwitzt hatte, schlug die Stimmung um, und mich packte der Ehrgeiz. Wie ein Magier umtanzte ich den Baum, mal hier mal da ein Kügelchen austauschend oder von Ast zu Ast zu Ast versetzend. Zunehmend erfasste mich das sichere Gefühl, ein Meisterwerk zu erschaffen. Mit einem Wort, es sah großartig aus. Als die Bienenwachskerzen brannten, war ich gerührt. In einen alten Sack sammelte ich blind die Geschenke ein. Auch die Frauen bat ich, die Augen zu schließen.

Dann war es soweit. Ich musste die Augen natürlich öffnen, um die beiden in die Stube zu führen. Sie sahen schlicht umwerfend aus und rochen noch betörender. Vielleicht hätte ich doch statt des Buches ... Ich kam gerade noch dazu, die Scheibe mit weihnachtlichem Blues zu starten.

„Ganz passabel", bewertete Adele das Kunstwerk.

Fanny warf sich mir weinend an die Brust.

„Wollen wir erst essen oder erst die Geschenke ..."

„Die Geschenke", platzte Adele heraus wie ein zum Platzen aufgeregtes kleines Mädchen. „Du bist der Weihnachtsmann."

Fanny brachte ein uriges, wohl ziemlich kostbares Kostüm.

„Ach, der Alte." Mich ergriff ein sentimentales Gefühl. „Der hat wohl noch nie weniger zu tun gehabt als heute. Vermutlich findet er nicht mal die, die noch übriggeblieben sind."

„Wir brauchen ihn nicht", kam es sehr charmant und ermutigend von Adele.

Ohne lange Vorrede oder Androhung drakonischer Strafen verteilte ich die sorgsam in der gleichen Art Papier eingepackten Geschenke nach Farbe der Bänder. „Wir packen einzeln aus, immer reihum."

Die wunderschönen Damen setzten sich brav mit mir in einen Kreis, der eher ein Dreieck war.

„Wer zuerst?", fragte Adele.

„Du", gab ich prompt zurück.

Adele fingerte an einem weichen Geschenk in Schuhkartongröße. „Nein", schrie sie mit geflutetem Gesicht. Behutsam nahm sie die Dessous, die meinen verdammt ähnlich waren, und hielt sie mit zunehmendem Entzücken vor sich hin. Immer wieder schaute sie zu Fanny. Dann stand sie auf, und beide herzten sich. Ich streifte nur den Gedanken, dass das Geschenk hätte auch von mir sein können, und woher sie wohl so sicher weiß … Aber dann trat die Eitelkeit auf den Plan, die mir zuflüsterte: Klar ist das Zeug von Fanny. Aber eigentlich ist es ein Geschenk für dich, denn sie kann damit keine andere Absicht verfolgen, als Adele für das süße Spiel zu gewinnen.

Nun kam Fanny. Sie öffnete und schrie noch entzückter. „Das gibt's ja nicht!" Ich kannte das Päckchen. Auch Fanny bewunderte die Meisterwerke aus wenig Stoff und viel Raffinesse. Merkwürdigerweise gingen ihre Blicke nicht zu mir, sondern Adele, die ihre Augen senkte, worauf Fanny aufsprang, um mir gurrend um den Hals zu fallen.

Das ging alles so schnell, dass ich keine Zeit fand, mir darauf einen Reim zu machen.

„Jetzt das", sagte Fanny, mir ein kleines Päckchen in die Hände legend.

Fanny und Adele lachten schon, als ich noch beim Knoten war. Sobald ich nur einen Zipfel enthüllt hatte, kreischten sie los, ohne sich wieder einzukriegen.

Mit jeder Enthüllung nahmen Lautstärke und Tonhöhe zu. Zugegeben, ich muss doof geguckt haben. Sowas war mir noch nie untergekommen. Das eine war eine Art Buttlerkostüm aus kurzer Hose, Hosenträger und Fliege, enganliegend, quasi ohne Stoff. Das andere war ein Slip, der aussah, wie die clevere Übertragung eines Witzes in eine naheliegende Geschäftsidee: Ein Halbwüchsiger in der Straßenbahn verweigert einer älteren Dame seinen Sitzplatz mit der Bemerkung, er sei kein Junge sondern ein Elefant. Als die Dame skeptisch dreinschaut, zieht er die beiden leeren Hosentaschen heraus mit der Bemerkung: Das sind die Ohren, willst du auch noch den Rüssel sehen?

Ich spielte mit, um die Stimmung nicht zu verderben. Noch irritierender als die Geschenke war die unverhüllte Heiterkeit Adeles. War bei ihr endlich der Damm …? Irgendwie wollte das alles nicht recht zusammenpassen. Ich küsste Fanny.

„Die Idee war von ihr", flüsterte sie.

Das passte nicht besser.

„Wollen wir es nicht alle gleich mal anprobieren?"

Ich starrte ungläubig zu Adele. Sie sah nicht aus, als wenn sie nur einen Scherz gemacht hätte, und sie machte auch keine Anstalten, den Vorschlag lachend zu verwerfen.

„Nein", kam es sehr resolut und übertrieben ernst von Fanny.

Auch Adele schlug, in sich gekehrt, die Augen nieder.

„Erst muss das Zeug gewaschen werden. Da ist doch ein Haufen Giftzeug in den Stoffen", überwand Fanny die merkwürdige Situation.

Adele schlug das Papier auf und starrte auf das Buch, dann zu mir. Sie faltete das Papier über das Buch, stand auf und legte mein Geschenk auf den Tisch, der schon für das Essen gedeckt war.

„Mir ist klar, dass es keine Bibliothekarin gibt, die den *Dorian Grey* noch nicht gelesen hat. Aber man kann doch immer mal wieder reinschauen."

„Es ist nicht irgend ein Buch", sagte sie mit verhauchter Stimme.

„Ich weiß", erwiderte ich daher leise. „Es ist mir das liebste von allen."

Sie drehte sich um. Ihre Augen waren tränenfeucht. „Ich hab es nicht gelesen. Ich mag Wilde nicht."

„Wie kann man Oscar Wilde nicht mögen? Er ist wunderbar. Ich kenne kein Buch, das so viel Weisheit noch dazu in so beeindruckender Form zu bieten hat."

„Mag sein, was das Buch betrifft. Aber Wilde war ein Dandy, ein Zyniker, ein Spötter, der die Ästhetik höher schätzte als alles andere." Es klang wie ein auswendiggelerntes Plädoyer einer Anklage.

Fannys Blicke gingen irritiert hin und her.

„Nur ein krankhafter Narzisst kann schreiben: *Mit meiner Geburt begann eine lebenslange Romanze.*"

Fanny lachte, beherrschte sich dann aber schnell.

„Vielleicht, weil es so schwer war, gegen Konventionen zu leben und sich selbst - trotz aller Anfechtungen und Verurteilungen - gut zu sein."

Sie sah müde aus. „Wir müssen das nicht vertiefen. Es hat mich genug gekostet. Ich komme wohl nicht daran vorbei, es zu lesen. - Danke."

„Hätte ich geahnt, dass das mit dem Buch so danebengeht …"

„Es ging nicht daneben, sondern zu tief. - Das konntest du nicht wissen."

Fanny beobachtete traurig unsere hilflose Distanz. „Na, drück sie schon!"

Adele machte den ersten Schritt. Es war eine warmherzige Umarmung.

Ich fing Fannys Lächeln, die eben dabei war, Adeles Geschenk zu öffnen. Es waren Handschuhe, Schal und Mütze, so weich und warm und kuschlig, dass sie auch noch bei bitterstem Frost einluden, ganz nah und zärtlich zu sein.

Bei mir lag das letzte Geschenk.

„Es ist von uns beiden", gurrte Fanny.

Meine Aufregung wuchs, obwohl, oder gerade weil es ein sehr kleines Geschenk war, nicht größer als ein Kondom. Es war ein Zettel mit dem Beginn einer Schnipseljagd, die mich durchs ganze Haus treppauf treppab und wieder treppauf führte, verfolgt von zwei albernen Frauen, die einen mordsmäßigen Spaß daran hatten, mich in die abgelegensten, verzwacktesten und staubigsten Ecken und Nischen kriechen zu sehen. Ich hoffte nicht anders, als dass mich die Tortur direkt ins Bett zweier reizvoll hergerichteten, liebestollen Schönen führen wird. Meine Enttäuschung war daher grenzenlos, als ich am Ende nur einen gigantischen, von mir allein kaum zu bewegenden Werkzeugkasten höchster Güte von alten Lumpen befreite. Ja, ich hatte vor Wochen mal bemerkt, dass es im Haus an so ziemlich allen Werkzeugen fehlt. Aber ... Was, wenn ich den beiden einen unbezahlbaren Topf- und Pfannensatz geschenkt hätte? Nicht auszudenken.

Die beiden freuten sich diebisch, ob über meine Enttäuschung oder mein Unvermögen, sie zu kaschieren, kann ich nicht sagen.

„Du wolltest eigentlich gar keine Geschenke", versuchte es Fanny mit einer unbrauchbaren Verteidigung oder Entschuldigung.

„Ich weiß schon, warum."

„Na hör mal", lachte Adele, „wir haben uns mit dem Ding da fast einen Ast gehoben. - Es ist mit Abstand das wertvollste Geschenk."

„Was andres wäre mir lieber gewesen", maulte ich leise vor mich hin.

Der Abend war trotz allem schön. Das Essen war köstlich, der Wein nicht minder. Fanny schlug vor, zu singen, aber Adele wollte lieber tanzen. Auch das passte nicht, war aber trotzdem oder gerade darum sehr angenehm. Adele war nicht prüde. Auch wenn sie mit den Bewegungen der Hände sehr sparsam war, umso erregender war auch noch die kleinste Berührung.

Wenn ich mit Adele tanzte, schaute Fanny eifersüchtig auf sie. Wenn ich mit Fanny tanzte, schaute Adele eifersüchtig zu mir.

Ich hatte diesem Abend besorgt entgegengesehen. Kein Fest, das mehr Erinnerungen weckt. Aber die Frauen hatten es bis zuletzt vermocht, die Gegenwart so aufregend zu gestalten, dass kaum Raum, noch Gelegenheit, noch die Stimmung danach war, trüben Gedanken an die Vergangenheit nachzuhängen.

Mit dem Gefühl, dass irgendetwas anders geworden ist, gehe ich schlafen.

2 Tage sind vergangen.   27. Dezember

Die bisweilen irritierenden Begebenheiten am Weihnachtsabend geistern mir immer wieder durch den Kopf. Fanny ist zärtlich wie eh, auch wenn die Kutsche nicht mehr ganz so oft übers Pflaster holpert, Adele ausnehmend freundlich. Warum werde ich die Unruhe nicht los? Wenn es schon so schwer ist, zu dritt vernünftig miteinander auszukommen, wie dann erst zu zehnt, zu hundert, zu tausend?

Welche Regeln sollten gelten? Was war gut für den Einzelnen und die Gemeinschaft. Die Ehe ist Unsinn, die Monogamie überhaupt. Die Ehe ist so unsinnig, dass sie nur aus einer großen Not, aus tiefster Verzweiflung heraus geboren sein kann. Hat die ungezügelte Fleischeslust, vielmehr der Kampf um die Objekte der Begierde, am Ende so viele Opfer gefordert, dass immer wieder der Bestand selbst gefährdet war?

Ich bin euer Gott! Beobachtet also meine Satzungen und meine Gebote! Wer sie erfüllt, wird durch sie leben. Ich bin Gott! Niemand darf seinem Blutsverwandten nahen, um mit ihm zu verkehren. *

In zahlreichen Paragraphen wird nun aufgezählt, wer alles zu diesen zählt: Eltern, Schwiegereltern, Onkel, Tanten, Geschwister, Schwager und Schwägerinnen, Kinder, Schwiegersöhne und -töchter, Neffen und Nichten, Enkel und Enkelinnen, auch wenn sie gar nicht blutsverwandt sind.

Mit einer Frau und zugleich mit ihrer Tochter darfst du nicht verkehren, um ihnen beizuwohnen. Die Tochter ihres Sohnes und die Tochter ihrer Tochter darfst du nicht nehmen. Du darfst nicht eine Frau zu ihrer Schwester hinzunehmen und dadurch Streit erregen, wenn du jener beiwohnst. Du darfst einer Frau nicht während ihrer Unreinheit beiwohnen. Das wird später vertieft. *Der Frau deines Nächsten darfst du nicht beiwohnen. Du darfst mit einem Mann keinen geschlechtlichen Umgang haben wie mit einer Frau; es wäre ein Gräuel. Mit gar keinem Vieh darfst du dich begatten. Eine Frau darf sich nicht vor ein Vieh hinstellen, um sich begatten zu lassen; dies wäre eine große Schandtat. All*

 * JERUSALEMER BIBEL, Verlag Herder KG Freiburg im Breisgau

diese Greueltaten haben die Bewohner des Landes, die vor euch da waren, verübt und haben das Land verunreinigt.

Diese Gebote verstehen sich zweifellos als eine fortschrittliche zivilisatorische Neuerung und stellen für seine Befolgung eine bessere Lebensqualität in Aussicht.

Denn wer irgendeine dieser Greueltaten verübt, soll aus der Mitte des Volkes ausgetilgt werden.

Und damit keine Zweifel über die Art und Härte der Strafe aufkommen, schreibt der Gesetzgeber, in diesem Fall kein geringerer als Gott, im übernächsten Kapitel noch einmal Klartext.

Beobachtet meine Vorschriften und tut nach ihnen. Wenn jemand sich mit einer Frau vergeht, wenn sich jemand mit der Frau seines Nächsten vergeht, dann sollen der Ehebrecher und die Ehebrecherin mit dem Tode bestraft werden.

Bis hierhin ist das Gesetz verständlich, wenn es auch nicht vernünftig ist und die Strafe in keinem Verhältnis steht. Es sorgt für Frieden, aber wohl auch dafür, dass Gesellschaften zweitausend Jahre brauchen, um die Bevölkerungszahl zu verdoppeln.

Wer der Frau seines Vaters beiwohnt, der hat das Fleisch seines Vater geschändet. Beide sollen mit dem Tode bestraft werden; es lastet Blutschuld auf ihnen.

Wenn die Frau des Vaters nicht die Mutter ist, so hat er die Mutter verstoßen oder nach ihrem frühen Tod eine andere, vermutlich jüngere geheiratet, die eher dem Alter der Söhne entsprach. Inzest wäre das nicht.

Wenn jemand seiner Schwiegertochter beiwohnt, sollen beide mit dem Tode bestraft werden; sie haben Schändliches begangen, es lastet Blutschuld auf ihnen.

Warum werden diese Fälle noch einmal speziell genannt? Die Schwiegertochter ist eine Ehefrau und schon deshalb tabu. Mit Inzest hat aber auch das nichts zu tun. Worauf zielt es dann?

Wenn ein Mann sich mit einem anderen Mann wie mit einer Frau vergeht, haben beide Schändliches begangen. Sie sollen mit dem Tod bestraft werden; es lastet Blutschuld auf ihnen.

Was, wenn eine Frau sich mit einer anderen Frau wie mit einem Mann vergeht? mal abgesehen davon, dass das ebenso unmöglich ist wie umgekehrt. Wie können sich Männer *wie mit einer Frau* vergehen ohne Flutsche? Und wenn es nur als ob ist, dann ich es auch bei Frauen als ob. Das hat weder etwas mit Inzest zu tun noch mit der Furcht vor einem instabilen Gemeinwesen.

Wenn jemand eine Frau und dazu deren Mutter nimmt, so ist dies Blutschande. Man soll ihn und sie verbrennen, damit nicht Blutschande unter euch begangen werde.

Auch hier erschließt sich nicht der Sinn. Steht bei all diesen Geboten das Tabu über dem Sinn? Will das Tabu jeden geschlechtlichen Genuss mit Furcht oder Unsicherheit vergällen?

Wenn jemand einem Tier beiwohnt, soll er mit dem Tode bestraft werden; das Tier sollt ihr töten. Wenn eine Frau sich mit einem Tier begattet, so sollst du die Frau und das Tier töten. Sie sollen mit dem Tod bestraft werden, denn es lastet Blutschuld auf ihnen.

Auf dem Tier? Was zum Teufel kann das Tier dafür, das missbraucht wird? Und wem oder was würde es schaden, wenn man es leben ließe? Mein Verdacht über den Zweck des Tabus erhärtet sich. Wenn ein Schutz des Tieres beabsichtigt wäre, würde man nicht das Opfer töten. Auch das ist weder Inzest noch drohen hier hinterhältige Nebenbuhler-Attacken.

Wenn jemand die Schwester, die Tochter seines Vaters oder die Tochter seiner Mutter nimmt und beide miteinander verkehren, so ist dies eine Schande. Sie sollen vor den Augen ihrer Volksgenossen ausgetilgt werden. Er hat seine Schwester geschändet; er muss seine Schuld büßen.

Die Tatsache, dass die Position der Schwester noch einmal näher erklärt wird, legt nahe, dass vor allem Stiefschwestern gemeint sind. Formale Verwandtschaft steht nicht nur hier auf derselben Ebene wie die Blutsverwandtschaft.

Wer einer Frau in der Zeit ihres Unwohlseins beiwohnt und Umgang hat und sie den weiblichen Monatsfluss aufdecken, sollen sie beide aus der Mitte ihrer Volksgenossen ausgetilgt werden.

Wozu ist das denn gut? Zwei Leute sterben, weil sie in einer unfruchtbaren Zeit … Und was, bitte, decken sie Schlimmes auf? Und wer überführt sie? Entweder es schleichen allenthalben berufene Schnüffler um die Behausungen oder einem ekelhaften Denunziantentum wird Tür und Tor geöffnet. Wie können sich Beschuldigte gegen Falschaussagen wehren? Oder reichte es damals noch, den Leuten einzureden, dass der Höchste ein Auge darauf hat?

Mit der Schwester deiner Mutter und der Schwester deines Vaters darfst du keinen geschlechtlichen Umgang haben, denn ein solcher hat seine Verwandte entblößt, ihre Schuld sollen sie büßen. Wer seiner Tante beiwohnt, hat seinen Onkel geschändet. Sie sollen ihre Sünde büßen, sie sollen kinderlos sterben. Wenn jemand die Frau seines Bruders nimmt, so ist dies Blutschande. Er hat sie entehrt, sie sollen kinderlos sterben.

Hier wiederholt sich die Frage, warum diese Fälle noch einmal explizit genannt werden? Und was heißt *kinderlos sterben*? Dass schon vorhandene Kinder gleich mit getötet werden? oder dass sie bis zu ihrem Tod keine Kinder mehr haben dürfen?

Aber noch etwas anderes ist interessant. Was genau heißt, *die Frau seines Bruders nehmen*? Sie zur eigenen Frau machen oder mit ihr zu verkehren? Vom vermeintlich selben Verfasser ist eine Geschichte auf uns gekommen, die durch ein Missverständnis populär geworden ist. Gott missfiel Onan nicht deshalb, weil er sich selbst befriedigte. Er ließ ihn sterben, weil er seinen Samen immer dann zur Erde fallen ließ, wenn er der Frau seines Bruders beiwohnte, und sich also weigerte, seinem Bruder Nachkommen, sprich Erben zu verschaffen. Hier stehen Fortpflanzung und Erbrecht im Vordergrund. Wenig später wird diese Ausnahme im Leviratsgesetz gar als Pflicht verbrieft. Gottes Wege sind unergründlich, und oft ist es schwer, auf rechten Pfaden zu wandeln.

So beobachtet also meine Satzungen und alle meine Gebote und haltet sie, damit nicht das Land euch ausspeie, in das ich euch führen werde, damit ihr darin wohnt. Wandelt nicht in den Satzungen der Völker, die ich vor euch vertreiben werde. Weil sie all diese Dinge getan haben, sind sie mir zum Ekel geworden.

Viel später wird das Ergebnis beschrieben. *Die Weisheit hat ein heiliges Volk und ein untadeliges Geschlecht aus einem Volk der Bedrängten befreit.* Es muss erlaubt sein, am Wahrheitsgehalt dieser Einschätzung zu zweifeln.

Aber zurück zu den Geboten. Ein Buch vorher heißt es noch lakonisch: *Du sollst nicht ehebrechen* und *Du sollst nicht begehren das Weib deines Nächsten.* War damit nicht alles gesagt? Deutlicher und kürzer hätte man das Gesetz formulieren können, hätte man nicht so viel Platz dafür verschwendet, zu sagen, was alles n i c h t getan werden darf, und lieber geboten, was ausschließlich erlaubt ist: Jeder Mann verkehre nur mit seinem Weib und umgekehrt. Punkt. Der Punkt beschränkt nur das *und umgekehrt.* Wenn der Mann vermögend oder mächtig genug ist, mag er auch mit ein paar Weibern und Nebenweibern und Mägden verkehren, von den Sklavinnen nicht zu reden, so es die eigenen sind. Sonst gilt:

Wenn jemand einer Frau beiwohnt, die als Sklavin einem anderen Mann gehört, aber weder losgekauft noch freigelassen ist, so soll er bestraft werden; jedoch soll er nicht sterben, weil sie keine Freie ist. Er soll zur Buße einen Widder als Schuldopfer vor Gott an den Eingang des Offenbarungszeltes bringen. So wird ihm die Sünde, die er begangen hat, vergeben.

Aber es gab nicht nur diese Gesetze, deren Missachtung meist den Tod zur Folge hatte, da waren auch noch die vielen kleinen Sticheleien, all die Paragraphen über die geschlechtliche Unreinheit von Mann und Frau.

Wer einen Samenerguss hat, muss seinen ganzen Leib baden; er ist unrein bis zum Abend. Alle Kleider und alles Leder, woran der Samenerguss kommt, müssen gewaschen werden und sind unrein bis zum Abend. Wohnt jemand seiner Frau bei, so dass Samenerguss erfolgt, so müssen sie sich baden und sind unrein bis zum Abend.

Was, wenn diese Gesetze bis in die Gegenwart ihre Gültigkeit bewahrt hätten? Die Mehrzahl der Männer wäre kaum noch aus der Badewanne herausgekommen und die Frauen kaum noch weg von der Waschmaschine. Aber nicht nur darum wäre das Leben für Frauen weit beschwerlicher gewesen.

Wenn eine Frau den monatlichen Blutfluss hat, dann bleibt sie sieben Tage in ihrer Unreinheit. Jeder, der sie berührt, wird unrein bis zum Abend. Alles, worauf sie während ihrer Unreinheit liegt, wird unrein, ebenso wird alles unrein, worauf sie sitzt. Jeder, der ihr Lager berührt, muss seine Kleider waschen und sich baden. Er ist unrein bis zum Abend. Jeder, der irgendeinen Gegenstand, auf dem sie saß, berührt, muss seine Kleider waschen und sich baden; er ist unrein bis zum Abend. Wenn jemand etwas berührt, was sich auf dem Lager oder auf dem Gegenstand befindet, auf dem sie saß, ist unrein bis zum Abend. (Dies ließe sich bis ins Unendliche fortsetzen.) *Wenn jemand ihr beiwohnt und von ihrer Unreinheit etwas an ihn kommt, ist er sieben Tage lang unrein, und jedes Lager, auf dem er liegt, wird unrein.* Und was ist mit dem, der etwas berührt, was sich auf dem Lager oder auf dem Gegenstand befindet, auf dem er saß?

Vermutlich wird es Frauen gegeben haben, die sich während der Regel nackt auf den Lokus gesetzt und da wohl auch geschlafen haben …

Es könnte schon hier der Eindruck entstehen, dass damals viel gewaschen und gebadet wurde. Aber das waren nur die Gebote für die normalen Samenergüsse und Blutungen gewesen. Der Gesetzesteil über die krankhaften Ausflüsse ist bedeutend umfangreicher, und man musste ein wahrer Spezialist sein, um alle Eventualitäten im Auge behalten zu können. Der Umgang mit Menschen war dazumal nicht leicht, und es dürften viele Übertretungen des Gesetzes vorgekommen sein, weniger aus Unachtsamkeit, denn aus Unwissenheit oder Unverstand. Und viele mögen jeglichen Kontakt zum anderen Geschlecht gemieden haben, um nicht in verfängliche Situationen zu geraten.

Wer hat sich all das Zeug ausgedacht? Und welches Ziel hatte er oder hatten sie bei all dem im Auge? Es können nicht nur hygienische und seuchenpräventive Gründe gewesen sein. Wo haben sie denn all das von genitaler Unreinheit belastete Bade- und Waschwasser hingegossen? Außerhalb der Siedlungen müssen Sümpfe und weitflächige Feuchtbiotope entstanden sein.

Aber warum dann diese kleinlichen Gebote um ein bisschen genitalen Ausfluss? die natürlich mehr belächelt und spitzfindig umgangen als eingehalten wurden. Weil man damit einen Spot erzeugte, religiös verbrämt in ein göttliches Schlaglicht, weil nur der Höchste das Zeug dazu hatte, unter die Bettdecken zu schauen und den Finger auf die Organe der Triebhaftigkeit zu legen, auch oder gerade dort, wo sie nur an sich selbst befriedigt wurden? Weil durch dieserart Gesetze der Trieb zu einem Balanceakt gezwungen wurde auf schmalem Grat zwischen Scham und Schande, Enthaltsamkeit und Steinigung? Sollte der Trieb gezügelt und gezähmt werden?

abgerichtet auf den pragmatischen, demografischen Zweck? - Warum? Zum Teufel, warum?

Waren die Lebensbedingungen unserer Gattung einst solchermaßen feindlich? war der Selektionsdruck so gewaltig, dass nur ein permanenter, tagtäglich peinigender Trieb die erforderliche Reproduktion gewährleisten und dadurch die Gattung bewahren konnte? War dieser Trieb mit der Zeit so stark geworden, hatten ihn die feindlichen Umstände solchermaßen geschärft, dass er schließlich selbstzerstörerische Formen angenommen hatte? Warum sind die Populationen nicht schneller gewachsen? Haben sich die Männer gegenseitig totgeschlagen? die Starken die Schwachen? die Jungen die Alten? die Alten die ganz jungen, damit sie nicht erst in die Lage kommen, die Alten zu metzeln? Und wenn Horden oder Sippen oder Stämme gegeneinander gekämpft haben, hat der Sieger alles niedergemacht, *was an die Wand pisst?* Ging es erbarmungslos um Flutschen für den Trieb und Schöße für den eigenen Nachwuchs? Herr, vermehre meinen Samen und mache groß meine Nachkommenschaft wie das Gras der Erde.

Hat man die Ehe, die so viel wie Gesetz und Ewigkeit bedeutet, eingeführt und später für heilig erklärt, also von Gott geschlossen und nur von ihm wieder lösbar, weil es das einzige Mittel zu sein schien, der Willkür und Anarchie und geistvollen Hinterhältigkeit Einhalt zu gebieten?

Aber wirkt der gefesselte Trieb weniger zerstörerisch? Ist die Heuchelei hinter Monogamie und Ehe nicht stärkeres Gift für die moralische Glaubwürdigkeit und gesellschaftliche Ordnung als die zügellose, sich frei entfaltende Sexualität? Freilich, der gesetzliche Rahmen, der die körperliche Unversehrtheit jedes Einzelnen garantiert, muss gegeben sein, damit es kein Gemetzel gibt.

Was geschieht, wenn zwei junge Männer zu uns stoßen? Es gibt keinen gesetzlichen Rahmen mehr! Werden wir fünf uns auf ein tolerantes, auf jeglichen Besitzanspruch verzichtendes Miteinander verständigen? Werden die Frauen jovial sein und allen offenstehen? Oder werden die beiden jüngeren Männer mich in die Wüste schicken und die Frauen unter sich teilen? Was, wenn einer hinzustößt, den die Frauen abstoßend finden? Was, wenn er gut bewaffnet ist? Kurz, wer will wen zwingen, sich gegebenenfalls jedem anderen hinzugeben? Aber nur so kann es funktionieren. Wenn es Verlierer gibt, also solche, die übrigbleiben, dann gibt es Gemetzel.

Mir läuft ein Schauer über den Rücken, wenn ich daran denke, wie arglos und unbedarft ich bisher bei meiner Suche nach Überlebenden gewesen bin. Wenn ich über meinen Schatten springe und mich nicht als Opfer, sondern als Täter sehe, durchschauert es mich nicht weniger. Was, wenn ich vor meiner Bekanntschaft der beiden Frauen auf eine harmonische Kleingruppe gestoßen wäre; auf ein paar Männer und Frauen, die bisher friedlich miteinander ausgekommen sind und mich in ihrer Gruppe nicht hätten haben wollen? Hätte ich mich dem ergeben? Oder hätte ich geschossen, bis da außer mir keiner mehr lebt, *der an die Wand pisst*?

Es braucht Regeln. Einfache und menschliche Regeln. Ist das naiv? Übersehe ich da etwas Grundsätzliches? Abgründiges? Geht es nicht ohne Tabu und Androhung des Todes? Das hat doch keinen Sinn, verdammt!

Wer alles Sexuelle tabuisiert und diese Tabus als zivilisatorischen Fortschritt feiert, sorgt dafür, dass sich die Triebhaftigkeit im Gemeinwesen verstärkt, weil die Triebbeherrschung bzw. -unterdrückung zu gezügelter Fortpflanzung derjenigen führt, die es vermögen, sich zu beherrschen, und damit zu einer stärkeren Vermehrung der besonders vom Trieb Geplagten oder Bedrängten. Letztere mögen ein schlechtes Gewissen haben, weil sie den gesellschaftlichen Normen nicht genügen, aber sie haben die größere biologische Fitness. Auf den Punkt gebracht heißt das: Sexuelle Tabus bewirken stets das Gegenteil. - Worin liegt dann ihr Nutzen?

Je länger ich darüber nachdenke, je mehr drängen meine Gedanken in eine Richtung. Ging es auch bei der Erfindung der kleinlichen Regeln einzig um Macht? Gibt es einen Zusammenhang zwischen sexuellem Tabu und der Bereitschaft zur Unterwerfung? Hat derjenige, dem es gelingt, alles Körperliche zu verunglimpfen und allgemein zu verdächtigen, ein umso leichteres Spiel, uns auch geistig gefügig zu machen, also zu beherrschen? Gingen deshalb alle großen gesellschaftlichen Umwälzungen mit sexuellen Revolten einher? Wenn dem so ist, hätten wir allen Grund, künftig jeglicher Prüderie entschlossen entgegenzutreten. Wenn es denn für uns ein *Künftig* geben sollte ...

Wir sind schon eine merkwürdige Spezies. *Beklagenswert* ist vielleicht treffender.

Wer glaubt, im Tierreich gehe es geordneter zu, weil Instinkte weder einfallsreich noch manipulierbar sind, der irrt sich sehr. Es gibt Arten, da stirbt die Mehrzahl der Männchen, ohne je Kontakt zu einem Weibchen gehabt zu haben, weil wenige Paschas alle anderen erfolgreich von den Weibchen fernhalten. Hier gilt das einfache Prinzip des Faustrechts, die Macht des Stärkeren. Instinkte, also fixierte oder hormonell verordnete Verhaltensweisen, sorgen dafür, dass es kein artbedrohendes Gemetzel gibt, die Unterlegenen also schlimmstenfalls zähneknirschend zuschauen und den Trieb verhecheln, der glücklicherweise nur eine kurze Zeit des Jahres bedrückend ist.

Was diese Thematik angeht, möchte man sagen, leider sind wir durch die Herausbildung der Großhirnrinde in der komfortablen Situation, nahezu alle Instinkte kontrollieren, ja überwinden, also außer Kraft setzen zu können. Aber wer will ein Leben lang zuschauen, wie wenige Auserwählte alle Frauen begatten, und das nicht nur für eine kurze Zeit des Jahres, sondern Tag für Tag?

Die zu unseren nächsten Verwandten gehörenden Bonobos haben bekanntermaßen eine denkwürdige Methode, Aggressionen innerhalb der Gruppe abzubauen. Wann immer Stress aufkommt, bieten sich Weibchen an, durch Kopulation die Erregung aufgebrachter Gruppenmitglieder aufzulösen, und wie es ausschaut, ohne Ansehen der Person. Möglicherweise sind wir Menschen nur deshalb geworden, was wir sind, weil wir genau diese Verhaltensweise entweder nie entwickelt oder beizeiten wieder verloren haben …

Ohne die hinreichende Würdigung beziehungsweise Wertschätzung der sexuellen Befindlichkeiten werden alle Versuche zur Emanzipation oder Befreiung des Menschengeschlechts vergeblich bleiben, erst recht alle Bemühungen der Befriedung. Der Satz klingt so, als hätte man ihn schon dutzende Male gelesen. Aber gerade bei solcherart Sätzen ist es gewöhnlich schwierig, alle Konsequenzen zu bedenken und auszumalen.

Ich muss Männer suchen, um die Menschheit zu retten, und habe das Gefühl, sehr aktiv an meiner vollständigen Kastration zu arbeiten. Der Gedanke ist alles andere als ermutigend.

Gestern kam der Geist der Weihnacht über mich, und ich beschloss, nach Fritz zu sehen. Aber Fritz scheint jemand zu sein, der nur dann auftaucht, wenn man es nicht erwartet. Suchen beziehungsweise finden lässt er sich nicht. Über eine Stunde bin ich vergeblich im Häuserblock umhergeirrt und im Stadtviertel herumgekurvt, um schließlich unverrichteter Dinge frustriert wieder heimzukehren.

Schon von draußen hörte ich das Lustgejammer zweier weltentrückter Frauen. Mich überfiel Übelkeit. Ein Zittern übernahm die Herrschaft über meine Beine. Dennoch zog es mich weiter, der Gewissheit entgegen. Vor der Tür zu Adeles Zimmer wartete ich, bis Ruhe eingekehrt war. Ohne anzuklopfen trat ich ein.

Es war kein Scherz. Die beiden Frauen lagen nah beieinander, die Teile der Reizwäsche unkontrolliert ums Bett verstreut. Sie sahen nicht aus, als wenn sie mich erwartet hätten. Aber sie machten auch keine Anstalten, ihre überhitzten Körper zu bedecken, nicht einmal Adele, die im Alltag nicht gerade freizügig war. Sie lag noch immer da, wie sie der finale Lustschauer heimgesucht hatte, mit aufstrebenden Brüsten und abgespreiztem Bein. Die Gesichter waren von gesunder Farbe oder noch etwas gesünderer Tönung.

Fanny hatte sich am schnellsten gefasst. „Du kommst früher, als wir gedacht haben." Ihre Verlegenheit verriet mir, dass auch sie den Satz als nicht besonders gelungen oder gar hilfreich empfand.

Ich nutzte ihn als Gelegenheit, um aus der Situation herauszukommen. „Vielleicht ist es besser, ich verschwinde noch mal."

Auf der Treppe holte mich Fanny ein. „Warte! Sei doch nicht sauer. Das hat ja nichts mit dir zu tun."

„Fanny, bitte, verschone mich mit solchen Sätzen."

„Wir können Adele doch nicht ewig links liegenlassen. Das wäre nicht fair."

„Meinst du nicht, es wäre mein Part gewesen?"

„Na, hör mal, was wäre da anders?"

Da ich weiterlief, folgte sie mir bis ins Wohnzimmer. Ich wusste selbst, wie idiotisch mein Einwand war.

Leiser versuchte sie es noch einmal anders. „Sie tat mir leid. Sie hat so viel - Armseligkeit mit Kerlen erlebt."

Ich atmete schwer wie einer, der nach Worten sucht.

„Wahrscheinlich ist sie nur mitgekommen, weil ich …"

„Darf ich fragen, wie lange du schon - Mitleid mit ihr hast?" Meine oberste Instanz wies mich an, ab jetzt den Mund zu halten.

Fanny hüllte sich in eine Decke und setzte sich auf die Sofakante. „Einen reichlichen Monat vielleicht. Es passierte im Bettenhaus. Wir haben uns auf alle Gestelle geworfen und die Matratzen ausprobiert, und dann hat sie mich unvermittelt geküsst und ausgezogen und …"

„Du hast dich einfach so überrumpeln lassen?"

„Sie hat mich nicht überrumpelt."

Ich sah Fanny verstört an.

Sie umschlang ihre Knie und zog sie bis ans Kinn. „Ich hatte es ja lange darauf angelegt. Hast du nicht gemerkt, wie sie mich angeguckt hat? von Anfang an? Es war so schmeichelhaft. - Sie hat doch keinen andern. - Keine andre", fügte sie noch rasch an, um meinem Widerspruch zuvorzukommen.

Ich nickte uneinsichtig.

„Sie ist so schön und zärtlich und …"

„Fanny, bitte!"

„Ich hab dabei auch an dich gedacht. Wenn wir, ich meine, wenn ich dabei bin, ist sie vielleicht nicht mehr so abweisend."

„Du meinst, du bringst sie in Stimmung, damit ich - meiner biologischen Pflicht nachkommen kann."

Fannys Augen wurden feucht. Ihr Mund mümmelte nervös.

Auf ein bitteres Geständnis gefasst, starrte ich sie an.

Fanny schlug die Decke vors Gesicht. „Vielleicht kann sie ja Babys ..." Dann erstickte die Stimme unter Schluchzen.

Ich hätte vor Scham sterben mögen, nicht, weil ich Schuld an der ausbleibenden Empfängnis war, sondern weil meine Ängste vor dem Geständnis so egoistisch gewesen waren. Ich lief zum Sofa und zog Fanny an meine Brust. „Wie lange verhütest du nicht mehr?"

„Ich hab doch noch nie."

„Wenn, dann kriegt ihr beide Babys." Das war nicht zu viel versprochen, aber auch nicht wirklich ein Trost.

Sie schaute mich dankbar an. Schmerzlicher kann ein Blick nicht sein.

„Gib mir Zeit, Fanny. Ich muss das Ganze erst mal mit mir allein zurechtrücken. - Geh wieder zu ihr."

Es war mehr der Wagen, der mich fuhr, als ich ihn.

Was gibt's da zurechtzurücken? Die beiden Frauen kommen auch ohne mich zurecht. Eine bittere Erkenntnis. Ich kann nur hoffen, dass Fanny vielleicht auch weiterhin ihren Spaß an meiner Art Flutscherei hat. Wenn ich sie wäre, würde es mir auch mehr Spaß machen, Adeles Leib zu liebkosen als einen alten Kerl. Ein Pfund, das beide Frauen nicht haben und sie zwingt, mich an ihrem Liebesspiel zu beteiligen, hab ich nur, weil sie nicht wissen, dass ich es in Wahrheit nicht habe. Doch nicht genug damit, Fanny hat es gemerkt, nein, noch nicht ganz gemerkt, weil sie die Ursache bei sich sucht. Wenn Adele die gleiche Erfahrung macht, bin ich geliefert.

Soll ich Fanny reinen Wein einschenken, um ihr einen Teil ihres Kummers zu nehmen? Die Folgen sind unvorhersehbar und können grausam für mich sein. Soll ich mich Adele verweigern, nur um Fanny länger an der Nase herumführen zu können? Meine Verweigerung wäre vermittelbar, aber kränkend für Adele und ... Sie ist viel zu schön für meinen Testosteronspiegel. Das ist egoistisch, ich weiß. Es ist triebhaft, was ein anderes Wort für *egoistisch* ist. Lasse ich mich aber auf Adele ein, werde ich auch sie um ihre Hoffnung betrügen und in einigen Monaten meinen Mangel, meine Unfähigkeit offenbaren und bloßstellen. Alles in allem keine beneidenswerte Situation.

Am liebsten wäre ich ins Flugzeug gestiegen und in den Süden geflogen, wo es warm ist, und wo es vielleicht noch Frauen gibt, die nicht um meinen Mangel wissen oder gut mit ihm leben können.

Wo sind die Kinder? Warum bin ich bisher nicht einem Kind begegnet? Weil sie die Einsamkeit noch schlechter ertragen und einem Lebenskampf, auf den keiner sie vorbereitet hat, nicht gewachsen sind?

Ich hielt da, wo ich Fritz das letzte Mal begegnet bin, und schlenderte zur Fahrradbrücke. Es hatte keinen Zweck, ihn zu suchen. Etwa in der Mitte blieb ich stehen. Ich stützte mich aufs Geländer und schaute hinab. Das graue Wasser unter mir stand da wie erstarrt. Die Brücke führt vom Gehweg der Hauptstraße zu einer Mole, die einen Hafen schützt. Da die Mole ein ganzes Stück weiter fest mit dem Land verbunden ist, bildet sie einen toten Arm der vorbeifließenden Elbe. Kein Wunder, dass sich unter der Brücke kein Wässerchen regt. Einen Steinwurf entfernt fängt sich Treibgut und Müll in einem langsam trudelnden Teppich. Irgendwie erinnerte mich dieser schmutzige, träge Kreisel an meine eigene Situation.

Da war plötzlich ein bitterer Geschmack im Mund. Ich sammelte Speichel und spuckte ihn weit über das Geländer. Möwen stürzten sich drauf. Ich merkte nicht, wie die Zeit verging beim unentwegten Grübeln; wie lange ich mich herumschlug mit den quälenden Gedanken, ohne einen brauchbaren Lösungsansatz für all die Probleme zu finden.

Ein Kanu, das unter der Brücke auftauchte, befreite mich schlagartig aus der Trübsinnigkeit. Ein Mensch saß drin, ob Männlein oder Weiblein war von oben nicht erkennbar, weil ein breiter Hut Kopf und Körper schirmte. Das Boot fuhr Richtung Landungssteg eines ehemaligen Sportvereins. Ich lief über die Brücke und am Ufer entlang. Schon von weitem erkannte ich Fritz im Boot. Ich blieb stehen und fluchte leise vor mich hin. Konnte es kein junger Mann sein? Was, bitte, hatte ein Überneunzigjähriger in einem Sportboot zu suchen? Da gehören junge, in der Liebe ganz unerfahrene, neugierige und heißblütige Kerle rein!

Ich hatte alle Mühe, mir die Enttäuschung nicht anmerken zu lassen. „Mein Gott, Fritz! - Wie kommst du denn auf diese abgefahrene Idee?" Ich half ihm aus dem Boot und das Boot aus dem Wasser zu heben, und ich trug es auch noch allein in den offenen Bootsschuppen. Sportboote wiegen nicht viel, sind dafür aber sehr schmal und wacklig.

„Die lassen alles offenstehen, die Banausen. Da kitzelt's mir in den alten Knochen. War früher mal ganz flott unterwegs. Geht auch noch ganz gut. Nur das Ein- und Aussteigen ist eine verdammt heikle Sache."

„Was, wenn du reingefallen wärst?"

„Ich kann schwimmen."

„Schwimmen? - Ende Dezember?"

„Ah, ist mir gleich so gewesen, als ob ich Sie kenne. Sie sind der Doktor, nicht wahr?"

Ich merkte, dass ich zu allem Unbill nicht Fritz, sondern mal wieder Rudi vor mir hatte. Ich nickte. Der Doktor ist eine Vertrauens- wie Respektsperson. Wenn

Fritz oder Rudi auf jemanden hört, dann auf ihn. „Wir haben uns ein Weilchen nicht gesehen."

„Sie waren ja lange weg", erwiderte er einigermaßen vorwurfsvoll. „Hätte Sie ab und zu schon mal gebraucht."

„Wohin weg?"

„Na, was weiß ich. Wo sie alle hingehen. Ist doch kaum noch einer da." Offensichtlich hatte er Mühe, meine Frage zu beantworten.

„Versprechen Sie mir, nur noch ins Boot zu steigen, wenn es draußen warmgenug ist?"

„Mich haut so schnell nichts um, Doktor."

„Wäre schade um Sie."

Er lachte, dass sich das Gesicht in tausend Falten zog. Der Hals sah aus wie der eines Komodowarans. „Um was sollte es bei mir schade sein?"

Ich hätte es ihm gern geradeheraus gesagt, aber er hätte es mit Sicherheit nicht oder falsch verstanden.

„Überlege die ganze Zeit, wie Sie heißen."

„Sie kommen noch drauf. - Was machen Sie eigentlich, wenn Sie nicht mit dem Boot unterwegs sind?"

„Die längste Zeit warte ich auf meine Alte. Sie schwirrt früh ab und kommt erst wieder, wenn ich schon penne. Das macht mir nichts aus. Hab mein ganzes Leben gewartet, erst auf meinen Vater, dann auf den Frieden, dann darauf, erwachsen zu werden, dann auf den Urlaub und am längsten auf die Rente. Jetzt warte ich nur noch auf den Tod." Er lachte herzlich. „Und nebenher, wie immer, auf meine Alte."

„Hat sie denn nicht ab und an mal so Gefühle? Na, Sie wissen schon."

Wieder lachte er ungehalten. „Die Weiber machen doch beizeiten ihren Frieden. Nein, mit der ist schon lange nichts mehr los."

Ich wagte mich vor. „Und bei Ihnen?"

„Da geht noch was", sagte er ernst, „nicht mehr so wie früher, aber ganz tot ist er noch nicht."

„Und da kommt auch noch was?"

„Sie stellen Fragen, Doktor. - Klar. Wo man lange genug reibt, entsteht Feuer; und wo es heiß genug ist, da kocht auch noch was über." Er lachte verlegen. „Wenn schon was Feuriges im Bett läge, ginge es vermutlich auch mit weniger Reibung."

„Was Feuriges ist schwer zu finden."

„Hätte man sich in der Jugend mehr ausgetobt, würde er jetzt vielleicht Ruhe geben."

„Haben Sie Kinder?"

„Ja, zwei; sind schon gestorben; alle sind gestorben, nur meine Alte nicht. Mit der ist nichts mehr los. Geht früh raus und kommt sonstwann zurück."

„Kann ich Sie heimfahren?"

„Wär nett. Hab mich ganz schön ausgetobt."

Wir fuhren das kurze Stück bis zum Hallenbad.

Fritz schaute gespannt in die Seitenstraßen. „Hocken alle zu Hause. Naja, bei dem Wetter."

Ich hielt vor dem Häuserblock, auf den Fritz bei unserer ersten Begegnung gezeigt und in dem ich ihn am Vormittag vergeblich gesucht hatte. Er machte keine Anstalten, auszusteigen.

„Da wären wir."

Er sah irritiert an der Fassade auf und ab.

„Soll ich Sie noch bis in die Wohnung …?

„Nein, nicht nötig. Das schaff ich schon. Ist nur noch ein kleines Stück."

„Wenn Sie mögen, können Sie auch mit zu mir fahren. Platz hätten wir - und zwei feurige Frauen."

„Danke, Doktor. Ich hab doch meine Alte. Was macht die ohne mich?"

„Die wird gar nicht merken, dass Sie weg sind."

Er lachte. „Ja, die geht morgens raus und bleibt bis in die Puppen. Dabei kann sie kaum noch laufen."

Ich nickte.

„War schön, mir Ihnen zu reden, Doktor. Wenn Sie mal was Feuriges in meiner Liga haben, sagen Sie Bescheid."

Ich schaute ihm nach, bis er hinterm Block verschwunden war. Kurz spielte ich mit dem Gedanken, ihm zu folgen.

Die Frauen erwarteten mich in verhalten heiterer Stimmung. Sie sahen atemberaubend aus. Trotz meiner düsteren Gedanken fiel es mir schwer, außerhalb ihrer Dunstkreise zu bleiben. Hat mal jemand versucht, eine Pille gegen die Wollust zu entwickeln?

„Und? - Hat der Herr etwas *mit sich allein zurechtgerückt?*"

„Adele." Fannys Blicke zuckten besorgt zwischen Adele und mir hin und her.

Adele wartete, ohne noch eine weitere spitze Bemerkung nachzuschieben. Wenigstens war ich im Bilde. Fanny hatte ihr unseren Disput offensichtlich haarklein beschrieben.

Ich schaute Fanny lange an. Nie hätte ich für möglich gehalten, noch einmal eine Frau so abgrundtief und vorbehaltlos und unvorsichtig lieben zu können. Ich trat auf sie zu und blieb vor ihr stehen.

Fanny erhob sich unsicher, fast ängstlich.

„Nie hätte ich mir vorstellen können, noch einmal so zu lieben, wie ich dich liebe, Fanny. Das hätte ich dir längst schon mal sagen müssen."

Adele hatte Mühe, ihr Lächeln zu halten.

Fanny hingegen lächelte selig, wenn auch ein bisschen verlegen. „Aber das weiß ich doch."

„Ich werde mich nicht einmischen in das, was zwischen euch ist. Ich will froh sein, wenn da noch ein bisschen was für mich übrigbleibt."

Fanny bot mir ihren Mund, aber ich küsste sie nur flüchtig auf die Stirn.

Ich war der Spannung nicht mehr gewachsen und zog es vor, die beiden allein zu lassen.

Adele stellte sich mir in den Weg. „Das hast du lieb gesagt. - Offensichtlich hat Fanny mir in Punkto Menschenkenntnis etwas voraus. - Magst du sie nicht küssen, weil ich, ich meine, wir …"

Wie schräg war das denn? „Nein."

„Könnte es sein, dass du ein bisschen zu viel Rücksicht auf mich nimmst?"

„Mag sein. Ich finde mich in dieser Situation wohl noch nicht so gut zurecht."

Adele nickte jetzt mit dem gleichen Lächeln, das ich vorhin bei Fanny beobachtet hatte. „Vielleicht sollten wir eine Kleinigkeit essen, davor."

Ich fiel regelrecht in Panik. Gedanken und Gefühle schossen kreuz und quer. In der Mehrzahl waren sie nicht geeignet, meine Selbstsicherheit wieder herzustellen, nicht einmal meine Lust.

6 Tage sind vergangen.   2. Januar

Es war nicht gleich nach dem Essen und überhaupt nicht an diesem Tag und auch an den kommenden nicht. Erst Silvester war ich so weit. Aber da haben wir zu lange getanzt und zu viel getrunken. Nicht einmal mit Fanny allein war ich zu einem guten Ende gekommen. Wir schliefen bis weit ins neue Jahr hinein. Als ich bei strahlendem Sonnenschein erwachte, fand ich mich allein im Bett. Ich ging unter die Dusche, um dem neuen Jahr so ansehnlich und rein wie möglich unter die Augen zu treten. Meine Vorsätze waren noch immer die gleichen, nur um einen weiteren bereichert. Unterm frischen Handtuch lagen der Elefanten-Slip und eine Karte. *Wir sind beim Frühstück. Wenn du magst, zieh nur den Rüssel über. Wir haben gut geheizt. - Sonst geh ein bisschen spazieren.*

Es geht auch ohne dich. Nein, das stand nicht da, aber es klang ein bisschen danach. Ich zog das alberne Ding über. Mein Fleisch war unentschlossen, was nicht unwesentlich an meinen zwiespältigen Gedanken lag. Damit es nicht noch alberner aussieht, stopfte ich die Rüsselspitze mit Zellstoff aus. So bekam das Ding noch seinen praktischen Nutzen um den Preis, dass es möglicherweise übertriebene Erwartungen weckte.

Auch die Frauen hatten sich - hübsch gemacht. Und der Farbe in den Gesichtern nach, waren sie schon bei der Sache, wenigstens verbal. Mit großen Schritten versuchte ich so schnell wie möglich das Blickfeld zwischen Tür und Tisch zu überwinden. Es war nicht nur warm, es roch *betörend*. Ich hätte gern ein anderes Wort benutzt, aber es gibt kein geeigneteres. Alle infrage kommenden Adjektive, wie scharf, heiß, spitz, lüstern, gierig, wollüstig, brünstig oder geil, lassen sich nicht in ein einfaches Verb verwandeln, und also erst recht nicht in ein Partizip. Ist nur das Deutsche so armselig? - Gut, *aufgeilend* wäre gegangen. Aber gerade das wäre übertrieben gewesen. Natürlich kamen mir diese sprachkritischen Gedanken nicht bei der Annäherung an den Frühstückstisch. Da hatte mich eine längst vergessene Aufregung erfasst. Die Frauen lachten und machten so ihre Glossen über meinen Aufzug.

„Kann sich der Elefant auch an der Stirn kratzen?" Natürlich war das Adele, der auch fürderhin jegliche sprachliche Sensibilität abging. Die Bemerkung war nicht ganz und gar unsinnig. Ich habe tatsächlich Elefanten gesehen, die sich mit erigiertem Penis den Bauch gekratzt haben. Das mit der Stirn war natürlich Unsinn. Ohne Fanny hätte ich den Dreier nicht gut überstanden. Immer wieder spielte sie Feuerwehr, um mich und den enthüllten Rüssel bei Laune zu halten. Immerhin gelang es mir, Adele davon zu überzeugen, dass es Männer gibt, die über das Stadium egoistischer Brünstigkeit und stumpfsinniger Penetranz hinauswachsen können. Ja, da ich sie verwöhnte, genoss ich sie ganz, und ich erwischte sogar einige kostbare Momente, da sie sich mir ganz hingab. Dank Fanny ließ sie mir in einem Augenblick weltentrückter Verzückung ihren Mund. Sie war in ziemlich allem anders als Fanny und dennoch nicht minder begehrenswert. Es brauchte ein wenig Zeit, bis ich ihre provokanten Bemerkungen und bisweilen schmerzhaften Spitzen als den höchsten Grad ihrer Vertrautheit und ihres Vertrauens empfand.

Pfau hat angerufen und zum neuen Jahr gratuliert. Seit seinem Befehl, Wenke zu holen, hatte ich nur während der Flugstunden Kontakt mit ihm. Da war ich allen Fragen außerhalb der Fliegerei ausgewichen, geradeso, als gäbe es in meinem Leben nur dieses eine Thema.

„Mein lieber Hartmut, auch dir ist es zu danken, dass die Menschheit noch nicht ganz abgetreten ist. - Wie verträgst du dich mit dem Mädchen?"

„Ich hatte sie nicht mehr angetroffen. Aber ich habe zwei Frauen heimgeführt, mit denen allein sich die Menschheit retten ließe."

„Kaum. - Was macht der Alte?"

„Der taugt bestenfalls als Notnagel."

„Dann benutzt ihn, bevor er verrostet ist. - Hast du weitergesucht, oder liegst du nur nutzlos bei den Frauen?"

Ich atmete tief. Wenn da nicht ein neidvoller Unterton gewesen wäre, hätte ich aufgelegt.

„Sorry!"

„Du hast manchmal eine Art, die es einem nicht leicht macht, dir gut zu sein im Herzen."

„Ich weiß. Wir haben doch nichts anderes als diese Art Galgenhumor."

„Habt ihr inzwischen Kontakt zu allen Kontinentalgruppen?"

„Ich hoffe nicht. - Denn dann wären du, die hoffnungsvollen Damen und ein paar Versprengte die Europa-Gruppe. Immerhin haben wir Kontakt zu asiatischen Gruppen in China, Indien und Indonesien."

„Wie viele sind es?"

„Überschaubar. - Zusammen nicht ganz achtzehntausend." Pfau sagte das so, als wenn es ärgerlich wäre.

„Das ist doch wunderbar. - Vertragen sie sich?"

„Wenn man davon absieht, dass es d r e i Gruppen sind. Die großen Religionen gehen sich aus dem Weg."

„Aber die einzelnen Gruppen sind doch stark genug."

„Noch." Auch das klang verschnupft.

„Wieso n o c h?"

„Es ist noch nicht vorbei", raunte er unwirsch.

Wem sagte er das? „Auch bei euch nicht?"

„Nein. - Wir könnten deinen Hund gut gebrauchen, um in Erfahrung zu bringen, woran wir sind. - Ich hatte gehofft, von dir etwas über die Europa-Gruppe zu hören."

„Ich hab keine Ahnung. Es sieht nicht gut aus."

„Das kann nicht sein!", polterte er ungehalten.

„Wieso nicht? - Wieso kann das nicht sein?"

„Eure Gruppe sollte die mit Abstand größte sein."

Das klang eher ironisch. „Warum? - Was ist mit den Amerikanern?"

„Die haben zwei Gruppen gebildet, eine kleine und eine große, in allem um die fünftausend."

„Wie die Afrikaner."

„Die sind kaum noch viertausend."

„Oh. - Und warum zwei Gruppen?"

„Keine Ahnung."

Hinterm Unwillen hörte ich die Verweigerung. „Warum willst du mir das nicht sagen?"

„Weil es Blödsinn ist."

Das klang nicht nach schwarz-weiß. „Mit den zwei Gruppen?"

„Nein, der Grund, warum sie sich trennen."

„Sag schon."

Er atmete lange. „Erinnerst du dich an die Lundquist?"

„Klar, die in New York geschwiegen hat."

„In ihrem Bericht stand eine Vermutung, die sich angeblich als richtig erwiesen hat."

„Hat sich nicht alles als ziemlich richtig erwiesen?"

„Alles ist bis heute ja gar nicht bekannt geworden. Und ob all das Zeug überhaupt von der Lundquist ist."

Ich schwieg.

Pfau druckste. „Sie behaupten, dass das Überleben wohl vor allem von einer genetischen Variante abhängt."

„Das ist doch gut möglich. Wenn Alf es riechen kann, muss es was Spezifisches sein."

Pfau lachte. „Sicher. Aber sie behaupten, dass es eine uralte Sequenz ist, die aus dem Genom der Neandertaler stammt."

Ich war sprachlos. Unwillkürlich musste ich an meine Genanalyse denken. Damals hatte ich gelacht, besonders über den Satz: *Sie haben mehr Neandertaler-Varianten als achtundneunzig Prozent unserer Kunden. Ihre Neandertaler-Abstammung macht jedoch weniger als vier Prozent Ihrer gesam-*

ten DNA aus. Es waren etwas mehr als dreihundert Varianten …

„Bist du noch dran?"

„Ja doch."

„Das würde bedeuten, dass das Sterben noch ein Weilchen anhält."

„Liege ich richtig in der Annahme, dass die Leute der einen Gruppe behaupten, diese Sequenz zu besitzen?"

„Ja."

„… der kleineren oder der größeren Gruppe?"

„Das ist nicht schwer zu erraten", maulte Pfau weiter.

„Und sie sind nur bereit, Leute aufzunehmen, die …"

„Richtig."

„Klingt nicht unvernünftig."

„Es i s t unvernünftig", brauste Pfau auf, „weil es sich nur auf eine Vermutung stützt und einen nicht nachprüfbaren statistischen Wert. Wir brauchen jeden, schon umso wenig wie möglich vom praktischen Wissen zu verlieren. Sie können nicht Dreiviertel der Leute ausschließen."

„Du bist Teil dieser Dreiviertel?"

„Das läuft auf eine neue Art von Rassismus hinaus. Ich höre die Leute schon von Blut- oder Rassenschande reden. Das ist abartig."

„Von *abartig* werden sie möglichweise auch reden. Ich teile deine Empörung. Aber wenn wir das große Ganze im Auge haben, dann ist es nicht unvernünftig, eine Gemeinschaft zu bilden, die die genetischen Voraussetzungen besitzt, dem Sterben zu trotzen und Nachkommen zu zeugen, die gegen dieses Sterben nicht weniger gut gewappnet sind."

Pfau atmete lange. „Du redest wie ein Typ aus ihrer Propaganda-Abteilung. - Du hast diese Sequenz?"

„Keine Ahnung. Das hat mich damals alles kaum interessiert. Wenn ich mich recht entsinne, wurde bei mir ein Anteil von kaum vier Prozent ermittelt."

„Das liegt im ganz oberen Bereich", sagte Pfau müde.

Ich wusste von Neandertalern nicht viel. Dass sie ein größeres Hirnvolumen hatten und wesentlich robustere Knochen, so dass sie aus für uns unmöglichen Höhen springen konnten, und dass sie schon etliche Jahrtausende vor uns Europa besiedelt hatten, aber uns noch immer ähnlich genug waren, um mit uns fortpflanzungsfähige Nachkommen zu zeugen. - Denen sollten wir am Ende unser Überleben verdanken?

„Es ist natürlich ebenso denkbar, dass die Neandertaler-Community nicht überlebt, sondern nur nach allen anderen stirbt", versuchte ich Pfau zu trösten.

„Schon möglich. Das wird sie aber nicht abhalten, sich abzuschotten und - wenn sie es für nötig erachten - die anderen ..."

„Das ist doch idiotisch! Wenn das Häufchen, die keine Neandertalergene hat, noch so klein ist, es wäre am Ende wertvoller als die reinrassigste Neandertaler-Community."

„Du bist nicht zufällig Genetiker?"

„Nein", erwiderte ich kleinlaut.

„Du hast recht, wenn man es optimistisch betrachtet. Pessimistisch betrachtet bleiben die anderen ein beständiges Risiko."

„Und ab wann ist man würdig, dazuzugehören?"

„Du meinst *artstabil*."

„Sie nennen es *artstabil*?"

„Besser als *reinrassig*. - Sie lassen alles ab einer vollen Zahl vorm Komma gelten und halten sich für sehr tolerant und human."

„Wie können sie eine so willkürliche Linie ziehen?"

„Die Alternative, die anfangs noch besprochen wurde, war mindestens ein nachweisbares Allel. - Die Grenze wäre dann nicht mehr willkürlich. Wäre sie besser?"

„Nein", sagte ich gequält.

„Schade, dass es dein Flieger nicht über den Teich schafft. - Dich würden sie reinlassen. Und vielleicht könntest du den einen oder anderen von der optimistischen Variante überzeugen. - Du musst nach Paris."

Der Themenwechsel kam zu unvermittelt, um keinen Argwohn zu erregen. „Wo haben die Neandertaler eigentlich überall gelebt?"

„Ursprünglich wohl nur in der Region Portugal, Spanien, Frankreich, Deutschland, Belgien und Italien. Später sind sie auch in den Nahen Osten und nach Zentralasien gewandert, angeblich bis ins Altaigebirge."

„Hoffst du deshalb auf eine besonders starke europäische Gruppe?"

„Ja. Und mehr noch, dass sie sich vernünftiger verhält."

„Würdest du sie auch suchen, wenn sich die afrikanische Community als die genetisch fitteste erweisen würde?"

„Es geht mir nicht um Genetik, sondern um Kultur."

Gerade weil sich der Satz in verschiedene Richtungen lesen lässt, hatte ich keine Lust, mit Pfau darüber zu reden. „Nach Paris kann ich frühestens im April. Es ist für mich nur wenig verlockend, sechs Stunden zu fliegen und dann keine brauchbare Piste zu finden, weil alles verschneit oder vereist ist."

„Flieg so bald wie möglich." Die Stimme klang entmutigt. „Inzwischen kannst du auch Richtung Rom fliegen. Da liegt kein Schnee oder Eis auf den Pisten. Müsste zudem ganz reizvoll sein, dem Vatikan einen Besuch abzustatten, nur um zu sehen, ob der liebe Gott wenigstens da seine Hand draufgehalten hat."

„Ich beweg es im Herzen."

„Flieg alle Hauptstädte an. Und wenn da keiner ist, such nach Hinweisen, wo sie geblieben sein können."

Das war leicht gesagt.

19 Tage sind vergangen.   21. Januar

Bei aller Harmonie der häuslichen Verhältnisse, zerrt es sehr an mir, nicht mehr fürs große Ganze tun zu können. Alf wird fett. Auch ich habe Mühe, mein Gewicht zu halten.

Der Flugplatz ist inzwischen so eine Art Zufluchtsort oder Dienststelle geworden. Mindestens alle zwei Tage fahre ich hier vorbei, um mein Maschinchen flott zu halten. Meistens fliege ich auch eine größere Runde. Mehr zu meiner Beruhigung hab ich mir von den Frauen eine Schleppe nähen lassen mit unserer Telefonnummer drauf. Man kann sie von unten gut lesen. Angerufen hat noch keiner. Das Flugzeug ist in bestem Zustand, immer gut betankt und mit Öl versorgt. Die Frauen sehen es nicht gern, dass ich mich regelmäßig ohne Not - sie sagen, ohne Sinn und Verstand - in Gefahr bringe. Immerhin hab ich hier das Gefühl, etwas Sinnvolles für den Erhalt der Menschheit zu tun.

Dank eines modernen Stromerzeugers sind wir nun auch unabhängig von jenem Strom, der bisher - auf welche geheimnisvolle Weise auch immer - den Weg in unsere Steckdosen gefunden hat. Es war nicht einfach, das Gerät mit dem Hausnetz zu verbinden, aber man wächst mit den Aufgaben. Mit dem Ding in der Garage traue ich mich eher, die Frauen mal für längere Zeit alleinzulassen. Zwölftausend Watt Leistung hat er. Alf war froh, als ich ihn nach der Lehrvorführung wieder abgeschaltet habe. Nun warte ich auf gutes Wetter. Die

Frauen geben sich alle Mühe, mir den Aufbruch so schwer wie möglich zu machen.

Wenn ich mir vorstelle, dass die Welt bewohnt ist wie eh, fehlt es mir an nichts. Welcher Rentner genießt einen so komfortablen Lebensabend? Solange Alf mit den Frauen kuschelt, brauche ich mir um das allergrößte Glück keine Sorgen zu machen. Wenn ich ehrlich bin, ist der Gedanke um die Welt, wie sie ist, weniger besorgniserregend, als es die Gedanken um die Welt vorm Großen Sterben gewesen waren. Pfau hat Verbindung zu sechs großen Gruppen auf drei Kontinenten mit fast dreißigtausend Menschen. Das wird - möglicherweise - reichen. Die Welt kann sich erholen. Und in nur wenigen Jahrtausenden wird alles so sein, wie es noch vor kurzem war, vielleicht gar besser, wenn die Menschen klüger sind. Was Pfau erzählt hat, macht es schwer, in diese Richtung zu träumen.

Artstabil. Fehlt nur noch, dass die anderen nur aufgenommen werden, wenn sie bereit sind, in Gettos zu leben und sich - unter Androhung härtester Strafen - ausschließlich mit ihresgleichen zu paaren und sich damit zu begnügen, als billige Helfer für unliebsame Arbeiten herangezogen zu werden. Mit ein bisschen Phantasie kann man die Aussichten noch schwärzer und unappetitlicher malen. An Phantasie hat es den Menschen nie gemangelt, besonders, wenn es darum ging, die Unterdrückung und Ausgrenzung anderer zu begründen und schönzureden.

Das Schlimmste an der Sache ist, dass die Verfechter der Ausgrenzung möglicherweise das einzig Richtige tun, auch wenn es unmenschlich ist. - Soll man die Menschheit dem Prinzip der Menschlichkeit opfern? Keine geringere Frage stellt sich hier. Wer will sie beantworten und die Antwort verantworten? Wer will es sich mit der Beantwortung und Verantwortung zu leicht machen? Der Tod jedes Einzelnen ist ein einmaliges, unausweichliches Ereignis, das kaum Spuren hinterlässt. Nur für den Einzelnen ist es von Belang, ob dieses Ereignis früher oder später eintritt. Der Rest findet sich schnell damit ab, auch wenn der Zirkus um den Tod noch so groß ist. *Das Leben geht weiter*, heißt es lapidar. Aber dieser Umstand ist nicht lapidar! *Das Leben geht weiter* heißt nicht mehr und nicht weniger, als dass sich das Rad der Gattung, der Art, der Spezies weiterdreht; dass viele Schöße immer wieder Wogen neuen Lebens hervorbringen, während wir vergehen; dass Menschen kommen, die in unseren Spuren wandeln und Nutznießer und vielleicht auch Wertschätzer unserer Bemühungen sind. Wie soll man sterben ohne den Trost, dass das Leben weitergeht? Es ist der letzte Trost für einen von aller Gläubigkeit - ob klein oder groß - befreiten Geist. Und selbst Menschen, die es nicht schaffen, ihren Geist freihändig und aufrecht wandeln zu lassen, werden kaum Trost bei einem Gott finden, der das Leben nicht weitergehen lässt. Was für ein Unfug ist ein Strafgericht, das keinen verschont? Das letzte Opfer dieses Gerichtes wird ja Gott selber sein …

Ich kann denken und meine Gedanken auf Papier bringen. Wer schert sich drum? Ich stehe keiner Community vor und stehe auch nicht in der Pflicht, Entscheidungen zu treffen, die möglicherweise darüber befinden, ob das Leben weitergeht …

Beim hilflosen Durchblättern meines Notizbuches stoße ich auf einen jahrzehntealten Eintrag. Es war der Versuch, die wichtigsten Voraussetzungen für die Einrichtung einer friedlichen, zukunftsfähigen Welt in möglicher Kürze zusammenzufassen.

- *Abgabe staatlicher Souveränität an eine globale Zentralmacht;*

- weltweite Angleichung der Lebensstandards unter Berücksichti-
gung eines global erträglichen Niveaus;
- Unbedingte, wie überwachte Einrichtung nachhaltiger Kreisläufe
in allen Bereichen;
- Einigung auf eine einheitliche Weltsprache als Zweitsprache auf
muttersprachlichem Niveau.
Auch wenn die Menschheit auf die Größe einer Stadt
geschrumpft ist, wird es nicht leichter werden.

10 Tage sind vergangen.   31. Januar

An einem sonnenüberfluteten Tag entschloss ich mich
sehr kurzfristig, um das Palaver der Frauen in Grenzen
zu halten, zu dem Wagnis, nach Paris zu fliegen. Fanny
und Adele statteten mich mit dem Nötigen und noch
etlichem mehr aus und ließen mich schweren Herzens
und mit vielen Ratschlägen ziehen.

Alf schaute sich noch lange nach dem Haus am See
um. Er war meinen regelmäßigen Flügen fern geblieben.
Bei meinem ersten Fernflug mochte ich ihn nicht mis-
sen, auch wenn ich wusste, wie belastend es für ihn ist.

Paris liegt gerade noch im Zirkel des Territoriums, aus
dem man - ohne nachzutanken - auch wieder nach Hause kommt. Darauf verlassen sollte ich mich nicht. Acht-
hundertfünfzig Kilometer für eine Strecke macht Sieb-
zehnhundert Kilometer hin und zurück, blieben schlap-
pe siebzehn Kilometer Reserve für den Fall, dass der
Zielort während meines Fluges unter Schnee versinkt.
Das war viel zu knapp.

Ich flog auf Sicht und mit dem Vorsatz, sofort umzu-
kehren, sobald sich Anzeichen von Schnee oder Eis
zeigen. In dreieinhalb Stunden sollte ich da sein.

Von Schnee war weit und breit nichts zu sehen; von
Menschen auch nicht; keine noch so winzige Rauchsäule. Es war gespenstisch friedlich. Alf döste - gut ange-

schnallt - auf der Rückbank. Die Außentemperatur lag deutlich über Null. Der Motor dröhnte unauffällig vor sich hin.

Wie immer kreiste ich ein Weilchen über meinem angeflogenen Ziel. Paris sah verlassen aus. Die Gefühle, die der Anblick einer so altehrwürdigen, gänzlich verlassen Stadt erregt, lassen sich nur schwer beschreiben. Kaum eine andere Stadt auf der Welt zog mehr Menschen in ihren Bann, als diese am dichtesten besiedelte Großstadt Europas. Schon aus der Luft sieht sie beeindruckend aus. Ich flog eine Spirale, die an der Peripherie ihren Anfang nahm und, sich stetig verengend, über den beiden Seine-Inseln - mit der schon aus dieser Höhe imposanten Notre Dame - endete. Von hier flog ich über den Louvre und den Tuileriengarten zum Place de la Concorde, um ein paarmal im Dreieck Arc de Triomphe - Eiffelturm - Place de la Concorde zu fliegen, bis ich die Champs-Élysées als Landebahn verworfen hatte. Breit-, gerade- und langgenug war sie, aber natürlich hatte sie keiner als Rollfeld ins Auge gefasst, und so konnte überall eine Ampel, ein Poller, ein abgestelltes Fahrzeug - oder was weiß ich nicht alles - zum Verhängnis werden. Zum Tanken hätte ich sowieso zu einem der drei Flughäfen fliegen müssen.

Die Landung auf Orly, zehn Kilometer südlich von Paris, war unkompliziert, die Suche nach einem Ausgang und später nach einem brauchbaren Fahrzeug nicht ganz. Alf pinkelte ans Vorderrad. Ich war froh, dass er mir aus Mangel an Gelegenheit nicht schon auf dem Rollfeld ans Bein gepinkelt hatte.

Was sollte ich hier unten finden, was ich nicht schon aus der Luft hätte ausmachen können? Den Weg in die Stadt konnte man nicht verfehlen, alle Wege führten hier quasi ans Ziel. Bei fünf Grad zeigte sich gelegentlich sogar die Sonne. Gern hätte ich jetzt die Frauen bei mir gehabt. Aus Rücksicht auf das große Ganze und aus ganz kleinlichen praktischen Erwägungen heraus konnte ich sie nicht mitnehmen. Alle noch freien Plätze in der Maschine mussten für eventuelle Neuzugänge frei bleiben. Zur Entschädigung hatte ich ihnen versprechen müssen, die charmantesten und bestaussehenden Pariser mitzubringen. Zum Glück hatten sie nicht auch noch das Alter begrenzt, wahrscheinlich aus Feingefühl.

Es sah nicht so aus, als wenn sich auch nur ein halber Pariser auftreiben ließe. Die Straße führte mich immer geradeaus bis zum Italienischen Platz. Mein erstes Ziel war der Eiffelturm. Ich hab keine Ahnung, ob er für die Pariser oder Franzosen so wichtig ist wie für den Rest der Welt. Aber für mich war er sogar so etwas wie das Zentrum Europas. Da mich nichts trieb, fuhr ich der Nase nach. Solange ich diesseits der Seine blieb, konnte nichts passieren.

Der Turm selbst war imposant, auch die Anlage jenseits des Flusses. Der Platz um den Turm selbst war ernüchternd, jedenfalls, wenn man erwartet hatte, hier etwas über das Schicksal der Europa-Gruppe in Erfahrung zu bringen. Mit der schussbereiten Smith & Wesson im Holster stieg ich eine Stunde übers Gelände. Ich hatte wenigstens gehofft, ähnliche Plakate wie in Berlin zu finden. Außer Müll und halbverwesten Leichenteilen, die sich zum Glück nicht näher zuordnen ließen, fand sich nichts. Da war ich auch fast schon am Ende. Der Rathausplatz lag laut Karte nahe der Notre Dame, quasi am anderen Seine-Ufer. Beide Gebäude waren beeindruckend, als hätten Architekten weltlicher und sakraler Orientierung gewetteifert. Ich hatte keinen Fotoapparat dabei. Wozu auch? Es gab tausende Fotos dieser Gebäude in höchster Güte und Meisterschaft. Das Licht war über die Maßen stimmungsvoll. Vor gewitterschwangerem Dunkel erstrahlten die Silhouetten beider Gebäude im Sonnenlicht. Wie oft hatte ich in jungen Jahren Leute verflucht, die mir unachtsam ins Bild liefen? wie lange auf der Lauer gelegen, ehe mir endlich die Aufnahme eines begehrten Motivs ohne störende Menschen gelang? Wie sehr wünschte ich mir jetzt, von einem weltvergessenen Liebespaar, von spielenden Kindern oder einer unbeholfen daherwatschelnden Alten gestört zu werden.

Wie viele Menschen sind jahrein jahraus in diese Stadt gekommen? - So viele, wie in kaum eine andere. In Gedanken sehe ich die erst in der Dämmerung abreißende Schlange von Menschen, die geduldig Einlass in die Notre Dame begehren; die überall wuselnden Touristen in Gruppen oder allein; das Staunen und Gaffen; das Genießen des Andersseins, bezaubert und verzaubert durch das Flair und den Charme dieser Stadt.

Noch stehen die Häuser, sorgsam erbaut und gedeckt, Straße um Straße. Werden je wieder Menschen in diesen Straßen und Gassen spazieren? oder ruhelos hasten nach dem Glück oder um das Brot von morgen? Was nie zuvor geschehen war, in dieser Stadt griff mich die Verzweiflung um den Tod so vieler erstmals körperlich an, ähnlich einer Hand, die sich durch den Brustkorb zwängt, um nach dem Herzen zu greifen, nicht im sinnbildlichen, sondern im wörtlichen, physischen Sinn.

Obwohl alle Räume des Rathauses mühelos zugänglich waren, fand sich nicht der schüchternste Hinweis auf den Verbleib Überlebender. Viele können es nicht gewesen sein, vielleicht dreihundert aus ganz Frankreich. Aber in Paris sollten sich alle Überlebenden Europas treffen, also schätzungsweise dreitausend. - Wo sind sie hin? Haben sie sich verstreut, weil sie so ähnlich gefühlt und gedacht haben wie ich? Sind sie alle ihrer Wege gegangen? Leben sie alle in einem Haus am See oder Meer oder was weiß ich, wo?!

Europa erstreckt sich über eine Fläche von reichlich zehn Millionen Quadratkilometern, geteilt durch dreitausend Überlebende ergibt das fast dreitausendvierhundert Quadratkilometer pro Aussteiger. Das ist zweiunddreißig Mal die Fläche von Paris; zweiunddreißig Mal Paris für einen, der weggerannt ist, um in der Idylle auf den Tod zu warten. Rechnet man die gesamte Region der Metropole, ist es immer noch mehr als das Doppelte dieses gewaltigen Areals.

Pfau hat recht. Es ist unentschuldbar. Es hat ja keinen Sinn, zu suchen, und wenn man Tag und Nacht mit dem Flugzeug flöge. Es hat keinen Sinn! Das Leben ginge vorbei, ehe man auch nur eine Handvoll der verstreuten Irren oder suchend Herumirrenden aufgelesen hätte. Ich kann mich glücklich schätzen, zwei Überlebende gefunden zu haben, vielmehr eine, die andere geht auf Alfs Konto.

Die Stadt wirkt hart. So muss Hameln ausgesehen haben nach dem Auszug der Kinder und der Verfolgung durch die Eltern. Zweiunddreißig Mal Paris für einen Weltflüchtigen. - Nein. Es sind nicht alle so wie ich. Menschen klammern sich in der Not an andere, stärkere, und helfen den Schwächeren, sonst wären wir nicht geworden, was wir sind. Egoismus treibt nur dort seine hässlichen Blüten, wo der Wohlstand die Leute abstumpft und gleichgültig oder leichtsinnig macht. In der Not ist es anders. In der Not entwickeln wir die besten und stärksten Kräfte. Und wer es erlebt hat, weiß, dass nicht so sehr Mitleid und Mitgefühl diese Kräfte entfalten, sondern ein Glücksgefühl, gegen das auch noch die euphorischste Droge verblasst, ein Glücksgefühl, wie es nur der gemeinsame Kampf gegen die Not erzeugt.

Es muss Gruppen geben. Mögen sie klein sein, es muss sie geben!

Ich beschloss, weiterzusuchen, wenigstes zwei Wochen. So lange richtete ich mich auf der Saint-Louis-Insel ein, der kleineren Nachbarin der von Notre Dame dominierten Stadt-Insel, die einst Keimzelle dieser Stadt gewesen war. Zuvor hatte ich versucht, in einem der Hotels unterzukommen, aber die Dossiers waren ausschließlich auf Französisch verfasst. Ohne Anleitung war es hoffnungslos, auch nur eines der Zimmer bewohnbar zu machen. So entschloss ich mich, in einer normalen Wohnung zu nächtigen, wenn hier wenigstens ein Kamin und ausreichend Holz vorhanden waren. Gut, ganz normal war die Wohnung nicht. Sie genügte auch gehobenen Ansprüchen.

Obwohl sich diese Stadt formal nicht von Berlin unterschied, verließ mich hier nie das Gefühl, ein Gast, ein Fremder zu sein. Das lag nicht nur an den in fremder Sprache verfassten Wegweisern und Straßennamen, Plakaten und Bezeichnungen aller Art, es war auch die Furcht, einen Bewohner dieser Stadt oder dieses Landes zu treffen. Mir war klar, dass ich mich mit ihm nicht würde unterhalten können, wenn er des Deutschen oder Englischen nicht kundig ist. Es war, als läge ein Geist der Fremdheit auf dieser Stadt, der nicht bereit war zu weichen, auch nachdem der letzte Bewohner gestorben oder fortgezogen war. - Wenn Schilder, Plakate, ja alle Schriftzüge verwittert sind, wer wird dann sagen können, welche Nation, welches Volk hier einst heimisch gewesen ist?

Gut, da waren auch noch die Wohnungen. Wie lange wird es dauern, bis auch hier alle Zeugnisse vom Zahn der Zeit zermahlen sind? Die von mir erwählte Wohnung war nach auserlesenem Geschmack eingerichtet. Mit schlechtem Gewissen suchte ich nach Zeugnissen der einstigen Mieter. Der Schrift nicht kundig, war ich auf Bilder und Fotos angewiesen, die nur ein ungenaues

Bild zu zeichnen vermögen. Mich rührte die Sauberkeit in allen Räumen. Haben sich auch noch die letzten Opfer auf den Tod vorbereitet? Haben sie noch einmal alles geputzt oder reinigen lassen, weil es ihnen unangenehm war, zu gehen und eine vernachlässigte Wohnung zurückzulassen? auch noch, als ihnen klar wurde, dass es nicht einfach nur ein Gehen unter vielen Bleibenden ist, sondern d a s Gehen schlechthin? Haben sie sich in den letzten Tagen und Stunden bewusst gemacht, dass ihre Stadt - wenn alles gut geht - möglicherweise erst in tausenden Jahren wiederentdeckt und ausgegraben wird? Es war mir unvorstellbar, als ich in die blanken Spiegel des Badezimmers schaute, Geschirr, Besteck und Gläser aus den Küchenschränken nahm, Holz nachlegte im Kamin, die Fotos an der Wand betrachtete, Wäsche und Gerätschaften in den Nachtschränken begutachtete, um hinter die Geheimnisse ihrer Verwendung zu kommen und die leidenschaftlichen Spiele jener zu erraten, denen sie einst nützlich gewesen sind.

Es war unsinnig gewesen, Fanny und Adele zu Hause zu lassen angesichts der winzigen Aussicht, Leute zu finden, die dann auch noch bereit sind, mir ins ferne Dresden zu folgen. Das Bett hätte auch noch für die beiden Schönen gereicht. So musste ich meine Phantasie bemühen.

Bei der Wohnungssuche war ich in einer nahgelegenen Garage auf einen Sportwagen mit offenem Verdeck gestoßen. Der kleine Zweisitzer war insofern das ideale Verkehrsmittel, als es bessere Sicht in die Häuserfronten bot und Alf die Chance gab, etwas Brauchbares zu wittern. Hunde schien es in dieser Stadt nicht zu geben. Die Pistole hatte ich dennoch jederzeit griff- und schussbereit.

Mit Alf an der Seite fuhr ich Straße um Straße, Häuserzeile um Häuserzeile ab. Es war ein Segen, dass ich keinerlei Regeln zu befolgen hatte, andernfalls wäre ich wohl nach einem Tag nervlich zusammengebrochen. Mit einem zutiefst befriedigenden, wunderbar rebellischen Gefühl ignorierte ich alle Straßenschilder. Ohne Skrupel fuhr ich unerlaubt auch noch in die schmalste Gasse.

Auf der Insel Saint-Germain an der nach Stalingrad benannten Uferstraße fand sich gleich hinter der Brücke ein gemütliches Restaurant mit Bar, insofern man Räume einer ausgestorbenen Stadt als gemütlich bezeichnen kann. Da es mir gelang, die Heizung in Gang zu setzen, verbrachte ich hier meine Abende. Auf der grünen, fast unbebauten Seite dieser Seine-Insel fühlte ich mich nicht gar so verlassen wie im dichten, leerstehenden Häusermeer. Immer wieder ertappte ich meine Augen dabei, nach der Tür zu schauen. Nein, ich blieb der einzige Gast.

So pendelte ich mit einem metallicblauen Sportwagen zwölf Kilometer zwischen zwei Inseln in Paris. Das Wetter war leidlich, trocken aber kühl. Alf genoss die frische Luft und die Stille. Das eine war so unergiebig wie das andere. Ich war nicht in der Stimmung, Museen, Parks oder Schlösser zu besuchen. Dennoch überkam mich diese Art Schwermut, die mich schon in Potsdam heimgesucht hatte. Der Gedanke, dass dies alles bald unter einer undurchdringlichen Vegetation versinken wird, ohne dass es ein denkbares Mittel gibt, das aufzuhalten, war einfach zu ungeheuerlich und niederschlagend. Welch ein Reichtum versank allein hier. An die Welt mochte ich nicht denken. Zum Glück hatte ich nur eine blasse Ahnung vom allergrößten Teil.

Man muss weder Psychiater noch Psychologe sein, um vorherzusagen, dass unter den neuen Umständen einer nahezu entvölkerten Welt ein ganz neues Krankheitsbild entstehen wird, nämlich diese besonders peinigende Art der Schwermut, die Menschen in unbewohnten urbanen Gegenden befällt. Gehöre ich zu ihren ersten Opfern?

1 Tag ist vergangen.   1. Februar

Da die Temperaturen über Nacht unter den Gefrierpunkt gefallen waren, beschloss ich, vier Tage eher als geplant zurückzufliegen.

Nachdem die Sonne die Startbahn vom Reif befreit hatte, startete ich vollgetankt und ohne Schwierigkeiten in einen blauen Himmel. Auch wenn es mich zu den Frauen zog, zu warmen, lebendigen Leibern und vertrauten Stimmen, kreiste ich noch zwei Stunden in geringer Höhe übers riesige Areal der einst stolzen Metropole.

Nach einstündigem Rückflug, nicht weit vor Metz, zeigte sich vor mir eine dunkle, bedrohliche Wand. Ich versuchte Richtung Straßburg auszuweichen, aber bald schob sich das Dunkel auch in den letzten hellen Korridor. Ich drehte noch weiter nach Süden bei und entschied mich endlich, runterzugehen. Nirgends fand sich ein geeigneter Platz. Ich flog tiefer, um dem undurchdringlichen Schwarz auszuweichen. Zwischen den Baumkronen tauchte eine tropfenförmige Weide auf.

Alf bellte. Im Augenwinkel sah ich Rauch zwischen den Bäumen. Beinahe überstürzt setzte ich zur Landung an, ohne die Länge der Weide präzise genug einschätzen zu können. Ich fing die durchgesackte Maschine noch einmal ab und setzte sanft auf. Die Weide war buckliger als gedacht. Trotzdem gelang es, den Flieger in Waage zu halten. Keine hundert Meter vor der Waldkante blieben wir stehen.

„Das war knapp, Alter."

Von drei Seiten zuckten Blitze ohne Unterlass, gefolgt von näherkommendem Donner. Uns umgab die Düsternis eines fortgeschrittenen Abends.

Ich war noch dabei, die Risiken eines Starts auf diesem Untergrund abzuwägen, als Alf abermals auf sich oder, besser, auf den Rauch aufmerksam machte, der schräg hinter uns in den Gewitterhimmel stieg.

„Riechst du nur den Rauch oder noch was anderes?"

Alf antwortete mit sehr verhaltenem Laut, ohne den starren Blick von der Rauchsäule zu lösen.

„Es kann jeden Moment schütten wie aus Eimern. Viel Lust hab ich nicht, da rauszugehen." Wem sagte ich das. Alf duckte sich vor jedem Blitz und wimmerte bei jedem lauten Donner. "Denkst du, ich habe keine Angst? Ja, du bleibst hier." Ich stieg aus, schloss die Tür hinter mir zu und zog die warme Jacke über.

Alf protestierte nicht.

Nach kurzer Orientierung in alle Richtungen stapfte ich auf den Rauch zu, der merklich einschlief. Ein beginnender Waldbrand war das also nicht. Der Weg zog sich hin. War ich einen Kilometer gelaufen? Waren es zwei? Das Ziel lockte mich, obwohl mir die Beine immer schwerer wurden. Im Wald war es noch einmal ein ganzes Stück durch unwegsames Gelände und sperriges Unterholz.

Endlich stand ich vor den kümmerlichen Resten eines zugedeckten Feuers, das nur noch dünne Rauchschwaden entließ. Hier war mindestens ein Mensch am Werk gewesen, den unterschiedlich großen Spuren nach gar drei oder vier.

„Drehen Sie sich nicht um und nehmen Sie die Hände hoch", hörte ich hinter mir eine Mädchenstimme. „Ich werde Sie erschießen, wenn Sie nicht tun, was ich sage." Die Stimme klang entschlossen und fest.

„Was wollt ihr?"

„Schnallen Sie die Pistole ab. Aber langsam."

Ich hielt es für das Beste, zu tun, was sie sagt.

„Gehen Sie drei Schritte vor und knien Sie sich hin. Die Hände bleiben oben. - Hol die Pistole."

„Was wollt ihr von mir?"

„Nichts, wenn Sie machen, was sie sagt." Das war eine Jungenstimme, die dabei war, erwachsen zu werden.

„Die Pistole ist schon mal gut. Ziehen Sie die Jacke aus."

Das klang nicht nur bedrohlich. Ohne Jacke würde es verdammt schnell kalt werden. Ich bereute, nicht kaltblütiger reagiert zu haben. Am Ende hatte sie gar keine Waffe. - Jetzt schon. Also zog ich auch noch die Jacke aus.

„Den Schlüssel."

„Wovon?"

„Vom Flugzeug."

„Der steckt. - Ihr wollt doch nicht etwa …"

„Halten Sie den Mund! - Fessel ihn an die Birke da. Bei dem glatten Stamm braucht er ein Weilchen."

Eine entschlossene Hand stieß mich nach vorn. „Machen Sie, was sie sagt", flüsterte er fast vertraulich, während er mich um einen beindicken Stamm führte.

„Warum lasst ihr mich nicht …"

Ein Schuss zerriss die Luft, gefolgt von einem ängstlichen Schrei eines Dritten, vermutlich eines kleinen Mädchens.

„Sie sollen den Mund halten, verdammt! - Bind ihn ordentlich fest."

Der Angesprochene tat sehr gründlich, wie ihm geheißen. Es war klar, dass sie keinen Spaß machen.

„Fertig."

„Noch einen um den Hals."

„Muss das sein?"

„Ja. - Fester."

„Dann stirbt er doch gleich."

„Wär auch egal. - Jetzt können Sie sich umdrehen."

Ich nutzte die vielleicht letzte Chance, meine Situation zu verbessern. Stück für Stück wand ich mich um die Birke. Der Strick scheuerte am Hals. Was ich sah, war niederschmetternd. Vor mir standen drei zerlumpte, ausgehungerte Kinder. Das magere Mädchen mit den beiden Pistolen in der Hand war vielleicht dreizehn; der Junge, der mich gefesselt hat, nur etwas jünger, die kleine, die meine Jacke trug, vielleicht neun. Alle drei sahen verwahrlost aus. Der Blick der Ältesten war abgestumpft, der des Jungen müde. Die Jüngste sah mich ängstlich an.

„Ihr könnt mich auch gleich erschießen. Ich hab nicht die geringste Chance." Die Fessel war so fest, dass ich fürchtete, die Hände sterben ab.

„Sie haben recht. Sie machen so und so nicht mehr lange." Sie hob meine Smith & Wesson und zielte auf meinen Kopf.

Ich schloss die Augen.

„Nein, Johanna, bitte!" Die Kleine warf sich in den Dreck und umklammerte den ausgemergelten Körper der Anführerin.

„Es ist doch scheißegal!"

„Dann lass ihn", mischte sich nun auch der Junge ein.

„Mit euch Weicheiern, schaff ich es nie. - Kommt."

Als sie ein Stück weit gelaufen waren, griff mich die Verzweiflung beim Nacken. Panisch rief ich ihnen nach: „Ihr könnt nicht fliegen bei dem Wetter und überhaupt. Das ist Wahnsinn! Lasst mich fliegen! Ich bring euch hin, wohin ihr wollt! Hört ihr nicht! Ihr könnt mich doch auch umbringen, nachdem ich euch ..." Dann versagte mir die Stimme.

Die ganze Szene hatte keine fünf Minuten gedauert. In nur fünf Minuten war ich in eine völlig ausweglose

Situation geraten, ohne auch nur einen Sinn im Verhalten der Kinder erkennen zu können. Was haben sie davon? Die Pistole. Die Jacke. Ein paar Sachen aus dem Flugzeug. Nicht einmal Proviant hatte ich für die Rückreise zurechtgemacht, nur ein paar Flaschen Wasser. Alf. Mein Gott, Alf! Sie werden ihn erschießen. Warum? Zum Teufel, warum machen sie das?

Ohne Unterbrechung rieb ich die Fessel am glatten Stamm. Sie hatten alles richtig gemacht. Um mich fertig zu machen, hatten sie alles richtig gemacht, selbst wenn es mir gelingen sollte, den Strick zu lösen. Sie werden das Flugzeug zu Klump fliegen oder so beschädigen, dass ich nicht mehr wegkomme. Im dünnen Hemd werde ich kaum eine frostige Nacht überstehen. Ich hatte in der letzten Viertelstunde keine Ortschaft überflogen, das entsprach fünfzig Kilometern. Da ich nicht auf die Karte gesehen hatte, konnte ich nicht einmal mit Gewissheit sagen, ob in der anderen Richtung in erreichbarer Entfernung eine Ortschaft liegt. Immerhin war es meine einzige Möglichkeit. Ich musste die Fesseln loswerden und mich dann Richtung Süden durchschlagen in der Hoffnung, auf eine Siedlung zu stoßen. Die Fesseln? Es sah nicht danach aus, dass sich auch nur diese Sache bewältigen lässt. Meine Hände und mehr noch die Handgelenke wurden taub und wund. Ich weiß nicht mehr, was schlimmer war.

Die Verzweiflung trieb mir das Wasser in die Augen. Ich heulte unbeherrscht. In einer quasi menschenlosen Welt gerate ich in die Fänge dreier skrupelloser Kinder, die in kaum fünf Minuten mein Schicksal besiegeln, und das nicht irgendwie kurz und schmerzlos, sondern auf perfide Weise brutal oder umgekehrt.

Der Zorn und der Selbsterhaltungswille brachten Ernüchterung. Noch hatte ich Zeit, um nachzudenken, also sollte ich sie nutzen. Die Kinder mussten sehr lange unterwegs gewesen sein. Sie waren ausgehungert. Wo kommen sie her? Wo wollen sie hin? Warum haben sie ein Feuer gemacht? Feuer. Wenn ich die Fesseln schnellgenug loswerde, findet sich vielleicht unter der aufgeworfenen Erde etwas Glut. Die musste ich bewahren. Dann konnte ich, wenn ich keine Ortschaft finden sollte und mich die Kräfte verlassen, ein Feuer machen, um nicht über Nacht zu erfrieren. Wenn ich die Fesseln loswerde. Ich fühlte Anzeichen von Krämpfen in den Oberarmen, vor allem im linken. Ich hielt einen Augenblick inne. Mit tauben Händen suchte ich am Stamm nach Rissen in der Rinde, die meine Bemühungen unterstützen können. Blitz und Donner folgten jetzt unmittelbar aufeinander.

Es begann zu regnen. Der Übergang von sacht zu maßlos vollzog sich in wenigen Minuten. Im Nu bildeten sich blasige Pfützen und ausgiebige Lachen. Ich stand im Wasser. Ein Blitzeinschlag in der Nähe, und alles wäre vorbei. Vielleicht würde es vorher noch einen Augenblick heiß werden. Jetzt war mir furchtbar kalt, und den Körper ergriff ein unbeherrschbares Zittern. Die Sache mit der Glut konnte ich vergessen. Wenigstens ließ der Druck der durchnässten Fesseln ein wenig nach. Die Taubheit wich aus den Händen. Überhaupt hatte ich das Gefühl, dass meine Bemühungen nicht ganz vergeblich sind. Ich scheuerte immer schneller über die schorfigste Stelle, die sich hatte finden lassen.

Trotz Donner und Regen hörte ich von fern einen Schrei. Das waren die Kinder. Ich lauschte auf einen Schuss. Der Schrei verebbte. Aber da war kein Schuss. Was passiert da, zum Teufel? Hektisch rieb ich die Fessel. Endlich gab sie ein Stück nach, dann noch ein Stück, dann ganz. Hände und Handgelenke sahen furchtbar aus, blau und zerschunden. Ich hatte die Halsfessel noch nicht ganz gelöst, als Alf auf mich zusprang, im Maul die Smith & Wesson.

Ich heulte vor Freude. Der Regen lief mir in den Mund und spülte mir das Wasser aus den Augen. „Alter, das hast du großartig gemacht. Jetzt schnappen wir sie uns. Komm."

Wenn der Regen auch schnell ihre Spur verwischte, so dreckig, wie sie waren, mussten sie selbst in Matsch und Wasser eine Fährte hinterlassen, die fast schon für meine Nase riechbar war. Alf lief weit vor mir. Vor uns zeigte sich ein heller Streifen am Horizont. Der Himmel klarte auf. Im Vorbeilaufen schlug ich die Flugzeugtür zu. Schnell verließen mich die Kräfte. Den Beschwerlichkeiten des Dickichts war ich kaum noch gewachsen. Als ich auf einer Lichtung zu ihnen stieß, war ich vollkommen ausgelaugt. Lunge und Herz liefen spürbar auf Reserve.

Die drei warteten, eng aneinandergeschmiegt, apathisch auf das Strafgericht. Alf hatte sie gestellt. Der Regen, der über die drei hoffnungslosen Gesichter lief, zeichnete helle Linien in den Dreck.

Sowie ich nah genug war, richtete die Anführerin die Pistole auf mich. Alf bellte. Ich ging auf sie zu, entriss ihr die Waffe und verpasste ihr eine Ohrfeige. Der Schlag fand kaum Widerstand und traf sie so hart, dass sie - von den beiden anderen weggerissen - in den Matsch fiel.

„Zum Flugzeug", war alles, was ich zu reden im Stande war.

Die beiden halfen ihrer Kumpanin auf. Willfährig trotteten sie vor mir her.

„Zieht die Klamotten aus!", befahl ich barsch, als wir am Flugzeug angekommen waren. Unterwürfig reichte mir die Jüngste die Jacke, die ich unachtsam auf die Rückbank warf. „Alles! Und ein bisschen dalli!"

Sie legten die tropfnassen Sachen ordentlich auf einer möglichst dicht bewachsenen Stelle der Wiese ab. Auf dem Häufchen der Kleinen lagen zwei kleine Plüschrobben. Der Junge hatte seinen zerschlissenen Rucksack schützend auf seine Sachen gelegt.

Wie sie nackt vor mir standen, verflog mein Zorn. Nie zuvor hatte ich in natura derart abgemagerte Menschen gesehen. Sie zitterten wie Espenlaub im nachlassenden Regen. Die Jüngste sah noch am besten aus. Ich war gut beraten, mich nicht vom Mitleid hinreißen zu lassen. Wozu diese Knochengestelle im Stande waren, hatte ich erlebt.

„Damit eins klar ist: Ich mach kein langes Federlesen. Wenn ich was frage, kriege ich die Antwort sofort, oder es knallt. - Erstmal gibt's nur eine Frage. Soll ich euch erschießen oder ..."

„Nein", bettelte die Kleinste leise.

Das brachte mich aus dem ohnehin dürftigen Konzept. „Wie heißt du?", wendete ich mich der Ältesten zu.

„Johanna", sagte sie schnell.

„Wo kommt ihr her?"

„Aus Hamburg und Cottbus und ..."

„Neusalza-Spremberg", sprang ihr der Junge bei.

„Wie heiß du?"

„Robin." Er klapperte mit den Zähnen.

„Was ist im Rucksack?"

„Nur zwei Flaschen mit Wasser und ein paar leere Dosen, Strick, ein Taschenmesser und ein kleiner Topf."

„Seid ihr Geschwister?"

Er schaute zur Ältesten.

„Ich hab d i c h gefragt, nicht sie. - Dreh dich um!", herrschte ich sie an. „Also?"

„Nein."

„Woher kennt ihr euch dann?"

„Aus Berlin", sagte die Jüngste, abfällige Blicke erntend.

„Du sollst dich umdrehen, hatte ich gesagt! - Wie heißt du?"

„Ronja", erwiderte die Kleine unsicher.

„Ronja. Ach so. - Johanna von Orléans, Robin Hood und Ronja Räubertochter. - Ist das nicht ein bisschen kindisch?", wendete ich mich wieder der Ältesten zu.

„Wir heißen zufällig so", erklärte sie trotzig.

Der Junge verriet sie durch ein Grinsen.

„Wo wollt ihr hin?"

Trotz ihrer jämmerlichen Situation tauschten sie unsichere oder besorgte Blicke.

„Wir haben uns verlaufen", sagte die Anführerin.

Mir war klar, dass ich brauchbare Antworten von ihr nicht erwarten kann. Wie es aussah, hatte sie die beiden anderen streng unter ihren Fittichen. Das Spiel mit den Namen ließ vermuten, dass sie sich verschworen hatten.

„Nehmt eure Unterhemden und reibt euch den Dreck vom Leib. Ihr stinkt erbärmlich. Wenn ihr noch Wasser braucht, in den Pfützen gibt es reichlich", sagte ich harsch, und zu Alf gewandt: „Du passt mir auf, falls sie auf dumme Gedanken kommen." Auch beim Drehen des Flugzeugs ließ ich sie nicht aus den Augen.

Widerwillig folgten sie meinem Befehl. Die Kleine, der ich vielleicht mein Leben zu danken hatte, tat mir leid. Da sie vor lauter Zittern kaum den Lumpen halten konnte, half ich ihr. Sie schaute mich dankbar an.

„Vergesst die Gesichter nicht und Ohren und Hals."

Ich kippte den Inhalt der Reisetasche auf den Sitz und kramte nach möglichen Sachen. Die Kleine bedachte ich mit dem Wärmsten, was sich finden ließ. Bis auf die Socken musste alles mehrfach gekrempelt werden. Zuletzt trocknete ich ihr mit dem Handtuch das Haar. Nie hatte ich ein schmutzigeres nach Gebrauch in Händen.

Der Regen hörte auf. Das Gewitter grollte nur noch leise aus der Ferne. Ich zog mich um, ohne recht warm zu werden.

„Jetzt du", wies ich den Jungen an, zu mir zu kommen. Mit ihm verfuhr ich ebenso. Wie auch schon die Kleine, schnallte ich ihn hernach auf der Rückbank an.

„So, Jungfrau von Orléans, nun zu dir."

„Ich möchte lieber hierbleiben", sagte sie mit einem Rest von Stolz.

„Gut", erwiderte ich ruhig. „Wäre eh eng geworden. - Komm, Alf." Ich warf die Sachen in die Tasche, legte sie auf die Rückbank, stieg ein und schlug die Tür zu. Als ich Alf auf dem Beifahrersitz in seinen Gurt schnallte, fiel er mir mit seinem Gejammer in den Rücken. Ohne Zögern ließ ich den Motor an. Die Maschine vibrierte. Hinter mir wurde es laut. Beide versuchten schreiend auf meine Schultern zu schlagen. Ich winkte ab, ohne mich umzudrehen. Erst als zwei Hände panisch ans Türfenster klatschten, stellte ich den Motor ab. Ich wartete, bis der Propeller stehenblieb. Ohne Hast stieg ich aus.

Das Mädchen, das nun vor mir stand, war keine stolze, widerspenstige Anführerin mehr. Sie heulte so haltlos, dass ihr der Rotz in breiter Spur über den offenen Mund lief und sabbernd am Kinn hing. Ich gab ihr mein Taschentuch, langte die Tasche von der Rückbank und kramte nach dem letzten sauberen Handtuch. Dann ging ich daran, sie abzutrocknen. Wie eine willenlose Puppe ließ sie alles geschehen. Wortlos zog sie die Sachen an, die ich ihr reichte. Sie sträubte sich auch nicht, als ich ihr den Gurt anlegte.

Alf musste sich mit dem Zwischenraum auf der Rückbank begnügen. Natürlich war es für ihn unmöglich zu begreifen, was geschah. Dennoch schien er sichtlich zufrieden mit dem Verlauf der Dinge.

Noch einmal schaute ich auf die drei kümmerlichen Lumpenhäufchen im Gras. Ich hob den Rucksack und die Robben auf und warf sie wortlos auf Robins und Ronjas Schoß.

Endlich saßen alle in der Maschine. Ich wartete, um dem Wasser Gelegenheit zu geben, von der leicht abschüssigen Wiese abzufließen. Ein bisschen mulmig war mir schon vorm Start. Als ich so dasaß, die geschundenen Hände am Steuerhorn, überdachte ich den Wert der Fracht. Drei Kinder. Adele und Fanny würden eine neue Aufgabe kriegen. In ein paar Jahren würden aus den Mädchen Frauen werden. Und der Junge? Augenblicklich war er der Träger all meiner Hoffnungen.

Meine Copilotin schaute mich schüchtern an.

„Da ihr so gefasst darauf wartet, dass wir losfliegen, gehe ich mal davon aus, dass ihr nicht versucht habt, am Flugzeug rumzufummeln, andernfalls kommen wir nicht weit. - Ich würde, bevor es losgeht, noch eine Kleinigkeit klären wollen." Ich klappte das Notizbuch auf, schrieb ein paar Sätze, riss die Seite aus und reichte sie meiner Nachbarin. „Wer es nicht sprechen kann, wird auch nicht mitkommen. Ich muss sicher sein, dass ich mich auf alle Passagiere verlassen kann."

Es dauerte ein Weilchen, ehe der Text zu hören war. „Ich bin frei von jedem Eid oder Schwur, den ich je geleistet habe, und befreie ebenso jeden, der mir durch einen Eid oder Schwur verbunden ist, von jeglicher Pflicht. - Dem Mann, der die Maschine fliegt, werde ich treu und gehorsam sein bis zu meinem achtzehnten Geburtstag. - Ich will ein ehrloser Schuft sein und ebenso genannt werden, wenn ich dieses Gelöbnis breche."

„Schreib da deinen Geburtstag hin. Von mir aus auch den Namen. - Jetzt du."

Der Junge schwieg lange. Dann wiederholte er mit matter Stimme den Text.

Ich reichte den Stift nach hinten. „Ronja, jetzt du."

Sie sprach die Worte mit klarer Stimme und dem Klang treuer Gefolgschaft.

Ich las die Daten und legte den Zettel ins Notizbuch zurück. Vierzehn, zwölf und neun. Nur bei der Ältesten hatte ich mich leicht verschätzt. „Mein Name ist Hartmut Schubert. Ihr könnt Hartmut sagen - oder Artus. - Wenn jemand austreten muss, sollte er es jetzt tun. Wir fliegen ungefähr drei Stunden."

Johanna und Robin schälten sich aus den Gurten und stiegen aus. Ronja blieb sitzen.

„Willst du nicht auch?"

„Ich muss nicht."

„Weil du vorhin schon eingepinkelt hast", zischte Johanna giftig.

Auch ich stieg aus und um das Flugzeug herum, um nochmal nach dem Rechten zu sehen. Alles war, wie es sein sollte. Ich erleichterte mich einige Schritte vom Flugzeug entfernt und stieg wieder ein.

Es dauerte geraume Zeit, ehe wir erneut startklar waren. Ich hatte keine Eile. Ja, ich hatte Bammel vorm Start, mehr als beim ersten Mal.

Noch einmal richtete ich Johannas Sitz und Gurt. „Der Schlag vorhin. Das tut mir leid."

Johanna nickte verschämt.

„Lass die Füße von den Pedalen und die Hände vom Steuer und setz die Kopfhörer auf, auch ihr da hinten. Wenn jemandem schlecht wird, gibt er Bescheid."

Der Motor heulte auf und kam auf Touren. Mit maximalem Schub stieß ich ab. Es war ein grausames Geholper und Gewackel. Ronja jammerte, dass ich Sorge um ihre Blase hatte. Vorm Wald hob die Maschine ab und lag nun ruhig in der Luft. Mir fiel ein Stein vom Herzen. Ich ging auf dreitausend Meter, tauchte dabei nur durch einen dünnen Wolkenschleier.

Der Flug verlief ruhig. Ich schaute nach Johanna, dann über die Schulter nach Robin. Beiden liefen Tränen übers Gesicht. Johanna wurstelte mein Taschentuch zwischen den Händen. Robin hatte die Augen geschlossen und ließ es laufen.

Als ich wieder einen Blick riskierte, schliefen beide fest. Ich fasste mit der Hand zwischen die Sitze nach hinten, um Alf zu danken. Statt seiner kalten Schnauze legte sich eine warme Hand hinein.

Die Treibstoffanzeige machte mir Sorgen. Dresden konnte knapp werden. Vorher nochmal zu landen, gefiel mir auch nicht. Also zögerte ich die Entscheidung immer weiter hinaus. Am Ende hat es wohl gerade gereicht. Es dämmerte leicht, als ich auf der riesigen Piste aufsetzte.

Ich konnte es kaum erwarten, mit der reichen Beute zu den beiden Schönen zurückzukehren. Im Wagen versuchte ich, die drei auf das neue Zuhause vorzubereiten. Kurz vor der Landung hatte ich sie aus dem Tiefschlaf geweckt. Kaum dass sie im Wagen saßen, dösten sie schon wieder ein.

„Willkommen in Dresden. Falls das irgendwie von Interesse ist."

Augenblicklich waren sie hellwach.

„Dresden?", rief Robin empört, als wenn es sich dabei um einen selten verkommenen und verrufenen Ort handelte.

„Wo wäre es euch denn lieber gewesen?", fragte ich lachend.

Johanna warf ihren Kopf herum, um Ronja einen strengen Blick zuzuwerfen.

„Das Gelöbnis gilt übrigens nicht nur in der Luft", wies ich Johanna zurecht, ohne sie anzusehen. Dem Feuer ihrer Augen nach zu urteilen, hatte der Schlaf Wunder gewirkt. Sie war schon fast wieder die Alte. „Was war es gleich, was ihr mir gelobt habt, Ronja?"

„Treu und gehorsam zu sein?"

„Auch das. - Ach ja. Um gehorsam sein zu können, braucht ihr ja noch ein paar Regeln. Regel Nummer eins: Ihr entfernt euch nur vom Haus, wenn ich weiß, wohin und wie lange. Wenn wir uns außerhalb des Hauses befinden, bin ich das Haus. - Gibt es dazu Fragen?"

Johanna benutzte nun den Rückspiegel, um sich mit den beiden auf dem Rücksitz zu verständigen oder, besser, um sie zurechtzuweisen.

„Jungfrau Johanna?"

Sie schaute mich an wie eine Wölfin. „Nein", maulte sie verhalten. „Regel Nummer zwei?", fragte sie gereizt.

„Du hast schöne Augen."

Ronja und Robin lachten. So war es nicht eindeutig auszumachen, ob Johanna vor Scham oder vor Zorn errötete.

„Über alle anderen Regeln einigen wir uns zu Hause mit den anderen."

„Mit welchen anderen?", fragte Robin heftig.

„Wie viele seid ihr denn?", schob Johanna mit angewidertem Ausdruck nach.

„Wieso habt ihr noch keine Regeln?", empörte sich Robin, noch bevor ich eine der beiden Fragen hätte beantworten können.

„Lasst ihn doch erst mal reden", meldete sich Ronja, die ihren Kopf - auf beide Robben gebettet - mit beiden Händen stützte.

„Um mit der letzten Frage zu beginnen: Regeln waren bisher nicht nötig, weil wir eine sehr harmonische, liebenswerte und intelligente Gruppe sind oder, besser gesagt, waren."

„Ach, und jetzt kommen so ein paar bekloppte und ekelhafte Kinder und machen eure schöne Eintracht kaputt", fauchte Johanna. „Wir haben nicht darum gebeten, herzukommen!"

Ich bremste den Wagen und schaltete den Motor ab.

Die drei schauten mich ängstlich an.

Mir war augenblicklich klar geworden, dass es nicht einfach werden wird. „Um die anderen beiden Fragen zu beantworten: Wir, das sind außer mir noch zwei liebenswerte Frauen mit Regel zwei. Ich habe kapiert, dass Dresden nicht der Ort eurer Träume ist, und ich habe auch kapiert, dass ihr mir diesen Ort - warum auch immer - nicht nennen wollt. Ich hoffe, er ist realer, als es eure Namen sind. Mitgenommen hab ich euch, weil ich dachte, dass es vielleicht auch in eurem Interesse liegt, wieder zu Kräften zu kommen und etwas Fleisch auf die Rippen zu kriegen."

„Wieso a u c h in unserem Interesse?", fragte Robin spitzfindig. „In welchem Interesse denn noch?" Das Letzte klang sogar ein wenig besorgt, als wären wir unterwegs zu einem allzu bekannten Hexenhaus.

„Ich glaube, die Welt oder, besser, unsere Art kann es sich im Moment nicht leisten, auf drei gesunde Angehörige zu verzichten, auch wenn sie bekloppt und ekelhaft sind." Ich wartete. Worauf, kann ich nicht sagen. Vielleicht, um ihnen und mir Zeit zum Nachdenken zu geben.

„Johanna meint es nicht so", wisperte Ronja schüchtern. „Sie redet manchmal böse. Aber sie meint es nicht so. Wir sind eigentlich nicht ekelhaft. Wir waren nur so dreckig, weil es zu kalt zum Waschen war."

Im Augenwinkel sah ich den Anflug eines Lächelns in Johannas Gesicht.

„Ronja, du bist peinlich", erklärte Robin nüchtern, ohne sie anzusehen.

„Wieso denn? Es war doch so."

Ich startete den Wagen. „Das werden wir sehen, wenn euch die Frauen auch noch den letzten Dreck abgekratzt haben."

Adele und Fanny liefen uns entgegen. Das war nicht unbedingt schmeichelhaft für mich, da das Verlangen auch den beiden charmanten Franzosen gelten konnte, die ich glücklicherweise nicht gefunden hatte; glücklicherweise natürlich nur für mich und auch nur für den Augenblick. Nach zehn Tagen Abstinenz darf man schon mal egoistisch sein und das große Ganze in den Hintergrund geraten lassen.

„Ich hoffe, ihr seid nicht gar zu enttäuscht", rief ich ihnen zu, als die Kinder noch im Wagen saßen.

Fanny begrüßte mich sehr zärtlich, Adele herzlich.

„Was hast du denn mit den Händen gemacht?", fragte Fanny besorgt.

„Vermutlich gibt es doch noch Frauen in Paris", spottete Adele.

„Ah, richtig. Fesselspiele. War ganz hübsch. Mal was anderes."

Dann stiegen die Kinder aus dem Wagen.

„Um Gottes Willen, wo hast du die denn her?", fragte Adele lachend.

„Hast du sie nackt aufgegabelt?", wollte Fanny wissen.

„Aufgegabelt ist nicht das richtige Wort. In der Originalverpackung wollte ich sie mir und euch nicht zumuten. - Wie mir versichert wurde, sind sie nicht so ekelhaft, wie sie aussehen."

„D u bist ekelhaft. Sie sehen doch süß aus", belehrte mich Fanny. „Ich hoffe, dass sie dich nicht verstehen."

„Wenn ich vorstellen darf: Johanna, vierzehn Jahre, Robin, zwölf, und Ronja, neun Jahre alt. - Die beiden Schönen, von denen ich euch schon so viel erzählt habe, Fanny und Adele."

Ronja kam näher und gab Adele mit einem Knicks die Hand, dann Fanny.

„Ihr verdanke ich mein erstes Leben, dem jungen Mann vielleicht mein zweites und - Alf mein drittes."

Die Frauen nickten irritiert.

„Vielleicht sollten wir ins Haus gehen", schlug Fanny vor.

„Am besten gleich ins Badezimmer. Wenn der Dreck nicht abgeht, in der Garage hängt eine Drahtbürste. Und macht am besten auch gleich eine Wurmkur."

„Warum bist du so gemein?", fragte Adele. „Wo sie dir das Leben gerettet haben."

„Den Jungen wäschst du aber", protestierte Fanny beinahe panisch.

„Ich habe unter sehr schwierigen Bedingungen alle vorgewaschen, da ist es wohl nicht zu viel verlangt, wenn ihr jetzt bei allen den Feinschliff besorgt."

„Wir können uns auch alleine …"

„Ab morgen", wies ich Johannas Vorschlag brüsk ab.

Als ich vom Schreibtisch und der Niederschrift weg ins Geschehen zurückkehrte, saß die kleine Familie friedlich am Küchentisch; Fanny und Adele noch immer mit hochgekrempelten Ärmeln, die Frischgebadeten in Bademänteln. In meinem Morgenmantel sah Robin gar nicht mehr so klein aus.

„Was haben sie denn mit deinen Haaren gemacht?"

„Sieht gut aus", kam Fanny jedem Gejammer zuvor. „Bei seinen Haaren hätte nicht mal die Drahtbürste geholfen."

„Das Fleisch, die Würstchen, Butter und all das ölige Zeug könnt ihr wegräumen. Es gibt nur Gemüsesuppe."

Robin langte blitzschnell auf die bereits aufgehobene Platte und schob mit drei Bissen ein Würstchen in den Mund.

„Ich hoffe, es kommt nicht noch schneller wieder raus."

„Hartmut."

„Wie lange habt ihr nichts Gescheites mehr gegessen?", drang ich in Robin. „Spuck es aus!"

Fanny hielt ihm einen kleinen Teller vor den Mund.

Widerwillig gab er das Würstchen zurück. „Keine Ahnung. Ich hab die Tage nicht gezählt", murrte er gequält.

„Johanna?"

„Vielleicht drei Wochen oder vier."

„Bestimmt fast ein Jahr", klagte Ronja bitter, die wie die anderen beiden mit blutendem Herzen den Abflug der Mahlzeit verfolgte.

Zugegeben, in Wahrheit habe ich auch keine Ahnung, ab wann man mit einer speziellen Kost beginnen muss, um Ausgehungerte nicht gleich mit der ersten Mahlzeit umzubringen. Immerhin wusste ich um das Problem. Ohne auf die Bemerkungen von allen Seiten einzugehen, drückte ich mit der Gabel alles Gemüse und ein paar Kartoffeln klein. Im noch auf dem Herd stehenden Suppentopf mischte ich das Ganze mit viel Wasser und Brühpulver und ein wenig Salz. Beherzt stellte ich fünf tiefe Teller auf den Tisch.

Ronja brachte Löffel.

Adele hatte schon aus dem Hintergrund mit der Hand abgewehrt.

„Du wirst dich doch nicht von unserem ersten gemeinsamen Mahl ausschließen." Ich setzte mich und griff demonstrativ zum Löffel. „Als Regel Nummer drei würde ich vorschlagen ...“

„Sollten wir nicht mit der Eins beginnen?“, fragte Adele spitz, die sich immerhin wieder setzte.

„Die erste Regel geht nur uns vier was an; die zweite nur - Frauen und Mädchen.“

Die Kinder lachten.

„Hartmut.“

„Der Herr ist sehr witzig“, meinte Adele genervt.

„Du bist auf dem Holzweg. Lass dir das nachher von Ronja erklären. Gut, wollen wir die erste Regel *Grundregel* nennen und die zweite ...“

Ronja war schneller. „Schönheitsregel.“

„Super. Dann beginnen wir mit Regel eins. Alle Mahlzeiten werden gemeinsam eingenommen, auch, oder erst recht, wenn es vorher ein Donnerwetter gegeben hat. Ausnahmen nur in schweren und erklärbaren Fällen. - Einwände?“

„Nein“, sagte Adele sanft.

Ich ging die Gesichter ab. Fanny, Johanna und Ronja schüttelten den Kopf.

Als ich bei Robin angekommen war, fragte er: „Ist das eine Artus-Regel?“

„Wieso?“

„Klingt so.“

Mir fiel ein, dass ich Artus als Alternative für Hartmut angeboten hatte, um kein Spielverderber zu sein. Das war ein Scherz gewesen und schon wieder vergessen. Artus-Regeln. Das hatte Potential. Von Artus wusste ich nicht wirklich was, aber es war anzunehmen, dass auch alle anderen nicht zu viel Ahnung haben. Nur ließen sich Artus-Regeln nicht mal so nebenbei am Suppenteller erfinden. „König Artus entwickelte in seiner Runde die *Regeln der Ritterlichkeit*. - Heute kennt sie kaum noch einer. - Aber lasst uns jetzt essen. - Guten Appetit.“

Alle erwiderten den Wunsch, wenn auch in recht unterschiedlichem Tonfall.

„Um was geht es da?", fragte Johanna.

Mein Hirn lief auf Hochtouren, aber nicht schnell genug. Ich musste Zeit schinden. „Im Grunde ging es um alles." Da hatte ich mir also die Latte so hoch wie nur möglich gelegt. „In einem Satz gesagt, ging es darum, die Edlen von den Unedlen zu unterscheiden." Das war richtig gut.

„Jetzt, wo wir ganz toll gewaschen sind, sind wir nicht mehr ekelhaft."

„Ronja, du bist peinlich."

„Im Gegenteil", trat ich Robin entgegen. „Das war eine sehr wichtige Bemerkung. Bei den *Regeln der Ritterlichkeit* geht es nur selten um Äußerlichkeiten. Im Vordergrund steht die Gesinnung."

Alle Blicke waren bei mir, auch die der Frauen. Die Suppe schien unwichtig geworden zu sein. Sie wurde nur noch mechanisch nebenher gelöffelt. Ich war irritiert.

„Hat das was mit den *Graden der Ritterlichkeit* zu tun?", fragte Robin.

Das war ja viel besser. Weiß der Henker, aus welchem Computerspiel er das hatte. „Sicher", sagte ich nüchtern. „Die Einhaltung der Regeln ist ja die Voraussetzung für die Erlangung der Grade. Deshalb werden sie auch *Grade der Ritterlichkeit* genannt. Um sie einhalten zu können, muss man sie aber erst mal kennen."

„Du kennst sie?", fragte Johanna.

Das war eine verfängliche Frage. Ich suchte rasch nach einer ausweichenden Antwort. „Du solltest sie kennen, Jungfrau Johanna."

„Harmut."

„Hast d u etwa Grade der Ritterlichkeit?", fragte Robin skeptisch.

„Darüber spricht man nicht."

„Wie viele gibt es denn?", wollte Ronja wissen.

„Zehn", gab ich trocken zurück.

„Du kennst sie alle zehn?", bohrte Johanna weiter.

Ich gab mir Mühe, den Kopf weder vertikal noch horizontal zu bewegen.

Adele verzog den Mund zu einem unentschiedenen Grinsen. „Ist das auch ein Spiel für Frauen?"

Ich sah ihr lange ernst in die Augen. „Es ist kein Spiel. Gerade Frauen wären die größten Nutznießer, wenn es nur etwas mehr Ritterlichkeit in der Welt gäbe. - Sie genießen übrigens schon von Natur aus einen Grad."

„Dann hab ich den ersten Grad?", fragte Ronja aufgeregt.

„Ja."

„Wieso denn das? Bloß weil sie Weiber sind?", maulte Robin.

Ich löffelte ruhig und sprach dann ebenso in Robins Richtung: *„Mädchen und Frauen besitzen von Natur aus den ersten Grad der Ritterlichkeit durch ihre Fähigkeit und dem dieser Fähigkeit innewohnenden Heldentum, Kinder zu gebären. Daher beanspruchen sie den besonderen Respekt, der den männlichen Anwärtern aus der Beachtung der Regeln des zweiten Grades abverlangt wird. Der erste Grad ist für Frauen und Mädchen also der zweite."*

Fanny schaute bestürzt. „Warst du mal in einer Sekte oder so? - Das kannst du dir doch unmöglich gerade erst ausgedacht haben."

Das kam wie abgesprochen. Ich hatte zu tun, ernst zu bleiben. Die gespielte Entrüstung half mir dabei. „Hallo? - Rede ich chinesisch? Die Regeln sind - hunderte Jahre alt. Verwaltet werden sie von einem geheimen Orden, der auch die Grade verleiht."

„Und wie heißt er?", fragte Johanna.

„Schon das ist geheim."

„Aber wie soll man dann an ihn rankommen?"

„Gar nicht. Sie kommen an dich ran, wenn es so weit ist."

„Wenn was so weit ist?", fragte Ronja.

„Na wenn du würdig bist, einen Grad zu kriegen", belehrte sie Robin abfällig.

„Ich hab schon einen, und du noch nicht", gab sie schnippisch zurück.

Die Frauen lachten, auch Johanna.

„Das ist ja Blödsinn", maulte Robin. „Woher soll man wissen, wie man sein soll, wenn man die Regeln nicht kennt?"

Nicht dumm, der Junge. „Was macht euer Magen?"

„Was hat der damit zu tun?", fragte Robin gereizt.

„Er will wissen, wie wir die Suppe vertragen", sagte Ronja fast demütig.

Jetzt konnte selbst ich das Lachen nicht verkneifen. „Wenn alles zum Besten steht, könnten wir vielleicht noch einen Teller essen?"

Fanny bediente uns.

Robin löffelte grübelnd oder umgekehrt.

Ich hatte Angst, ihn zu verlieren. „Das ist so. Die ersten beiden Regeln muss man selber erkennen und aus sich selbst leben, bis ein Ordenshelfer auf dich aufmerksam wird. Und dann bekommst du die jeweils neue Aufgabe."

„Aufgabe?", forschte Johanna.

„Natürlich. Die Regeln sind wie schwere Aufgaben. Und sie werden natürlich immer schwerer."

„Kennst du sie alle?", wollte Ronja wissen.

„Ich denk schon", erwiderte ich leichtsinnig.

„Aber dann musst du ja alle Grade haben", platzte Johanna leidenschaftlich heraus.

Diesmal musste ich mich nicht verstellen. Ich war wirklich überrumpelt und beschämt und ängstlich, mich verrannt zu haben.

„Nicht unbedingt", sagte Robin bedächtig. „Den zehnten muss er nicht haben. Den hat er vielleicht noch vor sich, oder …"

Alle schauten zu mir.

„Du bist ein pfiffiger Kerl", sagte ich leicht zerknirscht. „Zugegeben, ich hab es schon zweimal versucht. Es ist eine Viecherei, um es mal lax zu sagen."

Ronja streichelte mir die Hand. „Beim nächsten Mal schaffst du es vielleicht."

„Du bist lieb. Aber ich glaube, dafür reicht die Zeit nicht mehr." Das klang sehr dramatisch.

„Was musst du denn tun?", fragte Johanna arglos.

„*Lebe mit dir allein und allen deinen guten und bösen Geistern ein Jahr lang in einer Wildnis oder Einöde fernab von den Früchten der Zivilisation.*"

„Das darfst du doch nicht verraten", warnte Robin ängstlich.

„Das war nur der Einleitungssatz. Die Aufgabe kommt erst."

„Ein Jahr in der Einöde ist doch krass genug."

Johanna sah mich schwärmerisch an. „Wenn die ersten beiden Aufgaben aus sich selbst erkannt werden müssen, dann hättest du uns die erste auch nicht nennen dürfen."

„Stimmt. - Manchmal sind Ausnahmen erlaubt."

„Und wann?", fragte Robin.

„Wenn man jemanden besonders mag", sagte ich, Ronja übers seidige Haar streichelnd. Dann schaute ich Johanna an. „Oder wenn man Angst hat, dass jemand, der eigentlich das Zeug hat, alle Grade zu erreichen, schon über den ersten stolpert."

„Wenn du fair bist, verrätst du Robin auch den ersten", sagte Fanny mit hintersinnigem Flunsch.

Da hatte ich mich herrlich aufs Glatteis begeben. Drei, vier Löffel ließ ich mir noch Zeit. *„Sei höflich gegen jedermann und höre an, wer immer dich bittet. Es gibt nur einen niederen Dienst, darum ende jeglicher Dienst, wo er beginnt, dich zum Sklaven anderer oder deines Diensteifers zu machen."*

„Ich hab kein Wort verstanden", maulte Robin.

„Ich auch nicht", gab Ronja zu.

„Das klingt furchtbar altmodisch", klagte Johanna.

„Wenn es doch alt ist. - Gut, manches ist ein bisschen umständlich formuliert. Und dann ist es ja auch eigentlich nichts für Kinder. - Vergesst nicht zu essen."

„Hast du alles verstanden, Fanny?", fragte Ronja.

„Wenn ich ehrlich bin, nicht ganz."

„Na gut", holte ich aus. *„Sei höflich gegen jedermann* ist wohl klar, oder?"

Alle murmelten ein Ja.

„Höre an, wer immer dich bittet."

„Auch." Das war Johanna.

„Tatsächlich?" Ich schaute sie nachdenklich an. „Dann erkläre ich es Ronja. Weißt du, in normalen Situationen ist das ganz selbstverständlich. Aber in den Regeln geht es meist um die anderen, etwas kniffligeren Situationen. Wenn du zum Beispiel mit einer Pistole vor einem Mann stehst, der dir - warum auch immer - im Wege ist, und er etwas sagen will, bevor du ihn erschießt …"

„Hartmut, bist du bei Trost!", schritt Fanny entrüstet ein. „Hast du in Paris was genommen? Das ist doch kein Beispiel für Kinder."

„Vielleicht hast du recht", drehte ich scheinbar beschämt bei.

Fanny sah die Kinder an, die sehr erst geworden waren, dann Adele, dann mich.

„Das mit dem Dienst ist nicht so kompliziert", fuhr ich fort. „Es will sagen, dass man Menschen dienen kann, wenn man glaubt, dass sie es nötig haben oder verdienen. Aber nur so weit, dass man immer noch frei und man selber bleibt, sowohl gegenüber dem Menschen, als auch der Idee, auch wenn beide noch so edel sein mögen. Also wenn wir das Beispiel von vorhin nehmen, geht es um die, die dabeigestanden und nicht alles gesagt oder getan haben, was sie gern hätten tun und sagen wollen, weil sie das Mädchen mit der Pistole …"

„Ich weiß, was du meinst", sagte Robin.

„Ich auch", flüsterte Ronja.

Fanny und Adele schauten sich betroffen an.

„Will jemand noch einen Teller Suppe?"

„Ich würde gern schlafen", sagte Johanna bekümmert.

„Ja, der Herr hält kluge Reden", stichelte Adele. „Hat er vielleicht auch eine Idee, wo die Gäste schlafen können?"

„Die beiden Mädchen im Kinderzimmer, Robin auf der Ottomane im Arbeitszimmer."

„Kann ich nicht auch bei den Mädchen?"

„Klar."

Als wir eine Stunde später nach den Kindern sahen, schliefen sie fest. Fanny legte die beiden gewaschenen, noch feuchten Robben neben Ronjas Kissen.

„Das hast du gut gemacht", flüsterte Adele. Leider war nicht ganz klar, was genau sie damit meinte.

Beide Frauen sahen aber ziemlich zufrieden, ja beinahe glücklich aus, ein Eindruck, der sich wenig später unter ganz anderen Umständen noch einmal wiederholen sollte …

Ich erwachte sehr spät. Die Nacht hatte ich im Wesentlichen damit zugebracht, die noch fehlenden *Regeln der
Ritterlichkeit* zu erfinden. Es war ein außerordentlich
schwieriges Unterfangen gewesen. Mit fortschreitender
Müdigkeit hatte der Antrieb nachgelassen. Zudem war
es mir immer unwahrscheinlicher vorgekommen, dass
sich andern Tags auch nur einer an dieses Thema erinnern wird. Wenigstens war es mir mit viel Mühe gelungen, eine grobe Struktur zu ersinnen und die Regeln des
zweiten, dritten und vierten Grades auszuformulieren.
Bevor mich der Schlaf übermannte, hatte ich es gar
geschafft, die zweite Regel auswendig vor mich herzubeten.

Erneut drangen Lachsalven an mein Ohr. Gibt es ein
schöneres Erwachen? Vor allem Adele und Ronja waren
herauszuhören. Wenn mich nicht alles täuschte, war vor
allem Robin Gegenstand der Heiterkeit oder des Ge-
spötts.

Ich beeilte mich mit der Morgentoilette und zog mich
rasch an, um dem Gepeinigten beizustehen. In der geräumigen Wohnstube sah es aus wie in einer Boutique.
Mein Kommen wurde nur beiläufig - begrüßt ist nicht
das richtige Wort. Nach einem kümmerlichen „Guten
Morgen" wendete man sich wieder der offensichtlich
spannenden, sehr unterhaltsamen Szene zu. Die Kinder
sahen aus wie aus einem Modekatalog. Auf allen hori-
zontalen Flächen, einschließlich des Fußbodens, lagen
Kartons und Tüten, geschlossen oder schon aufgerissen.
Beide Frauen hielten Robin unterschiedliche T-Shirts
vor die Brust und erheiterten sich an seinem Gesichts-
ausdruck. Ronja lachte mit.

„Ausgeschlafen, der Herr?", fragte Adele. „Wir waren so frei, schon mal eine Kleinigkeit zum Anziehen zu besorgen."

„Ach ja."

„Johanna wehrt sich gegen alles, was sie schöner macht", beklagte sich Fanny. „Vielleicht hört sie ja auf dich."

„Eher nicht", erwiderte ich nüchtern.

„Wenn ich sehe, wie du sie anschaust, bist du am Ende der Grund ihrer - Vorsicht."

„Adele."

Robin lachte. Klar war er froh, dass ich ins Zentrum des Spotts gerückt war.

„Das kann gut sein", sagte ich in seine Richtung. „Bisher hatte ich nur ihre Augen bewundert. Der Rest war eher weniger sehenswert."

„Hartmut!"

„Aber ihr habt was draus gemacht. Respekt. Wenn ihr aus den Haaren noch etwas wie eine Frisur zaubern könntet ..."

„Du bist abscheulich", schnarrte Adele.

Johannas Gesicht war von sehr gesunder Farbe.

„Darfst du denn so reden?", fragte Ronja vorsichtig. „Johanna ist doch ein Mädchen, und ..."

„Ich finde auch, dass sie aussieht wie eine Vogelscheuche", sagte Robin.

„Stopp. - Erst einmal muss geklärt werden, wer noch der Meinung ist, dass sie aussieht wie eine Vogelscheuche. Ich bin es ausdrücklich nicht. Ronja hat möglicherweise recht. Vielleicht hab ich es an Respekt vermissen lassen. Aber es lag nicht in meiner Absicht, sie zu kränken."

„Es war ja nicht schlimm." Johanna war hörbar und sichtlich bemüht, aus dem Mittelpunkt zu kommen.

„Aber gut, dass Ronja aufgepasst hat. Im Grunde hat sie sich damit den zweiten Grad verdient."

„Wie bitte? Wie ungerecht ist das denn?", empörte sich Robin. „Bloß weil sie ein bisschen rumschleimt. Schon den ersten Grad hat sie …"

„Moment. Der erste Grad steht nicht zur Debatte. Den hat sie von Natur aus. An der Natur lässt sich nicht deuteln. - Und dann hat sie nicht geschleimt, sondern sich für die Schwächere eingesetzt. Das ist bewundernswert."

„Pah. Sie kriegt den Grad, ohne dass sie überhaupt weiß, um was es geht."

„Ich denke, Hartmut, also Artus, wird uns gleich mit dem Wortlaut beglücken", kündigte Adele spitz an.

„Heißt das, ich kriege ihn wirklich?", fragte Ronja.

„Siehst du, sie hat's noch nicht mal geschnallt."

„Du solltest zuhören, mein Freund, damit du nicht ewig im Stand eines Bauerntölpels verharrst. - *Sei besonders aufmerksam und höflich gegen Mädchen und Frauen. Erhebe weder die Hand noch die Stimme gegen sie, denn in ihnen schlummert ein Heldentum der besonderen Art, dem du nicht gewachsen bist. Denke daran, dass Liebe und Wollust verschiedene Dinge sind. Darum sei alles Werben ohne List und Verstellung. Auch das kurze Abenteuer der Leidenschaft darf keinen Verletzten zurücklassen. Lebe die Leidenschaft, ohne dass sie Leiden schafft.*"

„Originell", meinte Adele mit glasigen Augen. „Man hat das Gefühl, es schon mal gehört zu haben."

„Vielleicht nicht ganz altersgemäß", gab Fanny zu bedenken.

„Das hatten wir schon", verteidigte ich mich. „Adele hat es hören wollen."

„Und ich", sagte Ronja stolz. „Jetzt hab ich schon zwei?"

„Sicher. - Ich will eure Anprobe nicht weiter stören. - Wie ist es der Suppe ergangen?"

„Ich denke, gut", sagte Adele. „Vielleicht darf sie ja nun etwas kräftiger sein?"

„Ihr zwei seht übrigens umwerfend aus."

Beim Frühstück nahm Adele das Wort. „Da ihr, Dank Artus, im Bereich der sittlichen Bildung in den allerbesten Händen seid, sollten wir auch an die restliche Bildung denken."

Ronja stellte einen Pott Kaffe vor mich hin. „Ist schon alles drin", sagte sie stolz.

Robin holte tief Luft, und noch ehe ich ihn bremsen konnte, rief er ungehalten: „Pass auf, dass dir die Tasse nicht aus der Hand rutscht, so schleimig, wie sie ist."

Keiner lachte. Keiner wies ihn zurecht. Fanny schüttelte den Kopf.

Robin schaute von Gesicht zu Gesicht, bis er bei meinem angekommen war. „Wenn du die Güte hättest, mir zu gestatten, dir ab heute den Hintern abzuwischen …"

Johanna drehte sich nach hinten, um ihr Lachen zu verbergen.

Fanny und Adele legten wie verabredet die Hände vor den Mund.

„Ich danke dir, mein Lieber", antwortete ich mit großen Ernst. „Möglicherweise komme ich in zwanzig Jahren noch einmal auf dein Angebot zurück. - Adele war eben dabei …"

„Wir haben schicke Schulmöbel gesehen", schwärmte Fanny. „Da Artus eh vor allem nachts arbeitet, könnten wir das Arbeitszimmer in ein Schul…"

„Hör ich richtig?", maulte Robin. „Wir sind noch keinen Tag hier, da sollen wir schon in eine Art Schule? Wer soll uns denn unterrichten?"

„Nahezu alle Kinder der Edelleute hatten Einzelunterricht", gab ich zu bedenken.

„Einzelunterricht? Das wird ja immer schlimmer. Da kann man sich ja nicht mal einen Moment abducken."

„Von *Abducken* solltest du gerade in diesem Zusammenhang nicht reden. Es versperrt den Zugang zum siebten und achten Grad."

Alle schauten mich erwartungsvoll an. Ich ermutigte Fanny und Adele aber nur nickend, fortzufahren.

„Wir dachten an sechs Stunden täglich, außer an den Wochenenden. Befreiungen sind in begründeten Fällen möglich", führte Fanny aus.

„Vier Stunden nach dem Frühstück und zwei nach dem Mittagsschlaf", setzte Adele fort.

„Mittagsschlaf?" Robins Empörung hatte etwas sehr Körperliches. „Oh Mann, wo sind wir denn hier hingeraten? Das ist doch der tiefste Griff in die Kacke, den man sich vorstellen kann. - Johanna, sag doch auch mal was."

„Du solltest dich mäßigen und auf die Wortwahl achten, Robin."

„Wortwahl?"

„Du sprichst ein bisschen viel von Kacke."

„Hallo? - Was ist denn mit dir los?" Er schaute hilfesuchend in die Runde. „Ronja? - Ihr spinnt doch. Ihr macht nur so Spaß, oder?" Er war immer leiser geworden. „Ronja. Mittagsschlaf", sprach er langsam und suggestiv.

„Ehrlich gesagt, bin ich schon wieder müde", gestand sie leise.

„Ach so", sagte er geschlagen. Er wischte sich die Augen und legte die Hände züchtig aufeinander. „Mit der Schule und dem Mittagsschlaf, das sind richtig gute Ideen", sagte er dann mit einer ganz anderen Stimme. „Es war nur der erste Schreck."

Ich konnte mich nicht beherrschen. Nach mir kreischten alle anderen.

„Es war doch nur ein Gag, oder", schloss Robin erleichtert.

Damit brach er noch mehr Gelächter los.

Adele zog ihn zu sich und an ihre Brust. „Es wird nicht so schlimm, wie du denkst."

„Ich werde Mathematik, Kunst und Musik unterrichten. Adele Deutsch und Englisch. In die Naturwissenschaften teilen wir uns rein. Wir hoffen hier sehr auf deine Unterstützung, vor allem, was die praktische Seite angeht, und auch in handwerklichen Dingen."

Damit war ich gemeint. „Gern."

„Natürlich ist es kein Einzelunterricht", ergänzte Adele, die Robin noch immer in angenehmer Obhut hielt.

Robin schälte sich aus ihren Armen. „Wie soll das gehen? Ronja ist mindestens drei Jahre zurück."

„Du bist selber zwei Jahre zurück", wies ihn Johanna zurecht.

„Na eben", maulte er.

„Wir werden so weit vorn wie nötig anfangen", sagte Adele. „Möglicherweise sind wir euch manchmal nur um eine Stunde voraus. In Mathe kriegt ihr natürlich Aufgaben, die eurem Format entsprechen."

„Da kann ich mich gleich zu Ronja setzen."

„Bei mir war das auch nicht so toll", gestand sie leise.

Ich war überrascht von der Umsicht und Vorausschau der beiden Schönen. Ich gestehe, dass ich froh war, nicht fester in das Vorhaben einbezogen worden zu sein. Auch ich hatte meine Pläne. „Wenn wir schon mal dabei sind. Ich hätte da auch noch was."

Robin sah mich an wie einen Strohhalm. Die Frauen kräuselten die Stirn.

„Dem Schulprojekt schließe ich mich ohne Wenn und Aber an."

Robin sank mit dem Kopf auf die Tischplatte.

„Wir sollten nur noch mal den Umfang des täglichen Unterrichts bedenken."

Hier strahlte er mich an.

„Vier Stunden am Vormittag dürften bei dieser Art Unterricht genügen." Ich sah die verstimmten Gesichter der Frauen. „Auch für euch. - Wir dürfen nicht vergessen, dass es bald nötig sein wird, wichtige Lebensmittel selbst anzubauen oder zu produzieren."

„Was meinst du mit *produzieren?*", fragte Adele spitz.

„Bier, Wein, Käse. - Die Nachmittage brauchen wir für den praktischen Unterricht. Was man nicht mit den Händen macht, vergisst man gleich wieder. Wir müssen möglichst viel auf eine Weise lernen, die sicherstellt, dass wir es so bald nicht wieder vergessen."

Ronja hatte wohl nicht viel verstanden. Robin sah aus, als hoffte er, nicht alles verstanden zu haben.

Johanna nickte. „Das klingt gut, auch wenn es sich nach viel Arbeit anhört. Langweilig wird es wohl nicht werden."

Ich tat mich schwer, ihrer auch im Gesicht erkennbaren offenen Freude zu trauen.

„Wann geht es los mit der Schule?", fragte Robin in böser Vorahnung.

„Jetzt", gab Adele mit dem nettesten Lächeln zurück.

„Ich denke, wir haben noch nicht mal Möbel."

„Die besorgt Artus heute Nachmittag mit dir."

„Statt Mittagsschlaf?"

„Danach, mein Schatz."

19 Tage sind vergangen.   21. Februar

Der Start ins Familienleben war fulminant und vielversprechend. Natürlich kam bald Gewohnheit in die Sache. Und an mancher Schraube wurde noch hin und her gedreht. In allem waren die Tage ausgefüllt mit notwendigen, naheliegenden Beschäftigungen und Verrichtungen. Vieles davon verwandelte sich wie von selbst in ein Spiel. Die Kinder waren grandios.

Die schönsten Momente bescherte mir das abendliche Lesen. Adele hatte es eingeführt und bald auch mich oder Fanny damit betraut. Gelesen wurde alles, was gut ist, wie sich Adele auszudrücken pflegte, die natürlich auch bestimmte, w a s gut ist. Ort des Geschehens war das Schlafzimmerbett, das groß genug war, um alle zu versammel. Wenn ich las, kuschelten sich Robin und Ronja mit beiden Robben an mich, während sich die anderen drei am Fußende lagerten. Wenn eine der Schönen las, saßen beide am gepolsterten Bettgiebel, Ronja mit ihren beiden Robben dazwischen, die anderen beiden außen und ich allen gleichsam zu Füßen. Schlief einer ein, wussten die anderen, dass er einen besonders großen oder anstrengenden Teil der Tagesarbeit bewältigt hatte. Nicht selten schlief auch der ein, der das Buch in Händen hielt. Schlaf war etwas nahezu Heiliges, und selbst Robin überwand nach einiger Zeit seinen Widerwillen gegen den Mittagsschlaf.

Nach den aus Sicht eines Hundes unendlich öden Stadtrundfahrten in Paris und vordem in Dresden und Berlin genoss Alf die stundenlangen Ausflüge in die winterliche Natur, die brachen Felder und Wiesen ringsum, die wir für die Frühjahrsaussaat auswählten und, wo es nottat, auch vorbereiteten, aber auch die gelegentlichen Jagden in den angrenzenden Wäldern. Wenn er mich auch noch immer als Rudelführer betrachtete, tiefere Zuneigung schien er zu Ronja gefasst zu haben, der er nicht von der Seite wich, und die sich ihm gegenüber so ziemlich alles erlauben durfte. Ja, am liebsten tobte er mit den Kindern alleine durch die Gegend. Bevor ich diese Alleingänge erlaubte, hatte ich die drei mit Waffen und guten Ratschlägen ausgestattet. Ganz ruhig und sorglos war ich dennoch nie, wenn sie außer Sicht waren.

Besorgungen machte ich - wo möglich - mit den Kindern. Neben den *Graden der Ritterlichkeit* gehörten diese zumeist abenteuerlichen Raubzüge zu den wichtigsten pädagogischen Anreizen. Eine härtere Strafe als den Ausschluss von diesen Unternehmungen gab es nicht. Ja, es ist nicht leicht, Kinder zu lenken, wenn man sie mit der Erfüllung von Wünschen kaum noch locken kann in einer Welt, die einen geradezu sagenhaften Überschuss an beinahe allen Dingen bereithält. Wichtigstes Utensil bei diesen Ausflügen war die Taschenlampe. Wohin man auch kam, ob Museum, Fabrik, Markt oder Laden, überall fehlte es an Licht, und nur selten waren die Hallen und Räume noch ans Stromnetz angeschlossen.

Eine der eindrücklichsten Erkundungen war die des Elbeparks, einer großen Einkaufspassage am Rande der Stadt. Vorm Großen Sterben war ich hier von Zeit zu Zeit, um diverse Einkäufe zu machen. Auch jetzt war der Komplex angefüllt mit fast der kompletten Palette privat nutzbarer Erzeugnisse. Aber nicht das war staunenswert. Die Verwandlung war es, die Verwandlung vom lichtvoll strahlenden Warentempel zum düsteren Moloch; vom stolzen Palast der Begehrlichkeiten zu einer von Architekten entworfenen Gruft aus Stahlbeton und Glas. Früher waren die breiten Flure, Rolltreppen und Plattformen nicht m e h r gewesen, als komfortable Wege in die vielen Geschäfte. Im Dämmer des nur schwach in die untere Etage dringenden Oberlichts wurden sie zu beeindruckenden Gewölben. Nur wenigen war es damals vergönnt, das Interieur ohne künstliches Licht zu sehen.

Wir schritten langsam durch die hohen Gänge über die stehenden Rolltreppen dem sparsamen Licht entgegen. Selbst ganz oben war es nicht wirklich hell. Die letzte Ebene erstreckte sich in ein langgezogenes Oval und wirkte wie ein riesiges Schiff in einem abendlichen Gewitter. Es gab Masten und Säulen und rätselhafte Abgänge unter Deck. Die verdorrten Palmen wirkten wie skurril verrenkte Gestalten.

Ronja hielt sich fest bei mir und bat immer wieder, die Taschenlampe anschalten zu dürfen. Das war schon deshalb streng verboten, weil dann aller Zauber erloschen wäre. Er war auch so vergänglich genug. Je besser sich die Augen an die Finsternis gewöhnten, je mehr schrumpfte der Raum für die Phantasie. Wir standen in der Mitte der Etage und belebten das Geister- oder Totenschiff mit schaurigen Figuren und Geschichten. Robins Schilderungen waren - zu Ronjas Leidwesen - besonders lebensnah und grausam. Warum hat das Horrible einen so starken Reiz? Johanna mahnte Robin immer wieder, es nicht zu übertreiben. Ronja vergrub ihr Gesicht in meinem Mantel. Als sich Robin ausgetobt hatte, gingen wir ein Stück weiter zu einer Bank, auf der ich eine weniger schaurige als rührende Geschichte erzählte. Zum Schluss saßen wir noch ein ganzes Weilchen schweigend da und horchten in die Stille. Dann schälten sich auch noch die gewöhnlichsten und unwichtigsten und alltäglichsten Details aus der grauen Masse, jener Ursubstanz der Phantasie. Wir knipsten die Taschenlampen an und durchstöberten die Geschäfte nach Brauchbarem oder Unsinnigem. Vieles wurde ausprobiert, bestaunt oder verspottet. Nur selten ließen wir wirklich etwas bei unseren Raubzügen mitgehen, es sei denn, es taugte besonders gut dazu, die Frauen zu verklappsen.

Alle wichtigen Dinge hatten wir schon beschafft, Waffen für die Jagd und landwirtschaftliche Gerätschaften und Maschinen. Komplizierter war es, sie zu bedienen. Und noch schwerer fiel es uns anfangs, auch das Drumherum richtig zu machen. Wie verfährt man mit erlegtem Wild? Wie bereitet man den Boden für die unterschiedlichen Früchte vor? Wie tief und breit sät man aus? Wie viel sollte gegossen werden? - Ohne das enzyklopädische Netzwerk hätten uns vermutlich die Misserfolge schnell entmutigt oder auf weite Sicht gar verhungern lassen.

Mit Robin hatte ich ein komfortables Gewächshaus besorgt und an der Südseite des Hauses aufgestellt. Am anstrengendsten war es gewesen, die zweihundert Säcke mit bestem Gartenboden einzufüllen. Das große Foliezelt war wie ein kleines Labor für den späteren Feldanbau. Beim Gemüse zeigten sich schnell Erfolge, die vor allem der Küche zugutekamen.

Die Kochkünste der beiden Schönen, die zu bereichern ich nur selten Gelegenheit hatte, brachten rasch wieder Fleisch auf die Rippen der drei Ausgehungerten. Besonders auffällig war der Zuwachs bei Johanna. Aber auch Robin tat es gut. Mir wäre es nicht aufgefallen, wenn Fanny nicht eines Nachts davon gesprochen hätte. Vom ersten Kontakt an, also seit der angeordneten Reinigung, war sie unsicher im körperlichen Umgang mit Johanna und mehr noch mit Robin gewesen. Da hatte sie vor allem die Größe seines Gliedes irritiert. „Findest du nicht, dass es ziemlich groß ist für sein Alter?", hatte sie vorsichtig gefragt. „Manche haben eben Glück", hatte ich flapsig geantwortet und dann noch ernst hinzugefügt: „Mach dich schon immer mal ein bisschen mit ihm vertraut." Das war alles andere als gut angekommen. Es hatte auch nicht viel geholfen, das große Ganze in Erinnerung zu rufen. Mit einem entrüs-

teten „Ich geh doch nicht mit einem Kind ins Bett!"
und einer nachhaltigen Verminung der Thematik war
der Disput zu Ende gegangen.

Fanny ist von mädchenhafter Gestalt und nicht größer
als Johanna, Robin trotz seiner zwölf Jahre kaum kleiner
als sie. Es war heikel. Andererseits tickte die Uhr. Natürlich wurde mir unterstellt, dass ich mit diesen merkwürdigen Ansichten und Vorstößen nur meinen Begehrlichkeiten gegenüber Johanna den Weg bereiten will. Es
war vertrackt. Wenn ich auf den Zustand und das Alter
Johannas verwies, kam natürlich das Argument, dass
Robin noch zwei Jahre jünger ist. Dass es einen Unterschied gibt zwischen der Bereitstellung einiger Tropfen
wertvollen Samens in einer nicht unangenehmen Situation und einer neunmonatigen Schwangerschaft mit
risikoreicher Entbindung, wollte man nicht gelten lassen. Auch nicht, dass ich mich als Zwölfjähriger gern
von zwei schönen Frauen hätte verwöhnen und anleiten
lassen. Es war offensichtlich nicht vermittelbar. Mein
letzter Ausweg war das offene Gespräch, also der Gang
aufs glatte Eis.

Zuvor suchte ich sicherheitshalber im Netz nach
kompetenten Artikeln, um mich beim Eislauf nicht
unnötig oft auf den Hintern zu setzen. Was ich in den
Artikeln fand, überraschte mich nicht wenig, gerade weil
ich bisher geglaubt hatte, in dieser Thematik relativ
sattelfest zu sein. Genaugenommen verstärkte die Netz-
Lektüre meinen Entschluss.

Schon beim Abendbrot hatte ich die Aufklärungsver-
anstaltung für den kommenden Morgen angekündigt,
damit den Frauen beim nachfolgenden Unterricht genü-
gend Zeit bliebe, die von mir geschlagenen seelischen
Wunden wieder zu heilen. Ich skizzierte nicht nur den
Inhalt, ich warnte ausdrücklich vor der Gefahr allzu

früher Begegnung mit den Modalitäten geschlechtlicher Fortpflanzung.

In der Nacht hatte ich dann mit Fanny einen nicht enden wollenden Disput über die geplante Unterweisung. Erst erregte sie sich über meine Art der Warnung, die nur dazu geeignet war, Neugier zu wecken, sodass sich noch nicht einmal Ronja die Teilnahme hatte ausreden lassen; dann warf sie mir vor, das Alter der Kinder aus den Augen verloren zu haben; und zuletzt erklärte sie mir, dass ich dabei bin, die so wunderbare Atmosphäre zu zerstören, zumindest aber zu beschädigen, weil nun alle drei Kinder denken werden, ich hätte sie nur zu unredlichen Zwecken nach Dresden geholt.

Entsprechend müde und unsicher setzte ich mich an den Frühstückstisch. Die Aufmerksamkeit hätte nicht größer sein können. Adeles verschmitztes Lächeln verhieß nichts Gutes, Fannys Blässe ebenso wenig.

Ich klappte den Laptop auf, der leider für einen ausreichenden Sichtschutz zu klein war, und begann mit nüchterner Stimme: „Da es offensichtlich sehr unterschiedliche Vorstellungen über dieses nicht ganz unwichtige Thema gibt, möchte ich - wie angekündigt - etwas über die Geschlechtsreife* beim Menschen erzählen." Ich schaute Ronja sehr freundlich an. „Wenn das nicht so prickelnd für dich ist …"

„Doch, doch." Wie jeden Morgen stellte sie einen angerichteten Pott Kaffee vor mich hin.

Ich schaute zu Fanny und Adele. „*Die Geschlechtsreife zeigt sich bei Jungen und Mädchen unterschiedlich und wird zumeist zwischen dem elften und dreizehnten Lebensjahr erreicht.*"

„Wieso?" Diese Frage kam mit sehr gequältem Ausdruck von Ronja.

Adele und Fanny wechselten Blicke.

---

*leicht bearbeitet nach *https://medlexi.de/Geschlechtsreife*

Ich überging die Frage schnell, schon weil mich Adeles sichtbares Erstaunen fast aus dem Konzept gebracht hätte. *„In einigen Fällen tritt sie früher oder später ein."*

Ronjas Stirn glättete sich.

Adele legte die Hand vor den Mund.

Ich setzte mich so, dass ich möglichst kein Gesicht mehr im Blickfeld hatte. *„Jungen erreichen die Geschlechtsreife mit dem ersten Samenerguss, Mädchen mit der ersten Regelblutung."*

„Ich hab schon!", platzte Ronja heraus.

„Quatsch!", kam es prompt von Johanna.

„Ein bisschen schon."

Ich kniff die Augen zusammen, um das Blickfeld weiter zu verengen. *„Danach kann es zwar Monate und Jahre dauern, bis sich ein regelmäßiger Zyklus einstellt, körperlich können Mädchen aber ab dann schwanger werden."*

„Siehst du?", zischte Ronja.

Adele und Fanny prusteten wie auf Kommando.

Ronja sah verunsichert zu ihnen auf.

Ich nahm beide Hände vor den Mund. *„Die Geschlechtsreife geht nur selten mit der seelischen Reife einher. Auch wären in den meisten Fällen gerade geschlechtsreif gewordene Mädchen körperlich kaum in der Lage, ohne erhebliche Belastung beziehungsweise Selbstgefährdung, ein gesundes Kind auszutragen."*

„Das hätte ich mir auch nicht vorstellen können", kam es trocken und besorgt von Robin.

Die Frauen hatten sich wieder unter Kontrolle.

Ronja zog einen Flunsch.

Ich nahm die Hände vom Mund. *„Im Verständnis des Wertesystems moderner Gesellschaften tritt die Geschlechtsreife viel zu früh ein, biologisch aber kurz vorm richtigen Zeitpunkt."*

„Steht das wirklich so da?", fragte Robin. Offensichtlich war er den Bedenken der Frauen zuvorgekommen.

„Ich würde es sonst nicht vorlesen. - Vielleicht unterbrecht ihr mich nicht nach jedem Satz. - *Je jünger die Eltern, desto unwahrscheinlicher sind angeborene Erkrankungen beim Kind, da sie sich mit zunehmendem Alter von Mutter und Vater häufen.*"

„Dann solltest du doch eigentlich auch nicht mehr." Johannas Einwand klang ausschließlich besorgt.

Wohl gerade deshalb lachten die Frauen laut heraus. Auch Robin und Ronja beteiligten sich.

Ich hielt wieder die Hände vor den Mund, bis sich das Zwerchfell einigermaßen beruhigt hatte. So lustig hatte ich mir die allgemeine Aufklärung nicht vorgestellt. Vielmehr war ich auf eine scharfe Debatte gefasst gewesen. Ich war aber nicht verstimmt, sondern sehr dankbar für Johannas Einwand. „Vielleicht kann ja Robin ab jetzt meine Stelle einnehmen", sagte ich blind in den Raum. Mir war klar, dass ich keinen anschauen durfte, vor allem nicht den Angesprochenen. Schon die Tatsache, dass er nichts erwiderte, beschädigte meine Selbstbeherrschung arg. „*Rein biologisch betrachtet tritt die Geschlechtsreife beim Menschen also knapp vor dem besten Fortpflanzungsalter ein.*"

„Hartmut, das steht so nicht drin. Und wenn, dann hast du das dazugeschrieben."

Ja, genau s o hatte ich mir die Sache vorgestellt. „Meine liebe Fanny, das steht genauso da. Du kannst es gern im Netz nachlesen."

„Was soll da nicht drinstehen?", fragte Robin nervös, als hätte er eben die bestrickendste Passage verpasst.

„Dass wir im besten Fortpflanzungsalter sind, du Dösbaddel", schoss Johanna von der Seite.

„Das hat er doch schon mal gesagt", rief er empört.

Ich suchte erst Fannys Augen, dann den Anschluss. „*Wenn Jungen und Mädchen zeugungsfähig werden, verändert sich ihr Hormonhaushalt nachhaltig. Der Körpergeruch wird intensiver.*" Mein Blick über den Brillenrand traf erst Johanna, dann Robin.

Diesmal machte Ronja keine Anstalten, sich vorzudrängen.

„Mädchen sind nun oft launischer", sagte ich, verständnisvoll nickend, *„Jungen durch den steigenden Testosteronspiegel aggressiver."* Ich nickte noch immer. *„Die sekundären Geschlechtsmerkmale bilden sich stärker aus als schon vor der Geschlechtsreife. Scham- und Achselbehaarung nehmen zu, oft auch die Neigung zu unreiner Haut."*

Johanna schaute Ronja an, als wenn Pickel eine Auszeichnung wären.

„Mädchen bekommen erkennbare weibliche Brüste …"

Ronja schlug prustend die Hände vors Gesicht. Robin lachte ungehalten, dann Adele. Dann fing Robin von Fanny eine saftige Maulschelle. Dann fiel ich unbeherrscht in Adeles Gelächter ein, so dass Johannas feindselige Attacke gegen Ronja „Guck dich an!" fast unterging. Als sie sich anschickte, den Raum zu verlassen, trat ihr Adele in den Weg.

„Wir lachen doch nicht über dich, mein Schatz."

„Dann über Fanny. Das ist genauso gemein!"

„Auch nicht über Fanny", sprang ich Adele bei.

„Worüber dann?"

Adele sah mich hilfesuchend an.

„Na über - das Drumrum. Wie jeder so reagiert. Das kommt einfach so unvermutet und manchmal auch so vorhersehbar. Ich liebe Fanny. Warum sollte ich über ihre Brüste lachen? Sie hat die süßesten Igelschnäuzchen."

„Hartmut."

„Was hat sie?", fragte Ronja mit geweiteten Augen, umflammt von einem Schimmer beinahe jungfräulicher Röte.

226

Adele prustete schon wieder. Robin fiel mit ein, dann auch Johanna, die es nun doch vorzog, sich wieder hinzusetzen.

„Wo war ich stehengeblieben?"

„Bei den Brüsten", half mir Fanny, um Ernsthaftigkeit bemüht.

„Mädchen bekommen also - eine weibliche Taille. Die Schleimhaut der Scheide wird durch den einsetzenden Weißfluss feuchter und erleichtert den Geschlechtsverkehr. Bei Jungen entwickeln sich Penis und Hoden weiter. Der Bartwuchs beginnt oder verstärkt sich."

„Na hoffentlich", zahlte Johanna mit gleicher Münze.

„Der Prozess der Geschlechtsreife mit all seinen hormonellen Veränderungen ist eine der größten Herausforderungen Heranwachsender in der Pubertät. Beim Jungen kann der erste Samenerguss peinlich sein - vor allem, wenn es wiederholt im Schlaf geschieht. Dem lässt sich durch Selbstbefriedigung vorbeugen."

„Da musst du nicht rot werden", flüsterte Johanna laut.

Ein Blick über die Brille verriet mir, dass die Worte eher das Gegenteil bewirkten. *„Mädchen erleben die erste Regelblutung und vor allem die folgenden Blutungen als ungewohnt. Regelschmerzen sind leider eine normale Begleiterscheinung."*

„Bei mir nicht", kam Johanna Robins angesetztem Gegenschlag zuvor.

„Das Hymen, noch immer Jungfernhäutchen genannt, obwohl es nur bei wenigen Mädchen beim ersten Verkehr oder entsprechender Selbstbefriedigung einreißt ..." Ich konnte der Versuchung nicht widerstehen, Robin beizustehen. Es brauchte keine Worte. Ein tiefer Blick über die Brille genügte, um Johannas Gesicht zu entflammen. Natürlich schaute ich auch noch kopfschüttelnd eindringlich zu Robin. *„Das Hymen öffnet sich bereits in frühen Jahren und ist nicht etwa eine geschlossene Haut im Scheideneingang."* Hier hatte

ich einen Einwand, wenigstens aber ein Zeichen der Verwunderung erwartet. Da mich noch immer sechs Augen geradezu informationshungrig anstarrten, improvisierte ich den fehlenden Schlusssatz. „Alles andere müssen die jungen Leute selbst aufklären oder durch Begreifen oder Begrapschen oder durch Beobachtung selbst herausfinden oder erkunden oder einfach ausprobieren. - Ich hoffe, es war für jeden etwas Interessantes dabei. Ich für meinen Teil habe einiges dazugelernt."

„Und dazugeschrieben", nörgelte Fanny. „*Begrapschen* steht da ganz sicher nicht drin."

„Zugegeben. Aber nur der letzte Satz war von mir. Noch Fragen?"

Keiner fragte. Aber alle sahen aus, als ob sie dringend etwas fragen wollten, nur nicht in dieser Runde.

„Hast du eigentlich Geschlechtsverkehr mit beiden?", fragte Robin, ohne den Blick von der Tischplatte zu nehmen.

Die Frauen sahen nicht so aus, als ob ihnen diese Frage unangenehm wäre.

„Lass uns ein andermal darüber reden, von Mann zu Mann."

Das „Nein" kam gleichzeitig von allen weiblichen Anwesenden, am lautesten von Johanna.

„Das Gespräch hätte mich auch interessiert", führte Fanny das „Nein" weiter aus. Hatte sie Angst, dass ich unter vier Augen zu weit vorpresche?

Ronjas Gesicht glühte. Johanna schien - trotz erheblicher Neugier - die Situation nicht ganz geheuer zu sein. Adele amüsierte sich augenscheinlich sehr.

„Ich habe diese Frage immer gefürchtet. Ich bin bereit, eine Frau abzugeben, welche immer du willst."

Ronja lachte unsicher. Es sah so aus, als wäre sie die einzige, die meinen Spaß verstanden hat. Dass sie weder den Spaß noch irgendetwas kapierte, lag allerdings näher. Johanna folgte Ronjas zunehmend verhaltenem Lachen, wobei sie wahrscheinlich mehr über Ronjas Verunsicherung lachte, was wohl wiederum die Frauen belustigte. Es blieb eine irgendwie beengte Heiterkeit.

Keinem der Anwesenden kam der Gedanke, dass ich vor allem dieses Satzes wegen die ganze Aufklärung betrieb.

Robin tat mir leid. Er war der einzige, der nicht lachte. Ich suchte eine Formulierung, die die Sache in der Schwebe lässt, etwas zwischen Jux und Ernst, am besten etwas, das so ernst ist, dass es nur als Scherz aufgefasst werden kann. „Und wenn du dich mit dem Gedanken befasst, mich umzubringen …" Ich wartete, bis Ruhe eingekehrt war. „… dann lass es mich wissen. Bevor du mich umbringst, geb ich sie dir auch beide."

An seinem Blick glaubte ich zu erkennen, dass er den Ernst begriff. Womöglich, weil er genau das bemerkte, sagte er lächelnd: „Ich warte doch lieber, bis Johanna so weit ist. - Oder Ronja", setzte er noch schnell hinzu, als er sah, wie verlegen Johanna reagierte.

„Dein Kaffee ist ja kalt. Soll ich dir einen frischen machen?", fragte Ronja, der die Sache unheimlich zu werden schien.

„Lasst uns frühstücken. Die Eier werden kalt", trat Fanny allen weiteren Einlassungen entgegen.

Johanna prustete so unvermittelt los und steigerte sich so schnell in ein zügelloses Gelächter, das umso beängstigendere Formen annahm, je besorgter wir dreinschauten, weil ein Lachkrampf drohte. Wahrscheinlich war ich der einzige, der ahnte, was so lustig gewesen war. Ich behielt es für mich.

Dieser Morgen beschädigte nicht die Harmonie und auch nicht das Verhältnis der Kinder zu uns. Aber er brachte eine unverhoffte Bereicherung des Alltags, zumindest eine Zunahme der Spannung in Form eines meist angenehmen Nervenkitzels. Johanna flirtete mit mir, um Robin und die Frauen zu reizen. Robin flirtete mit Fanny und Adele, um Johanna und mich zu reizen. Und die Frauen flirteten mit Robin, um ihn auf das schöne Spiel mit Johanna und die Rettung der Menschheit vorzubereiten, wenn bisher auch ziemlich erfolglos.

Einziger Ruhepol in dieser allgemeinen Verunsicherung oder Verwirrung der Gefühle war Ronja, die Zärtlichkeiten und Kuscheleien ohne Hintergedanken oder Strategien genoss. Besorgt war ich allein über die Gefahr einer unüberlegten, also ungeschützten Kopulation der großen Kinder, genauer gesagt, einer Schwangerschaft Johannas.

Von dieser Sorge abgesehen, bekamen alle Gedanken, Träume, Phantasien und Handlungen, kurz, alle Begehrlichkeiten auf dem Feld erotischer Sinnlichkeit die von mir und - wie ich zu spüren glaubte - auch von allen anderen gewünschte Leichtigkeit. Und was noch schwerer wog, diese Leichtigkeit stärkte das Vertrauen und trug damit nicht unwesentlich dazu bei, eine Atmosphäre der Sicherheit zu schaffen.

Wenn hier der Eindruck entsteht, das Leben sei von nun an ein ununterbrochener erotischer Funkenflug gewesen, so wäre das ganz und gar falsch. Der Alltag bestand vor allem aus Mühsal und Arbeit, und oft genug war das Tagesgeschäft so anstrengend, dass hernach nichts größer war, als der Wunsch nach Schlaf.

Wo es sinnvoll und vernünftig war, ergab sich ohne besondere Planung oder Zuordnung eine Arbeitsteilung. Vieles geschah jedoch in der großen Gruppe, also unter Beteiligung aller. Wer weniger trug, als er zu tragen imstande war, wurde ohne Umschweife darauf aufmerksam gemacht. Fairness war die erste aller Regeln.

Neben den Dingen, die augenfällig getan werden mussten, gab es noch eine Reihe von kaum weniger aufschiebbaren Besorgungen. Dieses Wort gefiel mir besonders gut, weil es die *Sorge* in sich einschließt. Wie lange wird es dauern, bis das Abwasser nicht mehr abfließt? Und wo genau kann man etwas tun, um dies zu vermeiden, oder aber den Zeitpunkt möglichst weit nach hinten zu verschieben? Solcherart Fragen stellten sich in vielfacher Hinsicht und vielen Bereichen. Es war nicht immer leicht, das Verständnis der anderen für diese Besorgungen zu wecken, und es wurde immer problematischer, je weiter sich die Sorgen von den Befindlichkeiten unserer Gruppe entfernten.

Für die Suche nach Überlebenden bekam ich nicht mehr so ohne weiteres frei. Dennoch musste sie fortgesetzt werden, sollten nicht all unsere Bemühungen für die Katz oder für die Hunderudel sein. Der Tod hatte auch noch andere Namen. Nicht auszudenken, wenn es nur einen unserer Gruppe trifft. Da Alf die Kinder dem Auto, erst recht dem Flugzeug vorzog, fuhr und flog ich meist allein. Nur ab und an begleitete mich Robin, der aber nie die Angst vor der Landung verlor. Alles andere konnte er bald ebenso gut wie ich.

In der Hauptsache war ich wieder allein unterwegs, manche Tage sechs Stunden in der Luft. Lange kreiste ich über Prag, Wien und Bratislava, nicht ganz so lange erlaubte es der Treibstoff über Budapest, Zagreb und Ljubljana oder Warschau, noch weniger über Belgrad, Bern, Luxemburg, Brüssel, Amsterdam und Kopenhagen. Das Ergebnis war immer das gleiche. Noch flog ich ausschließlich im kleinen Zirkel, der eine Rückkehr ohne Zwischenlandung erlaubte. Weitere Strecken bargen ein deutlich erhöhtes Risiko. Im großen Zirkel lagen alle anderen europäischen Hauptstädte außer Moskau und

Lissabon, für die, vom Zielort abgesehen, ein weiterer Zwischenstopp vonnöten gewesen wäre.

Es ließe sich manch heikle Situation beschreiben und manch glücklicher Ausgang, der nur an einem seidenen Faden hing. Aber wozu? Wozu, wenn das Abenteuer nicht auch nur einen einzigen wirklichen Erfolg mit sich gebracht hat? Was gilt mein Leben? - Einer kleinen Gruppe in Dresden viel, aber sonst? Auch wenn man vom Fliegen begeistert ist, können Langstreckenflüge ohne den geringsten Erfolg mit der Zeit bedrückend, ja niederschlagend sein.

Wonach suchte ich eigentlich? Nach ein paar versprengten Leuten, die so dusselig gewesen sind wie ich oder aus anderen Gründen verhindert? Was wäre erreicht, wenn sich unserer Gruppe noch der eine oder die andere anschließen würde? Nichts. Und bedenkt man die Gefahr einer Störung oder gar Zerstörung unserer Harmonie und Verträglichkeit, die bei jedem Zugang lauerte, dann erscheint es geradezu töricht, einen solchen Aufwand zu betreiben. Das war der Vorwurf, der mir zuletzt vor jedem Start zu Ohren kam.

Wenn es so einfach wäre. Ein Zugang bringt in der Tat nicht viel. Aber ohne Zugänge wird all unser Tun vergeblich sein, Harmonie und Verträglichkeit hin oder her. Eine Gruppe aus sechs Leuten wird vergehen wie Rauch im Wind.

Auch noch Wochen nach Einzug der Kinder geschah es, dass sie erschraken, wenn ich unvermutet zu ihnen stieß. Wenn es Johanna und Robin betraf, konnte ich es mit heimlichen Liebesangelegenheiten erklären, aber es passierte auch im Beisein Ronjas.

Ich stellte sie zur Rede. „Welche Art Verschwörung heckt ihr aus?"

„Gar keine", erwiderte Johanna sanft.

„Und warum der Schreck?"

Drei erhitzte Gesichter schauten mich ratlos an.

„Weil da ein Geheimnis ist", gestand Robin.

„Sei still", ermahnte ihn Johanna.

„Nein. Wir haben nur versprochen, es nicht zu verraten."

„Zählt das dann nicht unter die Grundregel?"

„Nein. Da ging es um Schwur und Eid, nicht um Versprechen", sagte Robin.

„Ist da ein Unterschied?"

Robin überlegte angestrengt. „Bei Schwur und Eid geht es immer um eine S a c h e . Ein Versprechen geht nur von dir allein aus."

„Aber ihr seid zu dritt."

„Das Versprechen hab i c h gegeben. Sie mussten mir nur versprechen, es für sich zu behalten."

„Verstehe", sagte ich, ohne es wirklich verstanden zu haben. „Es zieht euch noch immer dahin, wohin ihr damals unterwegs gewesen seid."

Die drei schauten mich traurig an.

„Wir halten, was wir dir gelobt haben", sagte Johanna ein bisschen feierlich.

Ich hatte das Bedürfnis, auf dieses Loyalitätsbekenntnis besonders freundlich zu antworten. „Dann will ich euch verraten, was sich hinterm dritten Grad verbirgt." Als ich in die drei neugierigen Gesichter schaute, überkam mich ein zärtliches Gefühl. „*Lerne, den inneren Schweinehund zu überwinden, denn er ist dein größter Feind. Habe den Mut und die Kraft, auch noch die peinlichsten Fehler und schmerzlichsten Verfehlungen einzugestehen, denn jede Lüge und jeder bemäntelte Irrtum sind wurmstichige Stützen all deiner weiteren Bemühungen.*"

„Schreibst du uns die ersten drei Regeln auf?", fragte Johanna.

Ich hatte eigentlich eine andere Reaktion erhofft. „Das kann ich machen."

„Du solltest alle zehn aufschreiben", sagte Ronja, „falls du …"

„Sie hat recht", half ihr Robin aus der Verlegenheit. „Vielleicht bist du ja der einzige, der sie noch kennt."

„Möglicherweise. Daran hab ich noch gar nicht gedacht."

Seit dieser kleinen Episode gab es - wenn ich las - eine andere Sitzordnung im Bett. Johanna hatte Robins Stelle an meiner Seite eingenommen, der um eine Position weiter an ihre andere Schulter gerutscht war. Neben ihm lag Fanny, an der anderen Außenseite neben Ronja und den beiden Robben Adele. Adele, Ronja, ich, Johanna, Robin, Fanny. Diese Anordnung entsprach in etwa der Intensität, mit der die Kinder sich uns verbunden fühlten.

5 Tage sind vergangen.   26. Februar

Robin und Fanny. Fanny und Robin. Letzte Nacht - nach einem entspannenden Liebesspiel - suchte Fanny das Gespräch, das ich lange erwartet, ersehnt und so gefürchtet habe. Sie lehnte am weichen Bettgiebel und schaute mich lange an. Sie sah unglaublich jung aus und glücklich. Das fiel mir sofort auf. Und es tat weh und beunruhigte mich.

„Ich hab ihn soweit", sagte sie unvermittelt mit mümmelndem Mund.

Ich setzte mich auf und rutschte ganz nah zu ihr. „Robin?"

„Er scheint zu allem bereit, solange Johanna nichts davon erfährt."

„Ihr habt schon?"

„Nein."

„Woher weißt du dann ..."

„Wir haben schon alles andere. Er ist sehr gelehrig. - Ich wollte es dir vorher sagen."

„Du hast hoffentlich auch deinen Spaß dabei."

„Es ist das - Zweitaufregendste, was ich je erlebt hab."

„Und Adele?"

„Wir müssen ihn nicht gleich überfordern", sagte sie, weniger besorgt um ihn.

Ich nickte, hintergründig lächelnd.

Fannys Gesicht flammte auf.

„Weiß Adele davon?"

„Ich glaube, es ist besser, wir sagen es ihr erst, wenn ich ..."

Ihre Sprachlosigkeit tat mir weh.

„Ich habe solche Angst", gestand sie mit belegter Stimme.

In mir machte sich etwas dick, das lähmend war und schmerzlich zugleich.

„Am Ende bin ich ja doch nur eine taube Nuss."

„Fanny."

„Adele meint - weil sie auch nicht schwanger wird - es liegt vielleicht an dir. Wenn bei Robin auch nichts passiert, dann gibt es kein *Vielleicht* mehr."

„Woher willst du denn wissen, dass Robin schon - richtig fertig ist?"

„Na hör mal. Da kommt schon ziemlich viel. Es sieht so aus wie bei dir, fühlt sich ein bisschen klebriger an und schmeckt irgendwie ..."

„Fanny, du hast ..."

„Du hast gesagt, ich soll mich vertraut machen."

Die ganze Zeit spukte die dritte Regel der Ritterlichkeit durch meinen Kopf. Was war ich für ein erbärmlicher Aufschneider! Neunter Grad. Nicht einmal zum dritten hatte ich den Mumm. „Es brennt ein bisschen", brachte ich den Stein ins Rollen.

„Woher weißt du das?"

„Am Ende meiner ersten Beziehung hatte ich mitunter den Geschmack meines Nebenbuhlers auf der Zunge."

„Nicht wirklich, oder?", fragte sie mit verkniffenem Gesicht.

Ich nickte und wartete auf die unausweichliche nächste Frage. Fanny brauchte ein Weilchen. Vielleicht ließ sie uns aber auch nur etwas Zeit. Mir wurde sie unerträglich. „Na frag schon."

Fanny schwang sich auf meinen Schoß, schlang die Arme um meinen Hals und weinte. „Warum? - Warum hast du nichts gesagt?"

Hatte es Sinn, es zu erklären? Würde dabei etwas anderes herauskommen als ein Gestammel, das doch immer nur wie eine erbärmliche Ausrede klingt? „Weil ich Angst hatte, Fanny, furchtbare Angst. Es ist nicht leicht für eine taube Nuss."

Wir heulten ein Weilchen Arm in Arm. Bei Fanny werden sicher ein paar Freudentränen dabei gewesen sein. Aber auch für mich war die Heulerei entspannend.

„Dann hast du auch keine Kinder?"

„Doch. Ich hatte fünf. Der kleinste wäre jetzt fast so alt wie Robin. Ich wollte nicht in die Verlegenheit kommen, zu sterben, ehe die Kinder aus dem Haus sind. Beim letzten war das schon riskant genug. Und um der Frau die Umstände der Verhütung zu ersparen, vielleicht auch ein bisschen der Ersparnis wegen …"

„Du hast dich kastrieren lassen?"

Ich lachte. „Meine Eier hab ich noch. Und sie sind auch noch nicht kalt. Aber der beste Saft endet in einer Sackgasse." Ich musste lachen. „Entschuldige, das sollte kein Kalauer werden. - Entschuldige, Fanny! - Entschuldige, wenn du kannst." Ich hätte noch viel sagen mögen, aber mir versagte die Stimme.

Fanny küsste mir zärtlich die Tränen vom Gesicht und auch noch von da, wo sie sich erneut stauten. „Du Armer. - Und dann erwählt dich das Schicksal auch noch zum einzigen Überlebenden."

„Das war nicht das Schlimmste."

„Was denn noch?", fragte sie besorgt.

„Dass es mir zwei so schöne und leidenschaftliche und zärtliche Frauen an den Hals geworfen hat."

„Nun übertreib nicht. Wollen wir sagen, über den Weg geschickt. - Wirst du es Adele beichten?"

„Hab ich eine Wahl?"

„Besser, du sagst es ihr erst, wenn sie für Robin reif genug ist oder Robin für sie."

„Dieses Opfer willst du für mich bringen?"

Sie stutzte einen Augenblick. „Das ist kein Opfer, du Dussel!" Wieder trat ein Feuerschein in ihr empörtes Gesicht. „Wenn ich es recht bedenke, wärst du ein ungefährlicher - Lehrer für Johanna", sagte sie, wohl um abzulenken.

„Du meinst, damit könnte ich bei dir etwas gutmachen?"

„Du bist so gemein!"

„Ich liebe dich, Fanny. - Ich hatte das faszinierende Vergnügen der Entzauberung eines Mädchens vor vierzig Jahren. Zudem ist es unklug, Robin ohne Not zu reizen. Er ist unsere ganze Hoffnung." Ich schob Fanny von meinem Schoß, legte sie hin und deckte sie behutsam zu wie etwas sehr Schützenswertes. Ich konnte mich nicht sattsehen an ihrem so lebendigen Gesicht, und ich konnte nicht aufhören, es mit zärtlichen Fingern nachzuzeichnen.

„Ist das nicht Inzest?", fragte sie ernst.

„Was?"

„Wenn Robin uns alle schwängert, gehen alle Nachkommen von seinem Samen aus."

„Ja. - Ein Weilchen würde das gehen."

„Aber dann wären die Nachkommen behindert."

„Nicht gleich. So schlimm ist Inzest nicht. Nur wenn er zu lange andauert."

„Na hör mal, es war doch nicht umsonst verboten."

„W a r es wohl. Die Gefahr einer Vererbung anderer Krankheiten ist oft größer, ohne dass der Gesetzgeber sich traut, sich einzumischen oder es gar zu unterbinden."

„Warum war es dann überall verboten? Die können doch nicht alle bescheuert gewesen sein."

„Sagen wir, übertrieben vorsichtig. Es war auch nicht überall verboten. Außerhalb Europas war es nur in Nordamerika und Australien strafbar; in Europa nur in Großbritannien, Polen, Tschechien, der Slowakei, Italien und Deutschland, und dort mitunter auch nur der vaginale Beischlaf."

„Aber um den geht es doch."

„Warum waren dann wohl in Indien, den Beneluxstaaten, Frankreich und Schweden sogar inzestuöse Ehen erlaubt?"

„Du spinnst ja wohl!", rief sie entrüstet. „Echt?"

„Natürlich wäre es besser, wir finden für Robins Töchter andere Männer, vielleicht auch schon für euch."

„Wegen uns musst du nicht so viel und weit fliegen", sagte sie zärtlich.

„Ich weiß."

In erster Linie flog ich nicht für die beiden Schönen oder Robins Kinder. Es war vielmehr, um allen zurückliegenden Bemühungen einen Sinn zu geben. Es war, um der Verzweiflung zu entgehen.

Es fällt mir schwer, zuzugeben, dass ich auf meinen Flügen bisweilen gebetet habe, obgleich ich nicht einen Funken daran glaube, dass je ein Gebet den Kopf verlassen hat. Ich bin davon überzeugt, dass Götter nicht erfunden wurden in der Hoffnung, etwas zu bekommen, sondern im verzweifelten Bemühen, etwas loszuwerden, nämlich die Verzweiflung.

10 Tage sind vergangen. 8. März

Bei Besorgungen in der Stadt trafen wir Fritz. Im Wagen saßen die Kinder. „Sieh mal da! Es gibt doch noch mehr Überlebende", machte mich Robin auf ihn aufmerksam.

„Das ist Fritz."

„Du kennst ihn?"

„Ja. - Vielleicht ist es aber auch Rudi oder keiner von beiden. Er ist über neunzig. Wenn er einen klaren Moment hat, heißt er Fritz, wenn er - tüdelig ist, nennt er sich manchmal Rudi."

Er erkannte mich nicht, war aber trotzdem froh, mich getroffen zu haben. „Das ist doch wie verhext. Jetzt bin ich schon so lange unterwegs und treffe keinen Menschen. Wenn Sie nicht wären, hätte ich gedacht, ich bin der einzige Mensch auf der Welt."

„So schlimm ist es noch nicht, aber viele gibt es nicht mehr. Wie es aussieht, sind wir die beiden einzigen Männer dieser Stadt", versuchte ich es mal mit der Wahrheit.

Er drehte sich um, als suchte er einen Gegenbeweis. „Sieht wohl so aus", sagte er dann bedrückt.

„Wo wohnen Sie?"

„Ah, ich muss die Straße dort zurück oder die da, über die Brücke und dann rechts. Ich find mich schon, und wenn nicht, kann ich ja fragen."

„Du kannst nicht fragen, Fritz."

„Warum nicht?"

„Weil niemand mehr da ist, den du fragen kannst."

„Stimmt. Muss ich halt warten, bis das Spiel zu Ende ist. Meine Alte wird schon warten."

„Die Rosi ist schon über zwanzig Jahre tot."

„Stimmt. - Aber gestern haben wir noch miteinander geredet." Ich sah ihm an, dass ihn der Widerspruch beunruhigte. Erst jetzt nahm er die Kinder im Wagen wahr. „Sind das Ihre?"

„Ja."

„Ich hatte auch mal zwei, vier Enkel, sechs Urenkel. Sind gestorben. Ich muss mal weiter."

„Fritz, ich fahr dich nach Hause. - Johanna, rutsch hinter."

„Wissen Sie, wo ich wohne?", fragte er argwöhnisch.

„Ja doch, am Sachsenbad." Ich hielt ihm die Tür auf.

„Das ist nett von Ihnen, wirklich nett."

Im Wagen war es eine Weile still, bis auf das gelegentliche Getuschel auf der Rückbank.

„Die Leute sind nicht beim Fußball, Fritz. Sie sind gestorben. Ihre Rosi ist schon lange tot. Sie leben ganz allein. Das ist nicht gut."

Er nickte zu alldem. „Ich komm zurecht. Meine Alte kümmert sich ein bissel um mich. Ich vergesse manchmal …"

„Fritz, deine Frau lebt nicht mehr. Sie ist schon über zwanzig Jahre tot."

„Wer sagt das?"

„Du. Du hast es mir erzählt."

„Kann mich nicht daran erinnern. Vergesse neuerdings so viel."

Johanna betrachtete mich schon eine Weile über den Rückspiegel. „Wäre das nicht was für den dritten Grad?", fragte sie leise.

„Auch für die Frauen?"

„Wenn alle was mitmachen, wird es nicht so schlimm", sagte Robin."

„Was sollen alle mitmachen?", fragte Ronja.

„Sei still. Du bist peinlich."

„Schön, dass Sie wissen, wo ich wohne. Ich werd vergesslich."

„Wo besorgst du dir das Essen?"

„Na in der Kaufhalle. Man muss nichts mehr bezahlen für. Aber das Gemüse fault schon ewig vor sich hin."

„Wir sind da."

Fritz stieg aus. „Macht's gut, ihr drei. War sehr nett von Ihnen."

Ich stieg aus und wies die Kinder mit einem Blick an, sitzen zu bleiben.

„Keine Umstände. Ich find mich schon", wehrte Fritz ab.

„Heut besteh ich drauf."

Er machte ein gequältes Gesicht.

Wir standen im geräumigen Hof, in einem fast geschlossenen Karree. Fritz schaute sich um und um und immer wieder an den Fassaden hinauf. „Ein hübscher Hof. Bald ist alles wieder grün."

„Wie lange wohnst du schon hier?"

„Oh, lange, sehr lange."

„Wie alt warst du, als du mit der Rosi hierhergezogen bist?"

„Das ist lange her." Er lief auf einen Eingang zu. „Ich fang immer hier an", sagte er mit verschämtem Lächeln.

Es war der falsche Eingang. Auch der zweite und dritte Eingang waren falsch. Er steuerte erneut auf den zweiten zu.

„Fritz, da waren wir schon. Da wäre der nächste."

„Wenn ich nicht so vergesslich wäre. Sonst geht alles noch."

Im vierten Aufgang wurden wir fündig. Die Wohnung sah erstaunlich aufgeräumt aus. Es gab Wasser und Strom. Im kleinen Schlafzimmer stand ein Ölradiator. Hier war es erträglich warm. Auf dem Küchentisch lachte von einem alten Foto ein junges Frauengesicht.

„Ist das deine Rosi?"

Er nickte. „Die ist tagsüber immer unterwegs."

„Fritz, du kannst nicht hier bleiben. Du brauchst jemanden, der ab und zu mal nach dir sieht."

„Am Abend ist sie wieder da."

„Sie kann nicht wieder da sein, weil sie tot ist, schon über zwanzig Jahre. - Wir nehmen dich mit zu uns. Es wird dir gefallen. - Magst du was mitnehmen?"

„Mein Rasierzeug und die Schuhe."

Ich fand einen Koffer und packte ein, was Fritz mir nannte oder, besser, was mir davon sinnvoll erschien. Als wir fast fertig waren, standen die Kinder in der Tür.

„Wir dachten, es wäre was passiert", maulte Robin sichtlich erleichtert. „Was macht ihr denn so lange?"

„Es war nicht so leicht, die Wohnung zu finden", erwiderte ich ruhig.

„Kommt Onkel Fritz mit?", fragte Ronja nur so. Der Koffer auf dem Tisch sprach für sich.

Die Frauen waren nicht begeistert, aber sie wollten auch nicht, dass ich Fritz wieder zurückbringe. Er nahm mit dem Gästezimmer im Keller vorlieb, war ziemlich pflegeleicht und hatte - wenn auch selten - seine lichten Momente. Die Frauen statteten ihn aus wie einen englischen Lord: modischster Anzug mit Weste aus feinstem Tuch, alle Tage ein schickes Hemd und eine vornehme Fliege. Es war ein erhebendes Bild, Fritz in nobler Garderobe und elegantem Hut am Seeufer stehen zu sehen, mit den Händen in den Taschen und dem Blick weit hinaus.

Auch wenn die Frauen ihm gegenüber nicht prüde waren, Fritz gehörte zu den in ihrer Ritterlichkeit unbezwingbaren Kavalieren, was nicht heißen soll, dass er nicht manche Freizügigkeit zu würdigen und zu genießen wusste.

Die Kinder mochten ihn, auch Alf. Ohne Alf wäre es freilich eine aufreibende Schinderei geworden. Fritz hatte die Angewohnheit, ausgedehnte Spaziergänge zu machen. Blieb er aus, bekam Alf den Auftrag, ihn zu suchen. Manchmal schien es, als hätten sich die beiden für diesen Spaß abgesprochen. Für sein Alter war Fritz bewundernswert gut auf den Füßen, und er pflegte seine Ausflüge sehr früh am Tag zu beginnen. Wenn Alf nicht gewesen wäre, hätten wir ihn einschließen müssen.

Manche Tage kam er auch gar nicht aus seinem Zimmer heraus. Da er nicht gestört werden will, kann keiner sagen, was er treibt. Hatte er einen seiner besonders schlimmen Tage, wurde reihum immer ein anderer abgestellt, um die immer gleichen Fragen zu beantworten.

Größte Sorge bereitete Fritz sein umtriebiges Weib. Anfangs hatten wir ihm immer wieder erklärt, dass die Rosi längst tot ist. Irgendwann kam Ronja, die nun auch Fritz mit Kaffee versorgte, auf die Idee, auf *seine Kreise aufzuspringen*, wie sie es nannte. Fortan schimpften wir gemeinsam mit ihm über Rosis Unart, den ganzen Tag unterwegs zu sein und erst spät abends zurückzukehren. Immer gab es einen, der sie zur nächtlichen Stunde gesehen hatte und Geschichten von ihr zu erzählen wusste. Auch bei vielen anderen Themen erwies sich diese Art der einfühlsamen Gespräche als entspannend und nebenbei auch noch als sehr phantasieanregend. Peinlich konnte es nur werden, wenn Fritz einen seiner fast klaren Momente hatte.

Meine Verabschiedung hatte einen großen Ernst, obwohl ich mich bemühte, es den anderen so leicht wie möglich zu machen. Fanny und Adele hatten mich in der Nacht zuvor besonders verwöhnt. Nun standen sie vor mir, als wenn es ein letzter Abschied wäre. Der Proviant reichte für einen Monat, wenn man sich mit dem Nötigen begnügte, sogar für zwei.

Adele umarmte mich lange. „Das Buch ist gut", sagte sie unvermittelt. „Wenn man weiß, was er gelitten hat, kann man auch den Verfasser mögen."

Ich freute mich, als wenn ich den *Dorian Gray* geschrieben hätte.

Ronja bot mir beim Abschied eine ihrer Robben an, damit ich in den Nächten nicht so allein bin. Ich lehnte ab mit dem Hinweis, dass doch dann beide Robben traurig wären, weil ihnen ja die andere fehlt.

Auch Johanna drückte mich lange.

„Und du passt mir gut auf alle Frauen auf", sagte ich zu Robin. „Du bist der einzige Mann im Haus", flüsterte ich, um Fritz nicht zu kränken. „Wenn ich bei der Rückkehr alles so gesund und friedlich finde, wie ich es verlassen habe, dann können wir über den vierten Grad reden."

„Er hat doch noch nicht mal den dritten", empörte sich Ronja.

„Wenn ihr richtig gut ohne mich auskommt, dann haben alle den dritten verdient."

„Wie sollen wir richtig gut ohne dich auskommen?", schmeichelte mir Johanna.

„Ich will sehen, dass ich möglichst schnell wieder zurück bin."

„Besser, du würdest nicht fliegen", sagte Fanny traurig.

„Ich tu's nicht gern", erwiderte ich nicht weniger bekümmert. „Will versuchen, in zwei Wochen wieder da zu sein, allerspätestens in vier." Ich hockte mich zu Alf. „Willst du nicht doch mitkommen, Alter?"

„Vergiss es", sagte Adele. „Andernfalls findest du bei der Rückkehr fünf entnervte Wracks vor."

„Fritz, du bist der Älteste. Sieh zu, dass hier nicht alles aus dem Ruder läuft, und pass mir auf, dass Alf nicht zu fett wird. Und gib mir hernach Bericht, wer alles sich danebenbenommen hat."

„Mach ich alles. Kannst dich verlassen."

„Fritz sorgt schon dafür, dass es uns nicht zu langweilig wird", sagte Johanna.

Der knapp fünfstündige Flug nach Florenz verlief problemlos. Bis Triest flog ich nach Kompass, dann auf Sicht ein Stück an der Adriaküste nach Westen über Venedig und Bologna zum *Flughafen Amerigo Vespucci*. Bei der Landung hätte ich um ein Haar einen Tankwagen geschrammt. Ich war leichtsinnig geworden nach all den Flügen. Ein Weilchen ging ich mit mir hart ins Gericht. Man muss sich immer wieder klar machen, wie wenig genügt, um ein schnelles Ende zu finden.

Der Name des Flughafens ließ mich im Kopf nach anderen namhaften Entdeckern suchen. Marco Polo, Kolumbus, Vasco da Gama, Magellan, Drake, Bering, Linné, Gmelin, Cook, Forster, Humboldt, Livingstone. Sie alle hatten weit mehr riskiert als ich, und sie waren auch länger unterwegs gewesen. Aber sie haben auf ihren Reisen immer auch Menschen getroffen. Was ich von mir nicht sagen kann. Eher noch bin ich Polarforschern ähnlich oder den ersten Menschen auf dem Mond.

In Florenz hielt ich mich nicht auf. Noch am gleichen Tag wollte ich Rom anfliegen. Also tankte ich voll, um schnell wieder abzuheben. Auch die Metropole erreichte ich ohne Ärger in einer knappen Stunde. Ich musste mich nur nach Süden halten und dann der Küste folgen. Der große Airport Rom-Fiumicino lag nah am Meer. Damit begann das Verhängnis.

Schon ein ganzes Stück vorm Ziel machte ich auf dem Meer einen kleinen himmelblauen Kutter aus. Ich war so begeistert über den schnellen Erfolg meiner Suche, dass ich am liebsten aus dem Flugzeug ins Wasser gesprungen wäre. Merkwürdig war, dass die Besatzung des Bootes weit weniger begeistert zu sein schien als ich. Sowie sie mich sahen, fuhren sie mit forciertem Tempo aufs Ufer zu. Ich flog in geringer Höhe über sie hinweg, um ihnen, mit den Flügeln winkend, zu signalisieren, dass ich an einer Begegnung interessiert bin. Sie erwiderten keines dieser Zeichen.

Ich peilte die Landebahn an, die nur einen reichlichen Kilometer entfernt parallel zum Ufer verlief, eine gigantische Piste, auf der wohl mehr als fünf Flieger meines Typs hätten gleichzeitig nebeneinander landen können.

Obwohl ich auf Anhieb ein startklares Auto fand und in allem kaum zwanzig Minuten brauchte, um ans Meer zu gelangen, war vom himmelblauen Kutter nicht das Geringste zu sehen. War es doch nur ein herrenlos treibendes Schiff gewesen? - Nein. Die beiden Männer waren keine Einbildung. Warum hatten sie solche Scheu, mit mir zusammenzutreffen? Meiner Maschine war anzusehen, dass nicht einmal eine Handvoll Leute in ihr Platz finden. Wenn sie mich schon nicht gesehen haben, hören hätten sie mich auf jeden Fall müssen. Dem Namen der Straße nach, die parallel zum Strand verlief, hieß der Ort Focene. Es war nicht mehr als ein kleines Nest, nicht besonders einladend, in ganzer Länge kürzer als die benachbarte Landebahn.

Ich lief am Strand entlang in der Hoffnung, wenigstens irgendwo das Boot liegen zu sehen. Hier gab es nur ein paar kümmerliche Ruderboote, die eher dalagen wie von Stürmen hingeworfen oder angeschwemmt. Nach ein paar Kilometern kam ein schmaler Fluss, wohl eher eine Art Hafeneinfahrt. Am beidseits befestigten Ufer des Stroms lagen auch größere Schiffe. Weiter hinten sah ich einen Mastenwald. Ich lief schneller, obwohl die Füße schmerzten. Zweihundert Meter landeinwärts öffnete sich ein größeres Hafenbecken, allerdings auf der anderen Seite des Stroms. Hier gab es viele Boote. Ich erkannte es dennoch, auch die beiden Männer, die hektisch auf dem Deck hantierten. Sollte ich rufen? Die nächste Brücke über den Strom war viel zu weit. Ich schaute nach einem kleinen Motorboot im Sichtschatten des Kutters, sprang hinein, versuchte vergeblich den Außenbordmotor in Gang zu setzen, nahm schließlich das Notpaddel und stakte Richtung Beckeneinfahrt.

Die Männer bemerkten mich erst, als ich bis auf einen Steinwurf herangekommen war. „Ciao amici! Ich tu Ihnen nichts. I'm a good man."

Die beiden betrachteten mich missmutig. Dann tuschelten sie miteinander. „Was wollen Sie?", fragte der Ältere mit nur leichtem Akzent. Er mochte Ende dreißig sein und sah aus wie einer, dem das Leben nichts geschenkt hat. Was nicht heißen soll, dass er nicht auch Züge der Heiterkeit im Gesicht bewahrt hatte. Der Jüngere an seiner Seite machte einen sehr ängstlichen Eindruck. Er redete fast unentwegt mit verhaltener Stimme auf den Älteren ein.

„Nichts, wovor Sie sich zu fürchten hätten. Man trifft nicht alle Tage auf Leute. Ist einfach eine wunderbare Sache, mal eine Stimme zu hören."

„Sind Sie der Mann mit das Flugzeug?"

„Ja", sagte ich kleinlaut, unsicher, ob ich lieber hätte verneinen sollen.

„Dann mussen Sie sich nicht wundern, wenn Sie nicht Leute treffen."

„Ich bin Monate zu Fuß unterwegs gewesen, ehe ich auf das Flugzeug umgestiegen bin."

Offensichtlich war der Jüngere des Deutschen nicht mächtig. Der Ältere übersetzte mit einem Ausdruck der Verbitterung. Warum sind sie so reserviert?

„In Deutschland findet sich keiner mehr?", fragte er beinahe zynisch.

„Die, mit denen ich zu tun hatte, sind alle gestorben."

„Sta mentendo!", platzte der Jüngere heraus, kaum dass der Alte übersetzt hatte.

„Er glaubt Ihnen nicht. Es sind Zeiten, da haben jeder mit sich selbst zu tun. Und es ist besser, man geht sich aus der Weg." Er wandte sich von mir ab, als wenn er das letzte Wort gesprochen hätte.

Ich überlegte, ob ich ihm von den beiden Schönen im fernen Dresden erzählen soll. Mein Gespür riet mir ab. „Ist es nicht besser, wenn sich die wenigen Leute zusammentun, um diese Zeiten besser zu überstehen?"

Der Ältere übersetzte. Beide nickten grinsend. „Ist die Frage, was heißt *zusammentun*?"

Er sah nicht so aus, als wenn er Schwierigkeiten hat, das Wort zu übersetzen. „Vielleicht könnte ich Ihnen helfen. Was haben Sie vor?"

Die beiden tuschelten lange.

„Vogliamo andare a Napoli", rief der Jüngere unbeherrscht.

Ich schaute den Älteren fragend an.

„Wir wollen nach Napoli", übersetzte er unwillig.

„Neapel? - Ich kann Sie hinfliegen. In einer Stunde sind wir da."

Diesmal berieten sich die beiden sehr aufgeregt. Leider verstand ich nur *Napoli* und *Atene*. Hätte ich wenigstens jedes zweite Wort verstanden, wäre mir vermutlich klar geworden, welches Problem die beiden haben. Ihr Verhalten war ganz und gar merkwürdig. Immer wieder hielten sie inne, um Ausschau zu halten. Wonach?

„Komm hoch", lud mich der Ältere an Bord. Wie es aussah, war er darauf bedacht, mich an einen weniger offenen Patz zu bringen.

Beide zogen mich nach oben.

„Ich bin Hartmut", sagte ich freundlich, als meine Füße wieder festen Boden berührten.

Sie wiesen mich schweigend unter Deck in einen engen, stickigen Raum.

„Ich bin Paolo", begann der Ältere, nachdem er die Luke verriegelt hatte. „Das ist Pedro. Wir kommen aus Palermo und wollen weiter nach Napoli. Und von dort aus …" Er lauschte.

Pedro erstarrte vor Schreck.

Auf dem Deck liefen Menschen. „Vieni fuori!", kam es von oben.

Paolo legte den Finger an den Mund.

Pedro zog eine Pistole aus dem Hemd.

Paolo winkte mit wedelnden Händen energisch ab.

In was war ich hier reingeraten? Wer waren diese zwei Männer? Und wer lief da oben übers Deck? Ich musste an meine Begegnung mit den Kindern denken. Schon das hätte richtig schiefgehen können. Aber verglichen mit dem hier, war das wohl eher Kinderkram. Sind die Leute schon wieder so weit, sich gegenseitig mit Waffen aufzulauern. Mir wurde heiß, obwohl es noch gar nicht so stickig war.

Pedros Gesicht bekam einen feuchten Überzug, den er immer wieder mit dem Hemdsärmel wegwischte.

Paolo legte sich bequem auf eine Bank und wies mich mit den Augen an, es ebenso zu tun. Dann beobachtete er besorgt den Jüngeren, der noch immer unter der Luke stand.

Die Schritte auf Deck kamen zur Ruhe. Die Stille war bedrohlicher als es die Geräusche der Geschäftigkeit gewesen waren. Die Szene wirkte wie eingefroren, obwohl die Temperatur stieg. Hatten wir eine Stunde gewartet oder zwei? Irgendwann warf sich Pedro auf einen Packen alter Netze. Die Luft war zum Schneiden. Ich versuchte, ganz ruhig zu atmen. Der Schweiß brannte in den Augen. Ich dämmerte ein.

Ein Motorengeräusch oder das Schlingern des Bootes weckte mich. Ich schaute zur Decke. Die Luke stand offen. Es war Nacht geworden. Ein mildes Lüftchen wehte mich an. Wir fuhren.

Der Kopf quittierte jede Bewegung mit Schmerz. Vorsichtig setzte ich mich auf. Der Schmerz verdichtete sich. Meinem Hirn stand nicht der Sinn danach, die Lage zu überdenken. Wieso musste ich mich auch immer wieder in Situationen begeben, die es nötig hatten, in dieser bedrückenden Weise bedacht zu werden? Die Männer wären ideal für meine beiden Schönen gewesen. Sie waren gesund und kräftig, und sie hatten gute Augen. Mir hatten sie vom ersten Augenblick an gefallen. Pedro schien ein Hitzkopf zu sein, Paolo ein bedachter, umsichtiger Mann, der meine Stelle auch ganz hätte einnehmen können. Ich torkelte zur schmalen und steilen Treppe unter der Luke und stieg hinauf. Der Himmel war sternklar.

Paolo stand am Steuer, ein halbes Weißbrot in der Hand. Pedro saß achtern, ebenfalls mit dem Rücken zu mir, und beobachtete alles, was hinterm Boot geschah. Wie ich sehen konnte, geschah nichts. Eben passierten wir die weit ins Meer hineinragenden Kaimauern. Dann waren wir auf offener See. Obwohl kaum Wind ging, schaukelte das Boot merklich.

„Wohin fahren wir?"

„Wenn Gott will, nach Napoli", sagte Paolo, ohne sich umzudrehen. „Im Korb ist was zu Essen."

„Warum sind wir nicht geflogen?"

„Man sollte sich hier nicht zu viel und zu laut bewegen. Außerdem haben wir zu vieles Gepäck."

„Seid ihr wegen mir in den Hafen gefahren?"

„Nicht nur. Wir brauchten Diesel. Pedro hat es besorgt. Jetzt kommen wir nach Napoli, wenn … Va tutto bene?", rief er nach hinten.

„Sì", kam es trocken zurück.

Wie es aussah, war ich nicht nur von meinem Flugzeug abgeschnitten, sondern auch vom Land, also allen anderen wirksamen Fortbewegungsmitteln. Und offensichtlich entfernten wir uns alle Augenblicke weiter davon. Die See war mir immer suspekt gewesen. Auch modernste Schiffe sind nicht vor allen Risiken gefeit. Selbst Riesenschiffe können von einer Monsterwelle verschlungen werden. Aber hier schienen noch andere Gefahren zu lauern als die Unbill der See. „Was wollen wir in Napoli?"

„Warten." Er sah mich verschmitzt von der Seite an.

„Worauf?"

„Sie wissen wirklich nicht?"

„Nein."

„Dann Sie werden sehen."

Ich griff nach einem Weißbrot, brach ein Stück ab und steckte meine Nase tief in den weichen Teig. „Wonach haltet ihr Ausschau?"

„Nach andere Boote."

„Wenn ihr von Palermo nach Neapel wollt, warum seid ihr dann über Rom gefahren?"

„War schlechte Kurs. Wir sind keine Seeleute."

„A ja." Na fein. Ich schipperte im Mittelmeer in einem Kutter mit zwei Typen, die von der Seefahrt so wenig Ahnung haben wie ich, und entfernte mich alle Augenblicke weiter von meiner abgestellten Maschine. „Woran orientieren Sie sich?"

„An die Küste."

Jetzt sah ich den mehr zu erahnenden Küstenstreifen linker Hand. „Werden wir die einzigen sein, die in Neapel warten?"

Paolo schwieg.

Schweigen kann Antwort genug sein. „Warten alle auf das Gleiche?"

Paolo riss große Brocken vom Brot, als müsse er sich den Mund stopfen, um sicherzugehen, nicht zu viel zu plaudern.

Da ich eh nichts tun konnte, als zu warten, bis das Boot an Land geht, schickte ich mich an, wieder nach unten zu steigen.

„Je kleiner die Gruppe, je kleiner das Recht", stellte Paolo unvermittelt fest.

Als ich glaubte, in seiner Gedankenwelt angekommen zu sein, sagte ich: „Wenn dem so ist, sollten sich die Wenigen erst recht zusammenschließen."

„Nicht die Wenigen. Die Vielen. - In Italien gibt es zwei kleine Gruppen, eine in Milano und eine in Palermo. Beide taugen nichts."

„Warum nicht?"

„In beide herrscht Faustrecht. Die Starken bestimmen. Die Schwachen dienen."

„Es ist nicht die schlechteste Ordnung."

„Doch", erwiderte er zornig. „In Zeiten, da es kaum Menschen gibt, schon. Jeder, der bei die Rangkämpfe zu Tode kommt, ist eine zu große Verlust." Er drehte sich unwillig zu Pedro um. „Die Starken sind nur selten die

Besten. Sie sind nicht einmal wirklich die Starken, sondern meist nur die Skrupellosen." Das letzte Wort bereitete ihm Probleme. Umso stolzer war er, es herausgebracht zu haben. „Die besten Leute haben immer Skrupel und Schamgefühl. Darum ist es für die Dummköpfe so einfach, die Macht an sich zu reißen."

Ich wartete auf eine Fortsetzung der bemerkenswerten Gedanken. Aber da kam nichts mehr. Paolo schien alles gesagt zu haben. Also stieg ich nach unten, um noch ein paar Stunden Schlaf zu finden. Allein die Worte Paolos ließen mich nicht los, erst recht nicht zur Ruhe kommen. Warum erzählte er mir das? Wollte er mich werben? Wollte er meiner Werbung zuvorkommen? Wenn er fürchtet, dass alle kleinen Gruppen despotisch sind und von mehr oder minder großen Dummköpfen beherrscht werden, dann war er möglicherweise auf dem Weg zu einer deutlich größeren Gruppe. Wenn es in Italien nur zwei kleine Gruppen gibt, konnte Neapel nicht das Ziel sein, sondern bestenfalls eine Zwischenstation. War er auf dem Weg zur Europa-Gruppe? Kannte er den Ort, an dem sie sich aufhält? Wer waren die Männer auf dem Deck? Warum hatte Pedro so leidenschaftlich auf meine Behauptung reagiert, dass die Leute, mit denen ich zu tun hatte, alle gestorben sind? Wusste er von einem Ort, an dem sich viele meiner Landsleute aufhalten? Oder hatte er nur davon gehört, dass viele überlebt haben?

Ich erwachte in unheimlicher Stille. Das Tuckern des Motors hatte mich in den Schlaf gewiegt. Wahrscheinlich war es eben die Stille, die mich geweckt hat. Draußen war es dämmrig. Als ich den Kopf durch die Luke steckte, sah ich dichten Nebel überm Wasser. Nicht weit vom Boot zeigte sich ein langer, von einer gewaltigen Felswand umstellter Strand.

„Sie ist zu Teil über hundert Meter hoch. Hat also keinen Zweck, da hinzuschwimmen", mischte sich Paolo in meine Gedanken.

„Wo sind wir?"

„Vor Ponza, die größte der Pontinischen Inseln, aber mit sieben Kilometern nicht eben groß. Das viele Wasser ist das Tyrrhenische Meer."

Natürlich hatte ich von keinem der Namen je gehört. Er hätte mir auch den größten Blödsinn auftischen können. Noch immer stierte ich in die sichelförmige Bucht.

„Chiaia di Luna. Mondstrand. War aber schon vor das Sterben ohne Besuch. War verboten, weil Steine aus die Mauer fielen."

„Sieht auch nicht so aus, als käme man leicht von Land aus hin."

„Doch. Durch einen über hundertfunfzig Meter langen Tunnel, den schon die Römer gegraben haben. Ist noch in Ordnung."

Ich drehte mich nach allen Seiten.

Paolo folgte mir. „Dreihundert Kilometer in Süden liegt Sizilien, zweihundertsiebzig in Westen Sardinien, hundertzwanzig in Norden Roma und hundertzwanzig in Osten Napoli. Dazwischen ist es vierzig Kilometer bis an Land."

„Wolltet ihr nicht nach Neapel?"

„Wir bleiben nur einen Tag hier, damit wir in die tiefe Nacht in Napoli ankommen. Ist sicherer."

„Wovor habt ihr Angst?"

Paolo schwieg.

„Was wollten die Leute von euch?"

Paolo sah zu Pedro. „Er hat Dummheiten gemacht. War zu schnell mit die Pistole. Ist ein Hitzkopf, aber guter Junge. Ohne ihn hätte ich es nicht geschafft bis hierher. - Könntest uns helfen, ein bisschen zu schlafen.

Sind beide sehr müde. Hier sollten wir sicher sein. Wäre trotzdem gut, wenn Sie ein Auge auf das Meer haben."

Ich nickte.

Paolo rief den Jüngeren. Beide verschwanden wortlos unter Deck. Von da hörte ich noch ein Weilchen ihr verschwörerisches Getuschel. Dann wurde es still.

Wie unsinnig ist die Welt? wie töricht alles, was sich Mensch nennt? Da gibt es kaum noch Leute, und dennoch sind sie voreinander auf der Flucht, weil sie *Dummheiten* machen. Nicht schwer zu erraten, von welcher Art die Dummheit gewesen ist. Vielleicht sollte auch ich Nutznießer der Verfehlung Pedros werden. Wie können sie hoffen, in einer größeren Community ungeschoren zu bleiben?

Die Sonne stieg über den Horizont und hob den Nebel von der bleifarbenen, nahezu spiegelglatten See, die schon kurze Zeit später einen azurblauen Farbton annahm.

Ich trat in den Schatten des Ruderhauses, stellte mich an die Reling und schaute auf das friedliche Meer. Nicht einmal Möwen waren unterwegs.

Wieder beschlich mich dieses laue Gefühl, eines der letzten Glieder eines aussterbenden Geschlechts zu sein. Es fühlte sich noch trostloser und öder an, als auf einer quirlenden Party, auf der man keinen kennt. Ja, es hatte etwas von Scham. Es gibt keine Art auf diesem Planeten, die so viel Wissen über andere Arten zusammengetragen hat wie wir. In allen Klimazonen sind oder waren wir zu Hause in fast allen Fleckchen dieses Planeten. Vom eisigen Norden über glutheiße Wüsten bis in den eisigen Süden haben wir die Flora und Fauna erforscht, von den Hochgebirgen bis in die Tiefen der Ozeane. Gehen wir jetzt unter mit all dem Wissen? War das Jahrtausende währende, unwägbar leidvolle Balancieren über die Klippen evolutionärer Drangsal sinnlos gewesen? War unsere zuletzt exponentielle Vermehrung nur ein letztes Aufbäumen gegen den bevorstehenden Untergang, ähnlich der irrwitzigen, ja mörderischen Vermehrung von Bakterien oder Viren auf ihrem Wirt? Aber da stirbt der Wirt, und wenn auch die Mehrzahl der Erreger mit ihm zugrunde geht, ein paar retten sich auf andere Wirte, andere Welten. Wenn w i r gehen, wird die Welt bleiben, wie sie ist. Auch unseren Müll wird sie schließlich verkraften. In Millionen Jahren werden noch die radioaktivsten Elemente zerfallen sein. Insgesamt gesehen wird es der Welt wohl nach unserem Abgang vermutlich besser gehen als zuvor. Was liegt daran, ob ein paar übrigbleiben oder nicht?

Mir wurde speiübel. Ich taumelte zum Ruderhaus, fand hier eine Kiste mit Wasser, leerte eine Flasche in einem Zug und wischte mir mit dem Ärmel den kalten Schweiß von der Stirn. Ich dachte an die Frauen und die Kinder in Dresden und die beiden schlafenden Männer unter Deck. Mir wurde besser. Ich durfte mich diesen finsteren Gedanken nicht zu lange hingeben, nicht in dieserart Umgebung. Ich griff nach Block und Stift und begann mit der Niederschrift meiner Italienreise. Das hielt mich auf Stunden wach. Am Mondstrand angekommen, trieben meine Gedanken wieder in die alte Richtung.

Kein Wesen ist so fit wie wir. Wir haben nicht nur alle Klimazonen zu unserem Lebensraum gemacht. Wir können denken und unsere Gedanken aufschreiben. Wir können reden und singen und unsere Gedanken und Gefühle über tausende Kilometer austauschen und uns verständlich machen und all das aufzeichnen. Wir können Bilder malen und fotografieren und speichern. Wir können Welten in Wort, Bild und Ton erfinden und Milliarden Jahre in die Vergangenheit sehen. Wir können Klangvorstellungen auf Papier bringen und von hunderten Musikern auf dutzenden verschiedenen Instrumenten hörbar machen. Ein Typ von uns, der Verdi hieß, hat ein Requiem geschrieben, für das allein es sich gelohnt hätte, einen Gott zu erfinden. Von einem anderen Kerl, der Rachmaninow genannt wurde, haben wir ein Klavierkonzert von einzigartigem Zauber, das einem Arzt aus Dankbarkeit über die gelungene Behandlung einer schweren Depression gewidmet ist. Wir können Stoffe weben und daraus praktische Kleidung schneidern. Wir können Flaschen herstellen und mit sauberem Wasser füllen, Papier und Stifte fabrizieren, sogar Boote, die auf dem Wasser fahren und mit starken Motoren angetrieben werden. Wir können lange Tunnel graben, um an Strände zu gelangen. Wir können … Das Wasser lief mir aus den Augen, ohne dass ich es hätte halten können. Nein, es ist nicht fair. Es ist nicht fair, verdammt! Es ist nicht fair.

1 Tag ist vergangen.   4. April

Als ich die Augen öffnete, legte Paolo eben die Blätter auf das kleine Seitenbord zurück. Den Schmerzen im Nacken zufolge musste ich Stunden geschlafen haben.

„Du bist kein guter Wächter", sagte Paolo nüchtern.

Ich nahm die Blätter und steckte sie gefaltet ins Jackett.

„Wird das ein Buch?"

„Vielleicht, wenn es bis dahin noch Leute gibt, die es lesen können", erwiderte ich kleinlaut.

„Dann ich werde berühmt", scherzte oder spottete er. „Ich hoffe, du schreibst nur gut von mir."

Mir war klar, dass er alles gelesen hat. Schnell überlegte ich, was ich geschrieben hatte. „Zwei sehr schöne

Frauen und eine schon bald erblühte Jungfrau erwarten uns in Dresden. Klingt das nicht verlockend?"

Paolo errötete wie ein Schuljunge, den man beim Schwindeln ertappt hat. „Vielleicht für Pedro, nicht für mich."

„Warum nicht?"

„Zu klein. Die Gruppe ist viel zu klein. - Was, wenn noch ein paar davon sterben?"

„Und wenn wir noch mehr finden?"

„Dann wird es, wie es immer wird, die einen sind oben, die anderen unten. Die einen haben alles, die anderen nichts."

„In einer kleinen Gruppe kann man ebenso gut Regeln erfinden wie in einer großen", setzte ich leidenschaftlich nach.

„Erfinden ja, aber nicht durchsetzen", erwiderte er bitter wie einer, der weiß, wovon er spricht. „Für Pedro wäre es gut, eine Weilchen untergetaucht zu bleiben. Aber er wird nicht wollen, weil er die Sprache nicht versteht."

„Auch da, wo ihr hinwollt, wird er eine neue Sprache lernen müssen. Du vielleicht auch. Rede mit ihm. Wenn du mitkommst, wird er auch mitkommen. Wenn es euch nicht gefällt oder wenn die Gruppe noch kleiner wird, könnt ihr immer noch dahin, wohin ihr unterwegs seid. - Schon morgen könnten wir bei den Frauen sein."

Paolo nickte. „Klingt gut. Aber ich habe zu vieles Gepäck."

„Was soll das - verdammt - für Gepäck sein? Alles, was du brauchen könntest, liegt auf der Straße."

„Meine Werkstatt nicht. Ich bin Tischler. Ich brauche meine Werkzeuge."

„Bist du gescheit? Da, wo ich herkomme, finden sich hunderte top eingerichtete Werkstätten und in dutzenden Märkten findest du alles, was dein Herz begehrt."

„Mein Herz begehrt nach altes Werkzeug und Maschinen, die ich bin gewöhnt."

Mir fehlten die Worte. „Was zum Teufel willst du denn herstellen? Es gibt tausende Möbel für jeden, der noch am Leben ist; Möbel für jeden Geschmack. Du kannst alles haben! Nicht Tischler sind gefragt, sondern Bauern und Mechaniker."

Paolo schwieg betreten. „Wir können alles haben", sagte er dann leise mit sacht nickendem Kopf. „Aber wir werden alles vergessen. Wenn wir nur brauchen, was da ist, werden wir alles vergessen. Mit Untergang von das Römerreich sind auch viele Dinge in Vergessenheit gekommen; wie man Tunnel gräbt zum Beispiel, oder wie man Bäder baut und riesige Basilika oder Gebäude wie das Colosseo. Wir werden noch mehr vergessen", setzte er resigniert hinzu.

Die Worte erinnerten mich an Pfau.

Pedro kroch durch die Luke und blinzelte verschlafen dem Licht entgegen. Schnell waren die Männer in einen Disput verstrickt, deren Inhalt unschwer zu erraten war. Aus den Bewegungen und Gesichtern versuchte ich die jeweiligen Stimmungen zu erraten oder die Stellen, an denen sie sich befanden. Immerhin kannte ich das Spektrum der Unterhaltung. Pedro lachte und schimpfte, schaute betreten drein und schwieg zuletzt. Ohne Ankündigung sprang er über Bord, um mit kraftvollen Schlägen Richtung Strand zu schwimmen.

Paolo winkte beschwichtigend ab. „Er kommt wieder."

„Wie fand er meinen Vorschlag?"

„Nicht ganz schlecht. Er ist aber dafür, die Sache zu drehen."

„Welche Sache?"

„Na die mit die Reihenfolge. Wir wollen erst sehen, wie es da aussieht, wo wir hinwollen. Wenn es uns dort gefällt, holen Sie Ihre Gruppe mit die schönen Frauen nach, wenn nicht, kommen wir mit zu Ihre Gruppe."

„Klingt vernünftig", sagte ich unentschieden. „Wollen Sie mir nicht verraten, wo Sie hinwollen?"

„Das sagte ich schon. Zu eine große Gruppe."

Ich schaute ihn erwartungsvoll an.

Er lachte. „Mehr wissen wir auch nicht."

„Ihr wisst nicht, wo es hingeht? Wie schräg ist das denn?!"

„Wir sind froh, dass wir wissen, dass es morgen früh losgeht ... in Napoli ... mit ein großes Schiff."

„Die kommen, um euch abzuholen, und ihr wisst nicht, wo es hingeht? Entweder i h r seid bescheuert, oder ihr haltet m i c h für bescheuert."

Wieder lachte er verlegen. „Wenn, dann sind wir - *bescheuert*. Sie holen nicht nur uns ab. Ich hoffe, dass man uns keinen Unsinn erzählt hat. Wenn Sie mitkommen, werden Sie ja alles selbst erleben. Lassen Sie sich überraschen."

Ich stieg aus der Wäsche und sprang Pedro nach. Das Wasser in der Bucht war herrlich. Augenblicklich entschied ich mich dafür, im Bunde mit den beiden Verrückten der Dritte zu sein. Was hatte ich zu verlieren?

Nach ausgiebigem Abendbrot mit reichlich süffigem Wein fuhren wir der fortschreitenden Dämmerung entgegen. Das Boot war nicht eben das schnellste, dafür lief der Motor verhältnismäßig ruhig. Ich stand am Bug und schaute in die aufkommende Nacht.

Nun ergriff mich doch eine diffuse Aufregung. Was erwartete uns in Neapel? Wer hatte das Schiff gerufen oder geschickt oder auch nur ausfindig gemacht, dass es landen wird? Paolo wirkte nicht wie ein Träumer oder eine leichte Beute für Rattenfänger. Im Gegenteil. Offensichtlich waren die beiden von einer Gruppe geflohen, und das sicher nicht, um sich in die Fänge anderer Ganoven zu begeben. Immerhin waren wir zu dritt und nicht ganz und gar wehrlos.

Mehr als sieben Stunden tuckerten wir durch ruhiges Wasser. Endlich fuhren wir vom offenen Meer in den Golf von Neapel, rechter Hand die Insel Capri, linker Hand Ischia, wie mir Paolo soufflierte. Von hier aus schoben wir das Boot nur noch mit leisestem Motor durch die Wellen. Wie geplant, ankerten wir gegen drei Uhr ein paarhundert Meter vom Haupthafen entfernt im kleinen Hafen am Castel dell'Ovo, was so viel wie *Eierfestung* heißt. Laut Paolos Schilderung hat ihr eine schrullige Legende diesen eigentümlichen Namen gegeben. Der römische Dichter Vergil, der im Mittelalter als mächtiger Zauberer verehrt wurde, soll ein Ei ins Fundament des Bauwerks gelegt und verfügt haben, dass Festung und Stadt das Schicksal dieses Eies teilen. Solange das Ei heil bleibt, bleibt auch die Stadt von allem Unbill verschont. Dazumal mussten die Regenten Neapels wenigstens einmal während ihrer Herrschaft zur Festung gehen, um sich und das Volk von der Unversehrtheit des Eies zu überzeugen. Ob Vergil es für möglich gehalten hätte, dass reichlich zweitausend Jahre nach seinem Tod kein Mensch mehr in Neapel lebt, der nach dem schicksalsträchtigen Ei schauen kann?

Pedro ging an Land, um Erkundigungen einzuholen. Alle Bedenken Paolos konnten ihn nicht halten. Die beiden hatten vor, dem ersehnten Schiff entgegenzufahren, um die in Kisten verstaute Werkstatt gleich von See aus aufs Deck hieven zu lassen. Ich hielt das für keine so gute Idee. Aber wer hörte auf mich? Mir waren die Kisten auch nicht so wichtig, dass ich ihretwegen eine verdorbene Stimmung riskieren wollte. Nachdem Pedro das Boot verlassen hatte, warteten wir nicht nur auf das

Schiff, sondern mit zunehmender Erregung auch auf den Heißsporn. Als er endlich wieder auftauchte, wirkte er niedergeschlagen.

Paolo ließ mich nicht lange im Ungewissen. „Er hat Angst, dass wir überhaupt mitkommen", sagte er verhalten.

„Warum?"

„Weil sich viele Leute in die Nähe des Hafens verstecken. Sie sind nervös und nicht sehr gesprächig. Alle scheinen aber sicher zu sein, dass das Schiff kommt."

„Was heißt *viele* Leute?"

Paolo gab die Frage weiter. „Ein paarhundert vielleicht", übersetzte er Pedros spröde Antwort.

War ich hier wieder auf kürzestem Weg ins größte denkbare Schlamassel geraten? Noch hätte ich von Bord gehen und verschwinden können, wenn die Neugier mich nicht gehalten hätte und die Aussicht, auf einen solchen Haufen Menschen zu stoßen.

Stunde um Stunde verstrichen. Endlich hielt es Pedro nicht mehr. Er warf uns ein paar Wortbrocken zu und verschwand.

„Wo ist er schon wieder hin?"

„Ein Fahrzeug besorgen, mit das wir die Kisten in Notfall transportieren können."

Ich nickte. Waren sie doch noch vernünftig geworden. In der Dämmerung regte sich nichts. Nirgends gab es Anzeichen für die Anwesenheit so vieler Leute. Paolo und ich saßen wie erstarrt im engen Ruderhaus. Alles wirkte wie ausgestorben. Wir warteten und versuchten dabei so ruhig wie möglich zu sein.

Aus der Ferne hörten wir Schüsse. Paolo sprang auf und klammerte sich an meine Schulter. Im fahlen Mondlicht sah ich das schweißnasse, blasse Gesicht und die zitternden Lippen.

„Diesmal haben sie ihn", flüsterte er tonlos.

In seinem Gesicht las ich, wie er mit dem Schicksal ins Gericht ging; wie er mit dem Unausweichlichen rang; wie er abwog, etwas zu tun oder nicht.

„Können wir ihm helfen?"

„Nein. - Vielleicht war es auch was anderes." Er setzte sich wieder.

Die Minuten verstrichen in barbarischer Zähigkeit. Wir hörten einen verhaltenen Ruf. Paolo sprang an Land und dem Laut entgegen. Ich folgte ihm auf dem Fuß. Pedro lag vor einem Hauseingang. Er tauchte immer wieder in die Bewusstlosigkeit. Mühsam gelang es ihm, ein paar Sätze zu stammeln.

„Was sagt er?"

„Wir müssen weg von Boot. Sonst machen sie uns auch fertig."

Wir zogen Pedro ins Haus und die Treppe hinauf in die zweite Etage. Das Zimmer war staubig und muffig. Wir trugen das Sofa vors Fenster und betteten den Verletzten darauf. Auf der Straße blieb alles still. Ich schloss die Fensterläden, nur einen Spalt Richtung See offenhaltend. In den angrenzenden kleineren Häfen, erst recht im Haupthafen hinter der langen Mole San Vincenzo lagen hunderte Boote. Wenn es den Verfolgern nicht gelungen war, an Petro dranzubleiben, würden sie einige Mühe haben, das Boot zu finden.

Wir untersuchten die Wunde genauer, obgleich ein oberflächlicher Blick genügte, um zu sehen, dass alle Mühe vergebens ist. Die Kugel war eine Handbreit unterm Herzen eingedrungen. Wir stillten die Blutung, so gut es ging. Pedro merkte von alldem nichts mehr.

„Ihm war die Werkstatt wichtiger als mir", sagte Paolo entschuldigend.

Ich dachte daran, dass wir jetzt auch hätten in Dresden sein können bei zwei reizenden Frauen und drei wunderbaren Kindern.

„Vielleicht hätten wir doch auf Sie hören sollen", stammelte Paolo, als wenn er meine Gedanken hätte hören können.

„Wir müssen sehen, dass wir aufs Schiff kommen, damit nicht alles vergeblich gewesen ist."

Paolo hatte den Kopf des Verletzten auf seinen Schoß gezogen und streichelte nun unablässig das fiebernde Gesicht.

Ich spähte immer wieder aus dem niedrigen Fenster. „Kennt ihr euch schon lange?"

Paolo schüttelte den Kopf. „Er hat mir geholfen, mit die Werkstatt von Palermo wegzukommen."

Ich ließ ihn mit seinen Gedanken allein. Was hatte ich davon, zu erfahren, wie sich der Fiebernde in diese Lage gebracht hat.

Beinahe zeitgleich mit der aufgehenden Sonne zeigte sich am Horizont endlich die Silhouette eines Schiffes. Auf der Straße war noch immer alles still. Urplötzlich wurde es laut. Rufe hallten von Haus zu Haus. Die Straße belebte sich zusehends. Alle möglichen Gestalten wuselten in Richtung Hafen. Mancher zog sich noch im Laufen fertig an. Die meisten trugen Koffer oder zogen anderes Gepäck hinter sich her. Ich hatte nur Sicht auf die schmalen Straßen in Nähe der Festung. Wenn am Hafen selbst ähnlich viele Menschen unterwegs waren, konnte es wahrlich eng auf der Fähre werden.

„Das Schiff wird in Kürze hier sein. Was machen wir?"

Paolo war nicht wirklich anwesend. Wo war er? Pedros Brust stampfte in immer kürzeren Abständen. Paolo sprach unentwegt mit ihm.

Als die Fähre mit unüberhörbarem Signal im benachbarten Hafen einlief, drängte ich Paolo erneut zu einer Entscheidung. „Das Schiff ist schneller als wir. Und wir haben noch ein ganzes Stück Weg vor uns. Wenn wir zu spät loskommen, verpassen wir es."

Paolo schien jegliches Interesse an dieser Welt verloren zu haben. Mit rauer Stimme murmelte er ein Lied.

Ich stand am Fenster und hielt die Hafenausfahrt auf Höhe des Leuchtturms im Auge. Das Schiff lag außerhalb des Sichtfelds. Wenn es da auftaucht, wird es vermutlich zu spät sein. Ich hätte die unentschiedene Situation wesentlich undramatischer empfunden, hätte mich mittlerweile nicht selbst ein großes Verlangen heimgesucht, die geheimnisvolle Community kennenzulernen. Immerhin tröstete ich mich mit der Aussicht, Paolo nach Abfahrt der Fähre leichter bewegen zu können, mir nach Dresden zu folgen.

Als ich mich wieder zu ihm umdrehte, hatte er die Hände vors Gesicht gelegt. Pedro lag ganz still. Ich nahm eine Decke und breitete sie über den Toten.

In eben diesem Augenblick ertönten die drei langgezogenen Signale, mit denen das Schiff Abschied von der Stadt zu nehmen schien. Paolo schaute zu mir auf und kehrte langsam in die Gegenwart zurück.

„Wir müssen", sagte ich verhalten ohne Hast.

Paolo stand auf und schritt zur Tür, ohne sich noch einmal umzudrehen. Auf der Treppe beschleunigte er die Schritte. Wir rannten das kurze Stück zum Hafen, sprangen ins Boot, warfen die Leinen los und fuhren mit voller Leistung Richtung Hafeneinfahrt. Sowie die Fähre in Sicht kam, drehte Paolo bei, um ihr den Weg abzuschneiden.

Eine Maschinengewehrsalve zerriss die Luft. Das Wasser vorm Bug des Kutters spritzte auf.

Paolo erwiderte meinen angsterfüllten Blick gelassen. „Wir könnten auch Böses vorhaben", sagte er ruhig. „Winken Sie mit den Lappen da."

Ich ruderte panisch mit den Armen Richtung Fähre. Das große Schiff verlor an Fahrt. Sobald wir uns in Rufweite befanden, wurden wir per Megafon aufgefordert, Steuerbord beizukommen und festzumachen. Paolo versuchte sich in einem Englisch zu verständigen, das leider viel schlechter war als sein Deutsch. Ich half, so gut es ging. Die Mannschaft war außerordentlich hilfsbereit und entgegenkommend. Über die Idee mit der Werkstatt in Kisten wurde viel gelacht und gescherzt, aber nicht gespottet.

An Bord mussten wir uns einer gründlichen Leibesvisitation unterziehen, erst von zwei baumstarken Kerlen in schnittiger Uniform, dann von zwei sehr attraktiven Frauen in makellosem Weiß. All das war nicht verwunderlich. Auch nicht, dass unsere Pistolen für die Zeit der Überfahrt in Verwahrung genommen wurden.

Eine andere Sache beunruhigte mich aber schon: fast alle Mitglieder der Crew waren Afrikaner, also sehr dunkelhäutigen Typs. Bei Paolo suchte ich vergeblich nach Zeichen der Verwunderung oder des Befremdens.

Gewusel und Aufregung beruhigten sich langsam. Das meiste Gepäck war schon im Hafen verstaut worden. Über zweihundert Leute wurden in komfortablen Kabinen untergebracht. Am Ende war die Kapazität der Fähre längst nicht ausgeschöpft. Kaum dass wir an Bord waren, nahm sie wieder Fahrt auf. Wir fuhren beständig nach Südwesten. Wenn ich den Kurs richtig deutete, geradewegs auf Tripolis zu.

„Afrika?", fragte ich Paolo, der wieder und wieder die Vertäuung des Kutters prüfte und nachzog.

Er hob die Schultern.

Erst gegen Abend änderte das Schiff seinen Kurs auf Südost und wenig später auf Ostsüdost. Wie es aussah, hatte sich die Schiffsführung entschieden, nicht die Abkürzung durch die Straße von Messina zu nehmen, sondern einen großen Bogen um Sizilien zu machen. Am frühen Morgen passierten wir Malta. Nach einer weiteren Kursänderung nach Osten hin, hatte ich schon die Hoffnung, dass Athen unser Ziel sein könnte. Wir drehten aber nicht nach Norden bei, sondern hielten den Kurs bis zum übernächsten Tag.

Die Betreuung auf dem Schiff war exzellent. Speisen und Getränke waren vorzüglich. Auch für alle anderen Bedürfnisse sorgte die Besatzung auf mitunter rührende Weise. Paolo versuchte sich auf vielerlei Art nützlich zu machen, was ihm schnell die besondere Sympathie der Mannschaft und später gar ein auffälliges Interesse einer der beiden Ärztinnen eintrug.

Die Passagiere kamen nicht nur aus Italien, sondern vielen Teilen Europas; die am weitesten Angereisten oder Verschlagenen aus Norwegen und Finnland. Der Jüngste war vier Tage alt, der Älteste weit über achtzig. Viele befanden sich in schlechtem, bisweilen kritischem Zustand, vor allem in psychischer Hinsicht.

Paolo, der selbst eben erst eine grenzwertige Situation hatte verkraften müssen, ging mit bewundernswertem Feingefühl und Eifer auf die Elenden zu. Unterstützt wurde er von der Mannschaft und mehr noch von den abendlichen Präsentationen und Beschreibungen der neuen Heimat. Was wir hier in Bild und Ton erfuhren, war in vielerlei Hinsicht beeindruckend. Aber am erstaunlichsten war für mich der Umstand, dass Kabundu sich mit großem Aufwand und rührender Fürsorglichkeit der bedrückten Europäer annahm, um die verzweifelt streunenden Einzelkämpfer zu sammeln, die von den großen Gruppen abgelehnt oder verworfen worden waren oder diesen angewidert den Rücken gekehrt hatten. Er holte die versprengten Reste nicht nur nach Mombasa, wo er mit der Mischung einheimischer Ethnien auch ohne dies schon die größten Probleme hatte, er stellte ihnen komfortable Quartiere zur Verfügung, meist ehemalige Urlaubsanlagen für gehobene Ansprüche an den weißen Stränden südlich der Stadt. Ich wurde des Öfteren daran erinnert, wie wir dereinst die flüchtigen Afrikaner in Europa aufgenommen haben. Man war versucht, Kabundu zu verdächtigen, uns beschämen zu wollen. Wenn dem so war, ließ er es sich eine Menge kosten. Ich meine hier nicht den materiellen Aufwand, sondern vielmehr die Bürde und Gefahr, die er sich mit all den verstörten Zuwanderern auflud.

Ich hängte mich an Paolo. Zu zweit war die Verständigung einfacher und auch die Last all der kummervollen Geschichten leichter zu tragen. Ich hatte eine Menge Leute sterben sehen und eine Masse zu Grabe getragen, aber nie waren mir Not und Elend des Großen Sterbens so nahe gekommen. Es waren nicht nur die Leidenswege selbst, noch eindrücklicher, ja bedrückender war die Beobachtung der vom Elend gezeichneten Erzähler.

Ich war hin- und hergerissen. Zwar klang in manchen Schilderungen die Existenz, ja mitunter sogar der Kontakt mit einer europäischen Gruppe an, aber meist im Kontext des Sagenhaften, Unwirklichen, Illusorischen. Paolo bestärkte mich in meiner Skepsis. War es denkbar, dass die Europäer es nicht fertiggebracht hatten, eine eigene Gruppe zu bilden? Es war müßig, darüber zu grübeln. Paolo hatte seinen Frieden mit der neuen Heimat gemacht, noch ehe er einen Fuß auf den fremden Kontinent setzte.

Ich wog die Sache wieder und wieder. Schon die Zusammenstellung der beiden winzigen Passagierlisten fürs Flugzeug war verzwickt. Fanny, Alf, Fritz und Ronja und in der zweiten Fuhre Adele, Johanna und Robin. Mombasa hatte einen Flughafen. Aber wo gab es n o c h Flughäfen südlich von Kairo? Landen konnte ich auf jeder geraden Piste, aber tanken? Es würde ein abenteuerliches Unterfangen werden. Und es war alles andere als ein Spaß, irgendwo zu landen, ohne die leiseste Chance, da wieder starten zu können. Vielleicht sollte ich die robustesten Passagiere in der ersten Tour unterbringen, also die Fuhren tauschen. Ich griff mit den Plänen weit voraus und ohne die Befindlichkeiten der anderen Beteiligten in meine Überlegungen einzubeziehen.

Nach drei Tagen erreichten wir Port Said am Eingang des Sueskanals. Paolo war erfahren genug, meine Aufregung und Zerfahrenheit zu deuten. „Du kommst nicht mit?", fragte er in einem stillen Augenblick.

Ich nickte. „Nach Mombasa sind es über fünftausend Kilometer. Das Schiff ist noch eine Woche unterwegs. Und es ist ganz und gar unsicher, ob ich von dort je wieder wegkomme. Ich kann die Frauen und Kinder in Dresden nicht so lange allein lassen. Wenn sie wollen und wir einen nicht allzu abenteuerlichen Weg finden, kommen wir nach."

„Du steigst nicht nur aus wegen deine Leute in Dresden", sagte er, den Blick auf den sich nähernden Hafen gerichtet.

Es hatte keinen Sinn, ihm etwas vorzumachen.

„Du fürchtest dich, als weißer Mann unter so vielen Schwarzen zu leben."

Gern hätte ich wie Pfau geantwortet, dass es mir nicht um Äußerlichkeiten geht, sondern um die Kultur. Aber das wäre eine billige Ausrede gewesen. Die vom Bauch ausgehende Unsicherheit ließ sich so einfach nicht beschreiben. „Du nicht?", floh ich in die Gegenfrage.

„Ich habe unter meine Leute so viel Leid erlebt. Schlimmer kann es da auch nicht werden." Er schaute immer wieder nach Achtern, wo eine Ärztin scheinbar unbewegt aufs Wasser starrte. Als wir beide gleichzeitig ihren ängstlichen Blick fingen, huschte ein Lächeln über sein Gesicht. „Sie hat mich gefragt, ob ich mir vorstellen kann, auf das Schiff zu bleiben und sie auch auf die nächsten Fahrten zu begleiten."

„Sie fahren regelmäßig?"

„Ja. Immer nach Vollmond sind sie in Napoli. In Zukunft wollen sie auch Barcelona, Marseille und Atene, vielleicht auch Antalya anfahren."

„Kommen immer noch so viele Leute zusammen?"

„Nein. So viele wie diesmal waren es schon lange nicht mehr."

„Sie wären besser beraten, wenn sie Technik aus Europa holen würden."

Paolo schaute mich verschwörerisch an. „Kabundu ist nicht dümmer als du. Joan hat mir unter Verschwiegenheit verraten, dass noch andere Schiffe nach Europa fahren, um wichtige Sachen zu holen."

„Du bist nicht sehr verschwiegen."

„Nur zu dir."

Wenig später ging ich, von Paolo und Joan mit dem nötigen Proviant und Wasser versorgt von Bord. Paolo begleitete mich noch ein Stück.

„Du meinst, wenn ich bei Vollmond in Neapel warte, treff ich dich wieder?"

„Wäre zu schön", sagte er mit feuchten Augen.

„Meine beiden Schönen müssen dich unbedingt kennenlernen."

„Verspreche nicht zu viel. Kann so vieles dazwischenkommen."

Ich war gerührt von Paolos Herzlichkeit. „Mach's gut, mein Freund."

„Leb mir noch lange."

„Du auch."

Er zog mich fest an seine Brust.

Ich entfernte mich schnell, um nicht von der Rührung übermannt zu werden.

Mein Plan war es, vom Flughafen von Port Said mit einer Cessna nach Athen und weiter nach Rom zu fliegen, um von dort aus die Reise mit meiner vertrauten Maschine fortzusetzen. Ich gedachte, in spätestens zwei Tagen in Dresden zu sein. Dann wäre ich in allem eine Woche unterwegs gewesen. Es sollte anders kommen.

Aus zwei Tagen wurden drei Wochen, die mich lehrten, was Lebenskampf und Todesfurcht und Verzweiflung und Hunger und - allen voran - was Durst bedeuten. Es ist nicht Aufgabe einer *Chronik über die letzten Dinge der Menschheit*, das Gezappel eines leichtsinnigen Vertreters derselben über dutzende Seiten zu schildern. Zwei Seiten seien mir gegönnt.

In Port Said fand sich kein Flugzeug, das ich hätte fliegen können. Die Suche nach einem fahrbaren Wagen, der mich auf den großen Airport nach Kairo bringen sollte, kostete mich fast einen ganzen Tag. Als ich endlich einen gefunden hatte, versagte er mir auf halber Strecke den Dienst. Die auf dieser Reise zu Fuß bewältigten, also mit Abstand strapaziösesten Wege sollen nicht weiter beschrieben werden. Anfangs hatte ich noch gehofft, auf Menschen zu stoßen. Immerhin gehörte diese Gegend noch vor kurzem zu den letzten drei bewohnten Zentren Afrikas. Ich fand sie erbärmlich und gottverlassen. In Kairo hatte ich eine Auswahl an Flugzeugen des mir vertrauten Typs. Viele ließen sich nicht starten, also wählte ich das falsche. Nach kaum einer halben Stunde stotterte der Motor. Die Notlandung war hart und schmerzhaft. Noch schlimmer aber war, dass ich die Orientierung verlor. Beinahe eine Woche irrte ich umher in staubtrockener Landschaft bei erträglichen Temperaturen aber peinigender Sonne. Außerhalb der Siedlungen fand sich kein Wasser, und Regen schien in dieser Region etwas sehr Seltenes zu sein. Nachts war es empfindlich kalt, jedenfalls in meiner Montur ohne Dach überm Kopf. Als ich schon alle Hoffnung aufgegeben hatte, stieß ich auf eine Straße und nach mörderischem Marsch auch auf eine Siedlung und Wasser. Im Kairoer Flughafen verbrachte ich zwei Tage, um leidlich wieder zu Kräften zu kommen. Lange überlegte ich, ob ich einen zweiten Versuch per Flugzeug riskieren soll. Immerhin hatte mich die erste Maschine noch auf dem Festland zur Landung gezwungen. Ein Stück weiter wäre ich ins Meer gestürzt. Mit dem Auto waren es viereinhalbtausend Kilometer bis Dresden, also mindestens fünf Tage. Ausschlaggebend für einen zweiten Versuch per Flugzeug war schließlich die Aussicht, wieder an meine vertraute Maschine zu kommen. Diesmal schaute ich mir die Flugzeuge genauer an. Der Start war problemlos, auch die ersten Stunden ging alles gut. Dann befiel mich ein heftiges Fieber, sodass ich glaubte, augenblicklich landen zu müssen. Dieser Augenblick zog sich aber aus Mangel an Gelegenheit barbarisch in die Länge. Ich dämmerte immer wieder ein. Als Kreta in Sicht kam, ging ich runter. Der Airport an der Ostspitze zeichnete sich glücklicherweise scharf ab. Die Landung gelang. Was dann geschah, kann ich nicht erinnern. Ich muss Tage im Flugzeug hingedämmert sein und mich nur mit Wasser versorgt haben. Irgendwann kam ich ganz zu mir. Meine Montur war klebrig und nass und roch unangenehm. Ich fühlte mich schlapp wie eine fadenlose Marionette. Mit weichen Knien suchte ich einen fahrtüchtigen Wagen. Im Hafen von Sitia, einem gemütlichen, hellen Städtchen, wusch ich mir alle Strapazen vom klapprigen Leib. In einer Boutique kam ich zu frischer Kleidung. Noch immer war ich sterbensmatt und verängstigt über diesen anhaltenden Zustand. Ich aß und schlief und aß und schlief. Sowie es die Kräfte zuließen, unternahm ich Spaziergänge am Hafen und in die Stadt. Halbwegs wieder hergestellt entschloss ich mich, weiterzufliegen. Vier Wochen hatte ich im Höchstfall fernbleiben wollen. Die mussten längst um sein. In Dresden machten sie sich sicher schon Gedanken. Ich tankte voll und flog nach Rom. Nach sechs Stunden war ich da. Schon von oben erkannte ich mein weinrot abgesetztes, weißes Flugzeug. Nach der Landung überkam mich erneut diese bisher ungekannte Schwäche. Wieder war ich gezwungen, mich niederzulegen und abzuwarten. Diesmal hatte ich ausreichend Nahrung und Wasser dabei. Auch fand sich im Flughafengebäude eine Kammer mit Bett, die wie zum Sterben geschaffen war, um nicht zu sagen, einlud. Hier lag ich vier Tage. Immerhin war ich zeitweise in der Lage, die Niederschrift meiner ausufernden Italienreise fortzusetzen.

Wenn diesem Text kein weiterer folgt, werde ich in einer kleinen Kammer des Flughafengebäudes gestorben sein. Gehabt euch wohl ...

2 Tage sind vergangen.   6. April

Nein, das war noch nicht das Ende. Diesen Schlusssatz hatte ich formuliert für den Fall, dass ich nicht mehr dazu kommen sollte.

In erstaunlich kurzer Zeit kam ich wieder zu Kräften. Die Sehnsucht tat ein Übriges. Unternehmungslustig wie eh setzte ich mich hinters vertraute Steuerhorn und startete den Motor. „Ich komme!", schrie ich, als die Maschine mühelos abhob.

Noch nie habe ich mich einem Haus mit solcher Aufregung und freudigen Erwartung genähert. Sie wuchsen mit jedem Schritt und jeder Sekunde, die verstrich, ohne dass mir jemand entgegenkam. Als ich vor der Tür stand, wusste ich, dass mich nichts Gutes erwartet. Mit weichen Knien und flatterndem Bauch durchschritt ich den Korridor. Ich öffnete alle Türen und schloss sie gleich wieder. Gerade noch früh genug erreichte ich die Hintertür zum Garten. Das Herz krampfte vor Angst. Mir war speiübel. Die Luft tat gut. Der See flimmerte unschuldig wie eh. Weiße Schwäne schwammen majestätisch in einer Linie. Noch immer waren es fünf.

Ich musste nicht suchen. Es reichte aus, den Blick nur etwas schweifen zu lassen. Zu beiden Seiten einer prächtig blühenden, österlich geschmückten Forsythie erhoben sich die beiden Hügel, sorgsam mit einer Grasnarbe zugedeckt und mit weicher Linie in die sie umgebende Wiese eingebettet. Ovale Holzplatten lagen auf den Gräbern. Kunstvoll geschnitzt stand *Adele* auf der linken, *Fanny* auf der rechten Tafel, umrankt von zierlichem Blumengeflecht. Auf dem Rasen, eng an die Tafeln geschmiegt, lagen Ronjas Robben. Ich wendete mich ab.

Wo waren die Kinder? Fritz? Alf? Hatte man sie weggeholt? Hatten die Frauen versucht, sich dem zu widersetzen? Nein. Wenn die Frauen eines gewaltsamen Todes gestorben wären, hätte man den Kindern nicht so viel Zeit gelassen, die Tafeln zu schnitzen und die Gräber so liebevoll herzurichten.

Willenlos betrat ich den Pfad, der um den See führte. Keine Ahnung, wie lange ich unterwegs gewesen bin. Der See, der Wald, die Brachen, alles ringsum war friedlich wie immer. Jeder Abschnitt des Pfades, jeder Flecken Erde weckte eigene Erinnerungen. Die Vögel sangen, dass einem das Herz hätte aufgehen mögen. Die Sonne schien mild. Der Wind wehte lau.

Die Welt hat uns Menschen nicht wirklich nötig. Sie kommt gut ohne uns zurecht. Bei allem, was wir ihr angetan haben, nie hat es Wesen gegeben, die solchermaßen staunen können wie wir. Auch wenn es ihr nicht fehlen wird, macht es traurig, sich eine Welt vorzustellen ohne ein Wesen, das ihre Wunder bestaunen und genießen kann.

Das Haus war ordentlich. Die meisten Koffer und großen Taschen fehlten, nahezu die ganze Garderobe der Kinder und die von Fritz. Wo waren sie hin? In ihr Traumland, ihr Paradies? Mögen sie es gefunden haben. Ich heizte den Kamin und schaute ins prasselnde Feuer.

Mehr war also nicht drin. Möglicherweise hätte ich mehr für die Menschheit tun können, wenn ich mich nicht zehn Monate verkrochen hätte. Aber so haben ein paar Leute, die sich vorher nie begegnet sind, ein paar nette Monate miteinander gehabt. Das ist mehr als nichts. Wenn ich mir gram bin, dann für den Entschluss, nach Italien zu fliegen. Hier wäre ich glücklicher gewesen und wichtiger, und vielleicht wäre ich noch immer mit den Kindern zusammen. Was war mit Fritz passiert? Hatten sie ihm den Gnadenschuss gegeben?

Ich musste mit jemandem reden, also griff ich zum Telefon.

„Yes?"

„Can I talk to Mister Pfau?"

„Pfau is dead."

„And Walther?"

„Is dead."

„How many are you left?"

„Seven."

Ich legte auf. Nach dieser Art Gespräch war mir nicht. Eigentlich hatte ich die engagierte kleine Gruppe in Alaska darauf hinweisen wollen, dass meine Gruppe nicht mehr besteht. Aber welchen Sinn hatte das? Dass das Sterben weitergeht, spürten sie selbst hart genug.

Ich schlich durchs Haus, um einem Schatten, einem Hauch, einem Geruch der einstigen Gemeinschaft zu begegnen. In den Betten wurde ich fündig. Es war eine grausame Begegnung mit der Vergangenheit. Ich presste die Kissen an mein Gesicht. Aber je vertrauter der Duft, desto schmerzhafter die Gewissheit, dass die dazugehörigen Menschen nicht mehr erreichbar sind. Den Kindern mochte ich noch einmal begegnen, wenn denn das Schicksal gnädig mit mir sein sollte; die beiden Frauen waren vergangen. In Adeles Zimmer fand ich mehrere vertraute Düfte, auch in Fannys Schrank und Wäschepuff und Bett. Ich schlang Arme und Beine um ihre zusammengerollte Zudecke und grub meinen Kopf in ihr Kissen und muss bald eingeschlafen sein.

Der Morgen war trist, das Wetter und überhaupt. Ich hatte geträumt, und ich konnte mich, was nur selten geschah, noch an alle Einzelheiten erinnern. Der Traum zeichnete in allem und sehr präzise die Wirklichkeit. Ich irrte durch das menschenleere Dresden, sprach mit Fritz über unsere verzweifelte Situation und die hoffnungslose Zukunft. Auf dem Höhepunkt der Bedrückung trat ein Herr auf uns zu, um uns auf versteckte Kameras aufmerksam zu machen. Fritz grinste und zeigte lachend auf die viele Leute, die sich in den umliegenden Häusern versteckt hatten und nun ebenfalls lachend auf uns zukamen. Ich sah meine ganze Familie. Als auch mein Vater freudestrahlend auf mich zutrat, wusste ich schon im Traum, dass es nur ein Traum sein kann, denn mein Vater war längst tot, als das Unheil über die Menschheit hereinbrach. Ich versuchte dennoch im Traum, das Erwachen hinauszuzögern. Die Ernüchterung war nicht weniger grausam; das Gefühl nicht weniger fad.

Ich zwang mich dazu, mich für den Tag zurechtzumachen wie gewöhnlich. Die Erfahrung hatte mich gelehrt, dass die Selbstaufgabe meist mit der körperlichen Vernachlässigung beginnt. Auch beim Frühstück half mir die gewohnte Zeremonie. Bei der Zubereitung des Kaffees musste ich an Ronja denken und ihren kleinen, aber liebevollen wie treuen Dienst. Ich schaute im Garten und im Gewächshaus nach dem Rechten, jätete und goss das Gemüse. Dem Zustand der Pflanzen nach zu urteilen, konnten die Kinder noch nicht lange fort sein. Wenn wenigstens Alf noch bei mir wäre. Hätte mir einer vor Monaten gesagt, dass ich mich einmal nach einem Hund sehnen werde ... Die Hühner sind zu blöd, als dass man mit ihnen etwas hätte anfangen können, erst recht die Rinder. Haben verwilderte Haustiere die Chance auf ein stabiles Gleichgewicht? Können die nach allein pragmatischen Zielen gezüchteten Rassen sich dem rauen Leben ohne Obhut des Menschen anpassen? Obhut ist wohl nicht das richtige Wort. Werden all die von Drangsal und Schlachtung erlösten Tiere ihre Freiheit mit dem Leben bezahlen? Einen Winter hat unsere kleine Herde immerhin überstanden. Keiner weiß, wie groß sie vorher war. Das Korn, das wir ausgesät haben, gedeiht gut. Wird es einer ernten? Werde ich noch ein paar Jahre der Einsamkeit überstehen? Kaum. Wozu die Schinderei? jetzt, wo ich weiß, wie es um uns bestellt ist, vor allem um mich? Wenn die drei nur ihr Paradies gefunden haben.

34 Tage sind vergangen.   10. Mai

Wenn es mir besonders schlecht geht, betrachte ich das faltige und dennoch lächelnde Gesicht der alten Frau auf dem längst abgelaufenen Kalender. *Weisheit ist die beschönigende Umschreibung für die Fähigkeit zu altern, ohne gemütskrank, wahnsinnig oder alkoholsüchtig zu werden.* Der Spruch klingt wie Hohn.

Die Tage können kaum gleichförmiger sein. Schreiben ist noch die beste Ablenkung. Aber es wird immer schwerer, Szenarien zu ersinnen, die geeignet sind, den Glauben oder die Hoffnung aufrechtzuerhalten, dass das Zeug auch nur von einem gelesen wird.

Der Zucker für den Kaffee war alle. Also stieg ich auf den Dachboden, um Nachschub zu holen. Ich griff nach einer Tüte, die auf Kippe stand. So fand ich die beiden Zettel; eine handschriftliche Nachricht und eine selbstverfertigte Karte. Das Herz raste besorgniserregend. Die Knie gaben nach. Ich setzte mich auf den Zuckerberg und las mit gemischten oder widerstreitenden Gefühlen.

Lieber Artus oder Hartmut!
Wahrscheinlich hättest Du Dir gewünscht, die Botschaft früher zu finden. Aber einen kleinen Vorsprung wollten wir haben.
Wir haben das Gelöbnis nicht verletzen wollen, aber wir konnten nicht länger hier bleiben an einem so traurigen Ort. Adele ist gestorben, einfach so. Sie hat nicht gelitten. Wir schon. Eine Woche später starb Fanny genauso. Das war ganz schlimm. Ronja hat so viel geweint, dass wir Angst um sie hatten. Wir haben trotzdem noch zwei Wochen auf dich gewartet. Hoffentlich ist dir nichts passiert! Fritz versteht von alldem nichts. Er hat es gut.
Wir fahren mit einem starken Geländewagen. Er fährt sich leicht, und ich hoffe, ich kann alle gut ans Ziel bringen. Wenn Du möchtest, komm nach. Die Karte liegt bei. Je schöner es bei euch war, je schwerer ist es uns gefallen, das Schweigegelübte zu halten. Und manchmal waren wir schon drauf und dran …
Jetzt ist es leicht, es zu brechen. Wir haben Fritz und Alf mitgenommen. Hoffentlich war das nicht falsch. Wir würden uns riesig freuen, Dich wiederzusehen, nicht nur wegen der Regeln der Ritterlichkeit.

Johanna lässt ausrichten, dass es ihr noch immer weh tut, wenn sie an unsere erste Begegnung denkt. Ich soll Dir sagen, dass sie niemals geschossen hätte. Sie hatte nur vor uns angeben wollen, weil sie so verzweifelt war. Mir tut es auch leid.
Wenn Du nicht kommen willst oder kannst, denk bitte nicht schlecht von uns. Wir mögen Dich sehr und werden Dich nie vergessen. Danke für alles! Johanna, Ronja und Robin

P.S. Wir haben Ostern so sehr auf Dich gewartet!

Es war nicht leicht, den Text in einem Zug zu lesen. Es bedurfte mehrerer Anläufe und vieler Pausen. Als ich das Geschriebene mehrmals gelesen hatte und wieder klar sehen konnte, lief ich ins Arbeitszimmer, um im Netz nachzuschauen, wann Ostern gewesen war. Das Ergebnis war erschütternd. Ich erinnerte mich an die österliche Forsythie. Möglicherweise hatten wir uns nur um Stunden verfehlt.

Ich untersuchte nun die Karte näher. Sie war vom Original durchgedrückt und zeigte die südliche Region der deutsch-französischen Grenze. Der einzige einge- tragene Ort war Basel. Von hier aus lief ein Pfeil mit genau benanntem Kurs auf ein Kreuz zu. Wenn ich die Karte richtig las, waren die Kinder damals nur wenige Tagesmärsche von ihrem Ziel entfernt gewesen. Wo wollten sie hin? Was ist bei Basel? Wer nahm ihnen das Versprechen ab, keiner Menschenseele etwas davon zu verraten? Wozu diese Heimlichkeit? Ist es nur eine Kin- derschrulle? Wenn da wirklich etwas so Begehrenswer- tes ist, warum sind sie nicht eher aufgebrochen?

Kein Tag ist vergangen.   11. Mai

Diese Gedanken ließen mich auch während des Fluges nicht los. Nach zweieinhalb Stunden erreichte ich Basel.

Auf der mittleren der fünf Rheinbrücken schwenkte ich ein. Unablässig behielt ich nun den Kompass im Auge. Haargenau folgte ich dem auf der Karte angegebenen Kurs. Wonach sollte ich Ausschau halten? Warum hatten sie keine Entfernung von Basel eingetragen? Meinem Empfinden nach war ich bereits weit über das Kreuz hinausgeflogen. Hatte ich etwas Wichtiges übersehen? Ich flog weiter genau nach Kurs.

Nachdem ich es schon fast aufgegeben hatte und nach Basel zurückfliegen wollte, um die Suche noch einmal von ganz vorn zu beginnen, öffnete sich vor mir ein Tal. Das erste, was ich sah, war ein riesiger Parkplatz mit hunderten Sattelschleppern und Tanklastzügen, kaum vorstellbar, dass all die Fahrzeuge über die schmale Zufahrtsstraße gekommen sind. Da waren Menschen. Schon auf den Feldern sah ich etliche. Sie richteten sich auf, um nach mir zu schauen. Dann kamen Gebäude, nicht unschön anzusehen. Überall waren Leute. Sie blickten zu mir auf, nicht alle mit freundlichen Gesichtern. Ich hatte sie gefunden. Waren sie mir deshalb gram? Das Tal zog sich weit, bauchte aus, ohne sich zu verzweigen. Hier standen die Häuser dicht an dicht, unter ihnen auch größere. Da war ein besonders imposanter Bau, vermutlich das Rathaus. Immer mehr Menschen liefen auf die Straße, um nach mir zu schauen. Ich flog am rechten Hang, um besser sehen zu können. War das die europäische Gruppe? War sie noch radikaler vorgegangen als die amerikanische? Hatte sie sich versteckt? an einem Ort, der eigens dafür errichtet worden war? Nein, dafür hätte die Zeit nicht gereicht. Oder doch? Ich schaute auf die Flugkarte. Die zeigte keinen Ort. War ich genau genug bei der Standortbestimmung? Kinder winkten mir zu, Frauen, unter ihnen auch Schwangere. Ich ging noch tiefer und drosselte die Geschwindigkeit. Wieder und wieder bauchte das Tal aus, immer mehr Häusern und kleinen Betrieben Platz machend, später auch Feldern und Gärten. Ich folgte der Biegung des Tals und hatte nun die Sonne von vorn. Hier standen nur noch vereinzelte Höfe. Überall hatten Leute zu tun.

Mir raste das Herz im Hals, als ich eine kleine Gruppe entdeckte, ein alter Mann, drei Kinder, ein Hund. Sie hatten es geschafft. Sie hatten es geschafft! Ich wischte mir mehrmals mit dem Handrücken über die Augen. Sie winkten mir wie wild zu, auch Fritz, der sicher nicht begriff, was vor sich geht. Ich winkte mit den Tragflächen. Auf mich fiel ein tiefer Schatten. Als ich nach vorn schaute, sah ich das gewaltige, steil aufstrebende Massiv. Ich riss die Maschine energisch nach oben und wusste doch, dass es vergeblich ist. Ich hörte oder spürte keinen Aufprall. Da war nur ein nicht unangenehmes, heißes Gefühl. Es ging ganz schnell, leider so schnell, dass das Leben nicht Zeit genug hatte, noch einmal ganz an mir vorüberzuziehen. Es reichte noch nicht einmal fürs letzte halbe Jahr. Es wäre zu schön gewesen …

Die Trümmer der Maschine brannten noch eine ganze Weile in den unzugänglichen Höhen des Gebirges. Immer mehr Leute kamen herzu, um dem schauerlichen Schauspiel zu folgen. Auch drei Kinder waren darunter und ein Hund. Trotz der herumfliegenden brennenden Fetzen und Trümmer gingen sie weiter an die Felswand heran als alle anderen. Im Verwitterungsschutt fand der Hund ein nahezu unbeschädigtes Heft gedruckter Seiten. Die Kinder nahmen es an sich. Später haben sie es auch gelesen und am Ende etwas - wie sie meinten - Kostbares entdeckt.

Ende

4 *Achte deine Feinde und kämpfe gegen keinen, der deiner Kraft nicht gewachsen ist. Einen unwürdigen Feind zu besiegen ist schändlicher, als hundert ebenbürtigen Feinden zu unterliegen. Kämpfe nie mit Waffen und Listen, derer du dich schämen musst. Und lass auch bei der härtesten Feindschaft nie zu, dass die Galle des Hasses deine Seele verdirbt.*

5 *Kämpfe zu jeder Zeit und an jedem Ort für Gerechtigkeit und Wahrheit, wo immer sie bedrängt werden. Vergiss aber nie, unablässig zu prüfen, ob du noch auf der Seite der Gerechtigkeit und Wahrheit stehst. Schwer ist es, zu finden, wofür es sich lohnt zu kämpfen; schwerer ist die Wahl der Mittel; ermüdend der Weg in die Schlacht. Wie viele vergessen am ersten Wirtshaus schon das Ziel der langen Reise? Die Welt kann es sich nicht leisten, dass auch nur einer ihrer Helden vor der Zeit verloren geht.*

6 *Passe die eigenen Bedürfnisse denen einer heilen Natur und einer friedlichen menschlichen Gesellschaft an. 'Nichts ist dem genug, dem das Genügende zu wenig ist!' Was du zum Glücklichsein benötigst, billige auch allen anderen Menschen zu. Erst wenn du davon überzeugt bist, dass die Welt auch noch dann lebenswert ist, wenn all ihre Bewohner so leben wie du, dann genieße dein Glück ohne schlechtes Gewissen. Sollte uns in einer endlichen Welt nicht das Maß zum Vernünftigsten aller Dinge werden? Und sollte nicht der, der mit dem Wenigsten glücklich ist, der Größte unter uns heißen? und der, der mehr als das Genügende braucht, von unserem Spott zur Umkehr gedrängt werden?*

7 *Lass nie nach, die großen Gedanken und Erfahrungen zu studieren, die die Menschheit in ihrer leidvollen Geschichte zusammengetragen hat. Wer das Gestern nicht kennt, schaut blind in die Zukunft, darum irrt er notwendig im Heute umher. Bemühe dich, das Leben so zu leben, dass keiner versucht wird, es in Schranken zu weisen.*

8 *Lerne die wesentlichen Religionen kennen. Sprich nicht von der Gültigkeit der Glaubensinhalte einer bestimmten Religion, bevor du sie nicht gründlich geprüft und mit allen anderen verglichen hast. Sei besonders misstrauisch und kritisch gegenüber dem elterlichen oder landesüblichen Glauben. Suche eine Religion, die sich nicht missbrauchen lässt, Totschläger oder Totengräber zu sein. Ein jedes Gebot, das beginnt mit: Du sollst …, ist vermessen und vollkommen unnütz. Denn das Leben ist zu kompliziert, als dass es sich in einfache Regeln zwingen ließe. Der Imperativ ist unfähig, uns zu leiten, also sollten wir uns mit dem Konjunktiv bescheiden. Du solltest … sollte also auf jedem Wegweiser stehen.*

9 *Lebe zwei Wochen bei Brot und Wasser in einem Paradies der sinnlichen Genüsse. Lerne deine Lüste kennen und beherrschen, denn die Lust sollte uns das Höchste sein und nur so genannt werden, wo sie kein Leid gebiert. Aller Rausch und alle Sucht sollten uns fern sein, wie uns alle Enthaltsamkeit unmenschlich heißen sollte und noch weniger vollkommen. Denn auch Enthaltsamkeit ist maßlos. Der Körper sei dir heilig, denn er ist nicht die Kloake, sondern der Tempel des Geistes. Und kein Geist sollte ernst genommen werden, der in einem vernachlässigten Tempel wohnt.*

10 *Lebe mit dir allein und allen deinen guten und bösen Geistern ein Jahr lang in einer Wildnis oder Einöde fernab von den Früchten der Zivilisation. Lerne hier den Gedanken an den Tod ertragen. Aber nicht der alte Rattenfänger Unsterblichkeit sollte dich über den Tod trösten, sondern das Leben selbst. Und wenn Meditation und Gebet Sinn haben sollen, dann allein, indem sie dir die Endlichkeit des Lebens und die eines jeden Zustandes und Augenblickes vor Augen führen. Werden wir nicht erst im Angesicht des Todes Kinder der Fröhlichkeit? Und lässt uns nicht erst die Gewissheit der Bahre tanzen? Wird uns das Leben nicht umso leichter, je tiefer wir die Schwere des letzten Abschieds begriffen haben? Und gewinnt es nicht an Wert wie alles Einmalige und Einzigartige?*

Der Autor

Jost Bonner wurde 1958 als drittes von sechs Kindern geboren. Bis heute lebt er in Dresden. Hier lernte er Koch, studierte er Musik. In zwei Beziehungen wurden ihm fünf Kinder geboren.

In der Jugend näherte er sich mit lyrischen Versuchen und aphoristischen Texten schüchtern der Literatur, die sprachliche, philosophische, pädagogische, kulturtheoretische und ästhetische Ambitionen vereinte und sich schon bald zur Leidenschaft auswuchs. Mittlerweile entstanden Arbeiten in beinahe allen Genres.

Neben der Literatur gilt seine Passion dem Theater.

Bei BoD erschienen bisher: *Das Waldhaus* ISBN 978-3-7543-7303-3, *Seepferdchen weinen nicht* ISBN 978-3-7543-0820-2, *Taipa* ISBN 978-3-756-20971-2, *Der Zu-Fall* ISBN 978-3-756-20969-9 *Harald Pottmeier* ISBN 978-3-756-22360-2 und *Dummgut* ISBN 978-3-756-23185-0.